徳間文庫

鯖《さば》

赤松利市

徳間書店

目次

【主な登場人物】

一本釣り漁師船団員

大鋸《おおのこ》権座《ごんざ》（船頭）……六十五歳。船団を統べる長。
加羅門《からもん》寅吉《とらきち》（トラ）……六十六歳。小便臭い老漁師。
鴉森《からすもり》留蔵《とめぞう》（トメ）……五十六歳。破滅願望がある男。
狗巻《いぬまき》南風次《はえじ》（イヌ）……五十五歳。怪力。無類の乱暴者。
水軒《みずのき》新一《しんいち》（シンイチ）……三十五歳。劣等感を抱く男。

割烹恵

枝垂《しだれ》恵子《けいこ》……女将。
中貝《なかがい》達也《たつや》……料理人。

事業

ドラゴン村越《むらこし》（ドラゴン）……巨額の資産を持つIT会社社長。
アンジェラ・リン（アンジ）……村越のビジネスパートナー。

第一章　覚醒

1

正月五日――。

北海道北西沖で急速に発達した低気圧の影響で日本海は大荒れだった。

太平洋側の高気圧に阻まれた低気圧は、もう一週間以上も、発生した場所に居座ったまだ。島より北に位置する日本海沿岸各地では豪雪も報じられている。

ぼくたち五人は、ひと間しかない小屋の、六畳足らずの、垢《あか》と汗の臭いが澱《よど》む部屋で枕を並べ、なすすべもなく湿った蒲団を被っている。

窓のない小屋だった。灯油ストーブの青い焔《ほのお》が揺れていた。

「あかん、漏れそうや」

枕もとに脱ぎ捨ててあったジャンパーを羽織って、作業ズボンのチャックを下ろしながら、船頭の大鋸権座《おおのこごんざ》が小屋を出た。

権座が開けた戸から、薄暗い部屋に外光が射し込み、冷気が流れ込んだ。小屋の外は猛烈な吹雪《ふぶき》だった。しかしその向こうに見える空は、抜けるような青空だった。すぐに戸が乱暴に閉じられた。小屋が再び薄暗闇に沈んだ。

「なんや、気のせいか、晴れてなかったか」

加羅門寅吉《からもんとらきち》が訝《いぶか》る声で、残ったぼくたち三人に問い掛けた。

誰も反応しない。

間があって、用を足した船頭が小屋に戻った。

「おう、船頭。どうやった?」

三和土《たたき》でジャンパーの雪を払っている船頭に寅吉が声をかけた。

「どうもこうもあるかいな」

慌ただしくジャンパーを脱ぎ捨てて船頭が蒲団にもぐりこんだ。

「晴れとったようやけど」

「おおよ、快晴じゃ。雲一つないわ」

「ほんで吹雪《ふぶ》いとるとは、どういう了見や」

「風花《かざはな》よ。ここより北の、どっか遠くで降っとる雪が、風で流されて来とるんよ」

「なんと風花の吹雪かいな」

寅吉が呆れたように言った。「さすが日本海やのう」

ビュウと重たく風が鳴った。小屋が大きく揺れた。発電機のガソリンが切れていた。灯りは灯油ストーブの青い焔だけだ。

「――船頭よ」

寅吉の隣で蒲団を被っている鴉森留蔵《からすもりとめぞう》のくぐもった声がした。陰鬱《いんうつ》な声だった。

「なんや、トメ」と船頭。

「屋根が吹き飛ばされたら、俺ら凍え死ぬな」

言ってから、クスッと、鼻を鳴らした気配がした。

始まったか――。

思わずぼくは顔を顰《しか》めた。

五十六歳になる留蔵は精神を病んでいる。もう何年も前からだ。病んだ精神のままで、不吉を口にする。まるでそれが、現実になることを望んでいるかのように、だ。

「屋根どころか、小屋が飛ばされるかもしれんのう」

声は、どこか浮かれているようにさえ聞こえた。

「小屋が飛ばされたら、岩にでもしがみ付いて風をやり過ごすか」

留蔵の陰鬱が止まらない。

「おっさん、ええかげんにせえや。小屋から放り出されたいんか」

留蔵の隣に蒲団を並べ、自らも五十を過ぎている狗巻南風次《いぬまきはえじ》が、留蔵を、おっさん呼ばわりした。怒気を露わにしていた。

「イヌ、落ち着け。いつものことやないか」

寅吉が宥《なだ》めた。

南風次は無類の乱暴者だ。怪力でもある。苛立ちが沸点に達すれば、本当に留蔵を戸外に放り出しかねない。そして南風次の沸点は、異様なほどに低い。些細《ささい》なことでキレる。仲間内であろうとも、いったんスイッチが入ってしまえば、船頭の権座でさえ、制止は難しい。

「灯油も残り少ない。屋根が持っても灯油が切れたら、俺たち凍え死ぬな」

南風次の苛立ちなど気にする風もなく留蔵が言った。そしてウフフッと、今度は明らかに鼻を鳴らして笑った。

「いや、その前に飢えて死ぬか。ああ腹が減った。せめて餅くらい喰って死にたかった」

「おっさん、表出ろや」

南風次が蒲団を撥《は》ね上げて薄暗闇に仁王立ちした。

「イヌ、落ち着け」

寅吉が蒲団を出て、大股で留蔵を跨《また》ぎ、南風次を止めに入った。寅吉が蒲団を出るとき、きついアンモニア臭が部屋に零《こぼ》れた。

船頭より一歳年上、六十六歳になる長身痩軀《そうく》の寅吉は、膀胱《ぼうこう》が緩い。頻繁に失禁する。一週間以上も寝たきりだった寅吉の蒲団は、尿をじっとりと吸って重たくなっているのに違いない。アンモニアの生々しい臭いがそれを物語っている。

薄暗い小屋の中で灯油の焔が寅吉の長身を浮かび上がらせていた。百九十センチの巨軀《きょく》が南風次に相対した。

「そうや、イヌ。冷静になれ。外に出ると言うても、外は吹雪や」

船頭。蒲団に丸まったままで南風次を宥めた。

「吹雪がどないしたちゅうんじゃ。もう我慢の限界じゃ。そもそも俺らが、こんな島の、こんな小屋に閉じ込められとんは、誰のお蔭じゃ」

逆に苛立ちを募らせた。

「イヌよ。それを言うたらお終《しま》いやで」

南風次の神経を逆撫でするように、間延びした口調で、留蔵が言った。

「そやけどまあ、雑賀崎《さいかざき》におればと思わんこともないのう。なんでこんな、日本海の島まで流浪したのかのう。船頭ひとりを責めて、どうなるもんでもないけどのう」

いちばん触れてほしくないことに触れられて、船頭が上体を蒲団に起こした。

「どういう意味や。なんで俺が責められなあかんのや」

船頭の言葉に反応したのは留蔵ではなく南風次だった。

「ほう、やるちゅうんかいな。船頭でも遠慮はせんで」

突っかかった。頭に血が上った南風次は見境がなくなっている。

南風次が寅吉の巨軀を横に押し退《の》けて半歩前に出た。それを迎え撃つように、船頭が蒲団に手をついて薄暗闇に立ち上がった。

苛立ちが溜まっているのは南風次だけではないのだ。船頭の権座にしても、殴り合い、摑み合いのひとつもしたいほど、やり場のない焦燥感を抱えているのだろう。少々海が荒れようが、臆せずに、船に乗れと命じる権座だった。それが一週間以上も船を出せずにいる。溜まりに溜まっているものがあるに違いない。

「おいおい、とばっちりは勘弁やで」

騒動の切っ掛けになった留蔵が、他人事《ひとごと》のように言って頭から蒲団を被った。

「冷静になれ、イヌ。船頭もや。仲間同士でイガミおうて、どないするんや」

なおも仲裁に入ろうとする寅吉を、南風次が、今度は強く横に押し退けた。

「オッサンは引っ込んどれ。口出す暇あったら、オノレの猿股でも洗とかんかい」

「そやそや、小屋が小便臭《くそ》うて堪《たま》らんわ」

蒲団の中から留蔵が調子を取って揶揄《やゆ》した。

「なんやと、トメ。もともとは、おまえが火を点けた騒動やないか。気病みにも程があるわい。――ええい、鬱陶しい男じゃ」

寅吉が長い脚で、留蔵の頭を蒲団越しに踏み付けた。

「トラの言うとおりや。おまえが諸悪の根源じゃ」

船頭も尻に蹴りを入れた。

「おまえら、なにすんねん」

金切り声を上げた留蔵が蒲団を撥ね退けて飛び起きた。

南風次が野犬のように吠えた。

「トラの言うとおりじゃ。まずはおまえが自分の気鬱を謝れ、それから――」と寅吉を指差した。

「おまえじゃ、トラ。小便垂れですみませんと、謝れ。謝って、おまえの小便でドボドボの猿股と蒲団を表に棄てて来い」

指が、船頭に向けられた。

「最後におまえじゃ、船頭。こんな島に連れて来てすまなんだと、俺ら全員に土下座して謝れ。おまえだけは、土下座して謝れ。三和土に頭擦り付けて、謝れ」

四人が身構えて睨み合った。大きな風が小屋を再度激しく揺さぶった。男たちの荒い鼻息が小屋に満ちた。獣の臭いがした。

ぼくは、小屋の一番隅の暗がりで息を詰めていた。ぼくは最下っ端の船団員だ。ぼくの次に若い南風次でさえ、ぼくより二十歳も年上なのだ。拗《こじ》れそうな諍《いさか》いを、ぼくなどに止められるはずがない。このまま殴り合いにでもなったらどうするか。ぼくに考えられるのはわが身を守ることだけだ。

もしかしてと枕元に置いた腕時計に手をやった。十五時五十九分だった。ぼくは自分の体内時計に感謝した。感謝すると同時に、少し呆れた。二十年近く馴染んできた十六時という時間は、こんな状況でも不動なのだ。

「――始まりますよ」

蒲団に横になったまま、部屋の隅から興奮している四人に声をかけた。ラジオのスイッチを入れた。ボリウムを最大にした。NHKラジオ第二放送――。

すぐに十六時の気象通報が小屋に流れ始めた。

各地の天気。船舶からの報告。漁業気象。

時間にして二十分。

睨み合った四人の躰《からだ》から徐々に強《こわ》ばりが解けていく。

最初に蒲団に戻ったのは船頭だった。寅吉、南風次、留蔵がそれに続いた。ぼくを含めた五人が枕を並べるかたちに戻った。

全員が、無言で気象通報を伝えるラジオに耳を傾けている。

聴き取った気象情報を、『ラジオ用地上天気図用紙』に書き込むことで慣れ親しんだ天気図が出来上がる。しかしぼくたちの誰も、用紙や筆記用具を必要とはしない。頭の中で正確な天気図を作成する。

放送が終わった――。

頭の中に天気図が出来上がった。

作成された天気図に水平線が現れる。波が立つ。風が流れる。太陽が天空を駆ける。明日の天気が視覚情報として予報される。風の匂いさえイメージできる。

小屋に先ほどまでの刺々しいそれとは違った、静かな緊張感が流れた。その緊張感のなかで、全員が眠りの態勢に入る気配がした。

「――船頭よ」

留蔵の声がした。厳かな声だった。気病みが治まっていた。

「さっきは、すまなんだ」

「早く寝ろ」

突き放すように船頭が応えた。

「命拾いしたな」

「アホか。低気圧なんぞで死んでたまるか」

鼻を鳴らして嗤《わら》った。「早く寝ろ」と繰り返した。

南風次の豪快な鼾《いびき》が響いた。寅吉の小屋を震わせる鼾が続いた。留蔵の細い鼾も聞こえる。船頭が、太い溜息を吐いて眠りに落ちていく。ぼくも静かに目を閉じた。

明日は海に出られる。

漁だ——。

2

快晴微風。しかしうねりが大きかった。低気圧の余波だ。波間に船が落ちると、ぼくたちが根城とする島も波の壁に隠れてしまう。しかも潮が飛んでいた。流れが速い。

船が減速した。デッドスローダウン。極微速前進。

ますます船がうねりに翻弄《ほんろう》される。

舵輪《だりん》を握る船頭が船を風に向かって立てて、大トモに釣座を構えた寅吉に目配せした。

頷いた寅吉が、手際よくスパンカーと呼ばれる三角帆を張った。

船が風に安定した。

「タチ三百、反応は六十から七十」

魚探を覗き込んだ船頭から指示が飛んだ。

水深が三百メートルで、魚群の反応が六十から七十メートル辺りにあるということだ。

ぼくたちは、いっせいに仕掛けを海中に投じた。速い潮の流れに、テグスがみるみる引き出される。七十メートルのタナを取るのに百メートルを超すテグスが必要だ。

釣り始めて十五分――。

いの一番にヒットしたのはミヨシに陣取った南風次だった。

「二百六十。タイや」

テグスを手繰りながら野太い声を張り上げた。

船頭が舌打ちをした。忌々しげに唇を歪《ゆが》めた。南風次は船頭の指示より深いタナを釣っている。しかしこと南風次に関しては、仕方がないと全員が端《はな》から諦めている。

それでも念を押すように、船頭がタチとタナをもう一度告げた。

「タチ三〇〇、タナは六〇から七〇」

ミヨシでは、得意満面の南風次が、タモを手に釣り上げた鯛《たい》を取り込んでいる。頭から掬《すく》った鯛は、魚体の半分以上を大きなタモの外に曝《さら》している。海面まで引き上げられ、急激な水圧の変化に浮き袋を口から吐き出し、ピクリともしない。

大鯛だ。五キロは下るまい。

しかし鯛の味は、二キロクラスの中鯛を頂点とする。キロ単価も中鯛が上だ。

南風次が大鯛のこめかみに手鉤《てかぎ》を打ち込んだ。瞬殺した。間を置かず、鰓《えら》から血管を指で引き出してぶち切った。尾鰭《おひれ》の付け根、脊髄の血管にも手鉤を打ち込んだ。迷いのない、手慣れた血抜きの手順だった。

くいんとぼくのテグスが引き込まれた。

魚が横に走ろうとした。

本命の鯖《さば》だ――。

素早くテグスを手繰って、横走りを止めた。

全員に通達した。ミヨシの南風次が嘲《あざけ》る眼差しをぼくに向けた。気にはしない。鯖を下魚とするのは鯖の味を知らない素人だ。困ったことに漁師でさえそう考える者がいる。鯖は、特にこの時期の寒鯖の刺身は、鯛にも勝る滋味がある。もちろんそんなことは、南風次も心得ているだろう。南風次は大物中毒の阿呆《あほう》なだけだ。

「六〇。サバ」

寒鯖の刺身の味を評して、玄海の料理人が言っていた。

「アジの淡い味わい、イワシの脂、中トロの香り、サワラの滋味、カマスの野暮、そしてタイの品、さらにヒラメの揺らぎ無さ、これらを全て含む魚は、極上のサバだけです」

至言だ。鯖は決して下魚などではない。

いまさらの話だが、ぼくは幼いころ、「おまえは鯖や」と、たびたび母に罵られた。教養のないガサツ者の母の言葉に、深い意味はない。顔を見るだけで「ジンマシンが出る」と言いたかったのだ。鯖とジンマシンは、それほど切っても切れない縁のようだ。その思い込みで、鯖を敬遠する人も少なくない。しかしそれは、古くなった鯖だけで、釣ってすぐに処理をした新鮮な鯖に、そんな心配は無用だ。新鮮なうえに、極上の鯖の刺身は、どの魚のそれにも勝る。そしてその日の漁が目指す本命の獲物は、鯖だった。

「シンイチ」

船頭に名前を呼ばれた。水軒新一《みずのきしんいち》。それがぼくの名前だ。

「魚の活性はどうだ？」

「高いです」

テグスを通じて感じたままを船頭に告げた。

「よしっ。トラとシンイチは鯖狙いだ。トメは魚群を避けて鯛を狙え」

魚群の活性が高いのであれば、目標とする漁獲を得るために三人は要らない。ぼくと背中合わせ、同じドウに釣座を構える留蔵に、鯖とタナが違う鯛を狙うよう船頭が指示した。針掛かりした鯖は横に走る。留蔵とぼくの二人に、至近距離で鯖を釣らせないという船頭の配慮だった。もちろんぼくにしても留蔵にしても、不用意に鯖を走らせるようなヘマはしない。新年なので、縁起物の鯛の数も揃えておきたいという、船頭なりの思惑もあるのだろう。

留蔵が鯛テンヤに仕掛けを換えた。

寅吉も仕掛けを換えている。得意のカッタクリの仕掛けだ。

カッタクリはバケと呼ばれる疑似餌《ぎじえ》を使う釣法だ。寅吉は長いリーチを活かして、潮に乗せたバケを自在に躍らせる。それを小魚と誤認した獲物が喰い付く。特に回遊魚相手には抜群の効果がある釣法だ。餌釣りのぼくの二割増しで釣るだろう。

バケは魚皮《ぎょひ》で作成する。魚皮を剥いで、ビール瓶や一升瓶に貼り付けて、乾かしながら形を整え、一年をかけて寅吉はバケを自作する。消耗品のバケにそれだけの手間をかけるのは、カッタクリが自分の技だという矜持《きょうじ》がなせる手間なのだろう。

しかしぼくは知っている。

船頭大鋸権座は、寅吉に勝るカッタクリの技を持っている。

カッタクリだけではない。留蔵が得意とするオトシコミ、南風次が大物を仕留めるノマセツリ、このふたりの釣技をも船頭は凌《しの》ぐ。ずいぶん以前、休漁日に船を出して、ぼくに一通りの釣技を教えてくれたとき、ぼくはその技の冴えに魅せられた。船頭としての操船だけではない、一本釣り師大鋸権座の凄さに、ぼくは圧倒された。

「ええか、シンイチ」あのとき船頭に言われた言葉が忘れられない。「釣れた魚と釣った魚は違う。釣れたら良しと思えるのは素人や。漁師は、特に一本釣りを生業《なりわい》とする漁師は、それではあかん。集中するんや。海中の一点に集中して、狙う獲物を釣るんや。海中をイメージせえ。はっきり魚の顔が目に浮かぶくらい、イメージするんや。自分の指で、魚を掴み取るくらいのつもりで釣るんや」

難し過ぎて、その言葉の真意さえまだ理解できないぼくだが、船頭には、それができているのだろうと、漠然と理解することはできる。

ぼくが他人に誇れる釣技。――それはまだ、ない。

寅吉が鯖を釣り上げた。それ以前に船頭は、リードロープを結んだ大ぶりのポリバケツに海水を汲んで、血抜きの用意をしていた。

船頭が無造作に、寅吉が釣った鯖の首をへし折った。鯖が瞬殺された。そのままバケツに頭から突っ込んだ。バケツに汲んだ海水が、溢れ出た鯖の鮮血で赤く染まった。

ぼくと寅吉は次々に鯖を釣り上げた。それをタモで掬い、首をへし折り、バケツに突っ込み、血抜きが終わった鯖を超大型クーラーボックスに移す。船頭は、魚群に船を従わせ、操船しながら鯖の血抜き作業に特化した。

「海面は十度だ。魚体は十三度」

船頭が、バケツに汲んだ海水と処理する魚体から手に伝わる感覚で、海面水温と海面下六十メートルの水温を断定した。魚群の活性をぼくたちは理解した。

大漁の予感にぼくは口元を引き締めた。時刻は七時を回ったところだ。沖上がりの十一時前までには、寅吉とぼくの二人で、注文分、三束《そく》の漁獲は余裕だ。

「二百二十。二キロのタイや」

留蔵が叫んだ。

仲間と情報を共有するために、釣れたタナと魚種を伝えるのが船の申し合わせだ。釣り上げるまで魚種が判らないような素人は船にいない。しかし大きさまで言えとは指示されているわけではない。それをあえて留蔵が口にしたのは、足並みを乱して大鯛を狙う、南風次に対する当て付けだろう。

寅吉とぼくが次々と鯖を釣り上げる傍らで、南風次は相変わらず大鯛を狙っている。留蔵は根が陰気だが堅実で、船頭の意図を酌み、中鯛に的を絞って着実に数を稼いでいる。足並みを乱す南風次にはムカつくが、毎度のことで言うだけ無駄だ。ぼくたちは諦めている。あえて苦言を口にする者はいない。

釣り始めてから四時間足らず——。

腕時計の針が十一時を回ったところで、船頭が沖上がりを告げた。

3

船上の全員が示し合わせたように煙草《たばこ》を吸いつけた。ぼくは缶ピースだ。強さだけを求めているわけではない。缶ピースの豊潤さを覚えたら、他の煙草は吸えない。立て続けに吸う煙草でもないので、経済的でもある。缶入りだから濡れにも強い。

島の沖合から浜まで、ぼくたちのオンボロ船では三時間近くかかってしまう。その時間から船を走らせて、漁獲を卸す『割烹恵《かっぽうめぐみ》』の開店準備時間ぎりぎりだ。

操船を寅吉に任せた船頭がその日の漁獲を確認した。

百七十五リットルの米国製超大型クーラーボックス真空パネル仕様。それが四つ。そのうち三つは寒鯖で満杯だ。残りの一つにも大中の鯛が詰まっている。

「二十万というところやな」

ざっと計算した船頭の見積もりに、ぼくたちの顔が綻《ほころ》んだ。無理もない。正月を挟んで一週間余り、餅ひとつ口にしていないぼくたちだった。酒も切れていた。身体を温める風呂にも入っていない。

売り上げを、船頭は腹巻に差し込んだ札入れに入れる。二十万円はぼくたちにとって大金だ。それがよれよれの腹巻に仕舞われる。生涯で一度も紛失したことがないから心配するなと船頭は笑うが、売り上げは、ぼくたち五人の全財産なのだ。心配にもなる。

二十万あれば、船の油代と暖房のための灯油代、発電機のガソリン代、そして次の漁までの食料を買い求めたとしても、今夜は豪遊できる。

ぼくたち一党が目指すのはチェーンの居酒屋だ。主に注文するのは、焼鳥やメンチカツなどで、ぼくは最近エイヒレサラダに嵌《はま》っている。寅吉は、脂で口の端をギトギトにして、ボンジリ串を二十本単位で注文する。南風次は馬刺し、留蔵は根野菜の煮込み、船頭はピザトースト。好みはそれぞれだ。

魚はほとんど注文しない。

自分たちを漁場から追い出した網漁の魚を食べる気がしない。ましてや、何年か前から出回り始め、たちまち居酒屋チェーンで主流となった、アトランティックサーモンや西太平洋鯖など喰う気がしない。喰えば旨いのかもしれないが、日本漁業の先駆者としての自負と、雑賀崎を出自とする一本釣り漁師としての矜持が、それを許さない。落魄《らくはく》した身で、つまらない自負や矜持だとぼくは自嘲《じちょう》する。

漁獲を確認し終わった船頭が、寅吉とぼくに笑顔を向けた。

「この次も束釣りで頼むで」

労《ねぎら》いの言葉だった。二人が釣り上げた寒鯖は軽く目標の三束を超えていた。どれも五十センチを超える申し分のない大物だ。身に脂を蓄えて、丸太のように肥えた見事な魚体だ。脂がのりきった鯖の証である金の筋模様が、背と腹の境にくっきりと浮かんでいる。

束とは、鯖などを数える際の単位だ。一束が百尾を意味する。

うねりを蹴立て激しく上下する船のミヨシで、南風次が、面白くなさそうに横を向いて聞こえよがしに言った。

「俺の大鯛はどうなんや。ツ抜けやろうが」

一つ、二つ、三つ、四つ――、九つまではツが付くが、十から先はツが付かない。大物の場合、十を超える二桁の釣果をツ抜けと表す。南風次は大鯛を十二尾仕留めていた。船頭がそれに触れなかったことが不満なのだろう。一方で留蔵は、四十尾を超える中鯛を仕留めている。換金すれば留蔵の釣果のほうがはるかに上だ。

船頭が南風次の言葉を聞こえない振りで無視した。南風次は頭のネジが一本どころではなく足りない。そのうえすぐにキレるのだから始末に負えない。そんな輩は無視するに限る。そういうことだろう。

それがぼくたちの釣行の夜の過ごし方だ。

魚を卸し、その場で代金を受け取ったぼくたち一党は、居酒屋の前に銭湯に足を向ける。島に風呂はない。一週間以上ぶりの風呂だ。さすがに腹巻の札入れは番台に預ける。簡単に開けられそうな貴重品ロッカーに入れて、鍵についた白ゴムを手首に巻くようなまねはしない。このあたり、船頭大鋸権座、慎重だ。

広い湯船でゆっくりと手足を伸ばして、溜まった垢を落としてから居酒屋に場を移す。閉店時間まで飲んで、コンビニで、それぞれが必要なものを船頭から手渡される二千円の駄賃で買って、深夜割引のあるサウナの仮眠室で朝を待つ。サウナを出るときには、使い捨て歯ブラシと使い捨て剃刀《かみそり》を、銘々がコンビニのレジ袋に入れて持ち帰る。

『割烹恵』に魚を卸すのは三日か四日に一度、それ以外の日は、島の小屋で雑魚寝して、無聊《ぶりょう》に過ごすぼくたちだった。そのぶん釣った魚を卸した夜は、明日のことなど考えずに散財する。

絵に描いたようなその日暮らし。

なにひとつ残らない。

なにも積み重ならない。

ただただ、だらしなくその日その日が過ぎていく。

翌朝、二日酔いの頭を抱えたぼくたちは、残金分で船に油を入れて、携行缶にガソリンと灯油を補給し、浜の安売りスーパーで食料を調達し、日本海に船を駆る。波を蹴立てて、酔いに濁った眼で、気鬱な島に舞い戻る。ぼくが電卓を叩きながら、きっちりスーパーで買い物をするので、船頭の腹巻の札入れには小銭しか残っていない。

それがぼくたちの暮らしだ。

食うものに困っていないので、殊更貧乏だとは思わない。それでも最近、サウナに読み捨てられている週刊誌でよく目にする、『貧困』という文字が気になるぼくだった。

毎日釣りができれば——。

何度思ったことだろうか。

五人で釣り糸を垂れれば、一日二十万円程度の漁獲を揚げる自信はある。しかし釣った魚を買い取ってくれるのは、現在のところ『割烹恵』だけだ。

五人で一日二十万。月に六百万。年に七千二百万。

そんな詮無《せんな》い皮算用をすることも、今はない。

個人経営の『割烹恵』が、それだけの漁獲を買い取るのは無理な注文だ。店の看板にはカッティングシールとやらで、女将《おかみ》の枝垂恵子《しだれけいこ》が特注した、金色の八咫鴉《やたがらす》が貼られている。八咫鴉は、紀州雑賀崎を出自とするぼくたちの誇りの象徴だ。女将の前掛けにも、配膳を担当する女性店員のそれにも、ワンポイントで八咫烏が染め抜かれている。

品書きも別だ。

ぼくたちの魚の品書きは、別誂《べつあつら》えの色紙に、恵子が毛筆で手書きする。『雑賀の献立』と表題される。特別扱いだ。値段も違う。恵子自らが『割烹恵』を、ぼくたち一党の魚を扱う店だと誇示している。その心意気を思えば、買い取り額の多寡《たか》に文句は言えない。

海の雑賀衆――。

ぼくたちのことだ。

発足は諸説あるようだが、有力視されるのは、昭和十年代のこと。五代目船頭の大鋸権座が、まだ生まれてさえいないころだ。

当時紀州雑賀崎は一本釣りの聖地だった。もともと紀州は漁法の開発が盛んな土地で「およそ明治以前の漁法で、紀州人が開発しなかった漁法を見つけるほうが難しい」とまで言われた土地だ。一本釣りの漁法もその例に漏れない。

当時の雑賀崎で一本釣りを受け継げるのは、長男に限られていた。漁場資源の保護が目的だ。活躍の場を得られない次男以下は、船団を組んで新天地を求めて旅立った。帰るべき母港を持たない旅船の船団だった。

常識的に考えれば、他所の漁場に徒党を組んで乗り込むなど、地元漁師の反発を買いそうなものだが、衝突も辞さない覚悟の船出だった。黒潮と対峙する紀州漁師は気が荒かった。どんな争いも受ける覚悟で、他所の漁場に正面から乗り込んだ。

しかし雑賀崎の船団は、各地で歓迎された。卓越した一本釣りの技術を伝授してもらいたいと、行く先々の漁場で受け入れられた。尊敬さえされた。

いつしか旅船の船団は『海の雑賀衆』と、雑賀孫市《まごいち》が率いた戦国時代の傭兵《ようへい》鉄砲集団に準《なぞら》えて呼ばれるようになった。瀬戸内や西日本沿岸各地に、その勇名は轟《とどろ》いた。八咫烏が船団の旗印になった。今は昔の栄光だ。

ぼくたちには漁しかない。それも時代錯誤の一本釣りだ。

前の日までに仕掛けた網を日の出前に上げて、朝のセリに間に合うよう、漁獲を市場に卸す網漁師の真似はできない。漁を終えて辿《たど》り着ける時間には、朝が早い市場は閉まっている。船団を去った古参の船団員に聞いた話では、以前は、どこの市場にも夕セリがあったらしい。朝ではなく夕方の競り市だ。今ではほとんどの市場で、その習慣は廃《すた》れている。

ぼくたちの近隣のどの市場も夕セリはやっていない。

こんな単純なことを見落として、日本海の孤島に根城を構えてしまったのは、船頭大鋸権座痛恨の失態だ。船頭にも、それはわかっているはずだ。それだけに、それを指摘されると激してしまう。

浜まで三時間弱の行程、浜に着くまでにやっておかなければならない作業の指示が、船頭から告げられた。鯖を背開きにして鰓《えら》、内臓、血合《ちあい》を掃除する。特に血合の処理に手を抜くなという指示だった。

「ヘシコすね」

背開きの指示にぼくは反応した。言わずもがなの確認だった。

「そや。寒鯖のヘシコや」

塩をした鯖を糠《ぬか》に漬け込んで、梅雨明けまで熟成させたのがヘシコだ。血合は腐敗の原因になる。寒のうちに三千尾は欲しいと、枝垂恵子から言われている。すでに前年の年末までに、千尾以上を卸している。

「五十くらいは、次の漁までの献立にしてもらう。それは俺が処理するから、ヘシコの下《した》拵《ごしら》えはシンイチがやってくれ。俺も後で手伝うから」

「っす」と応えて、ぼくはさっそく下拵えの作業に移った。

鱗《うろこ》を打ち、背開きにして除いた内臓と鰓《えら》を、無造作に海に投げ棄てる。血合を丁寧に掃除する。いつの間に集まっていたのか、上空を飛んでいた鷗《かもめ》が降下して、波間に浮かぶ内臓を咥《くわ》えて舞い上がる。鷗の身体から滴る海水が、淡い冬の陽にキラキラと輝く。

鷗はすぐに数を増して、アーアーと賑やかな啼《な》き声が船を追う。中鯛釣りを担当した留蔵も、自主的にぼくを手伝ってくれている。南風次はミヨシでふて寝している。ぼくたちを乗せた船は、鷗の群れを引き連れて浜を目指す。

4

浜の漁港にオンボロ船を舫《もや》った。年度ごとに、三万円に満たない使用料を漁協の窓口に前納している漁港だ。ぼくたちは正規の漁協組合員ではない。したがってぼくたちのオンボロ船も漁船としてではなく、遊漁船として係留が認められている。

超大型クーラーボックスには、漁獲のほかに、海水を凍らせた氷と海水が入っている。手足を畳めば、大人一人くらい余裕で収納できる大容量のクーラーボックスだ。ひとつでも容易に持ち運べる重量ではないが、クーラーボックスにはキャスターが付いている。

船頭がいつものようにぼくを指名して、ほかの三人に船で待つよう申し伝えた。

船頭に従って、まだ門松が仕舞われていない街を、キャスターの重量感のある音を響かせながら歩いた。ぼくはいつものように、漁の間は尻ポケットに突っこんでいたキャップを、必要以上に目深《まぶか》に被り、伏し目がちに浜の通りを歩いた。

いちばんの下端だから、ぼくを荷役に付き合わすのではない。船頭にそう言われていた。船頭には船頭なりの配慮があるらしい。できるだけぼくを人目に曝すことを、船頭は常から心掛けているらしい。

要らぬお世話だ。

若いぼくのことが船頭の気懸りらしい。

留蔵は精神を病んでいるが、すでに五十も半ばを超えた年齢だ。騙し騙しでも世間を渡っていけるだろう。寅吉は女好きの悪癖だけが問題だ。南風次は乱暴者だが、乱暴者は乱暴者なりに、手加減する術《すべ》を知っている。喧嘩は玄人裸足《くろうとはだし》だ。どれだけ相手をいたぶっても、致命傷には至らないよう加減ができる。しかしぼくの性格だけは、どうしようもないものに思えるらしい。船頭としての責任を感じるらしい。

船頭――。

今ではもう本来の意味では使われなくなった言葉だ。本来船頭とは船団の長を意味する。船長の上に位される身分だ。船長は船を、船頭はその船からなる船団を統べる。

大鋸権座も、嘗《かつ》ては船団員数十名、十隻を超える漁船からなる船団を統べる船頭だった。母港を持たない旅船船団の長を務め、船団員の暮らしばかりか、将来や命まで、一身に背負ってきたという自負があるのだろう。

ぼくはまだ三十五歳だ。遅れてきた船団員だ。いずれは船頭と寅吉が引退し、留蔵も南風次も、そこから二十年もは現役でいられまい。

どう考えてみてもぼくが最後の船団員になる。ひとり残される。ぼくがひとりで生きていけるのか、それは漁師という仕事を離れてもだが、不安に思わないではいられないのだと、船頭は口癖のように言う。

極度の女性恐怖症――。

それがぼくだ。特に初対面の女性の前では、滝のような汗を全身から噴きだして、瘧《おこり》にかかったように體《からだ》が震える。浜の通りを歩いているときも、歩道の向こうから女が歩いてくるだけで、ぼくは身を強張らす。

何度目かの角を曲がって浜の飲み屋街の路地に至った。

飲み屋街特有の甘酸っぱい香りが漂う路地の門々にも、松飾りや、しめ飾りが飾られていた。そのうちの奥まった一軒家に、ひっそりと店を構えるのが『割烹恵』だ。まだ暖簾《のれん》は出ていない。店の中では開店準備中だろう。アルバイトも含め二十数人が働く中型店だ。

腕時計を確認した。午後三時五分前――。

三十七歳という若さで、店を切り盛りする枝垂恵子の容姿を思い浮かべているのだろう、船頭の頬が緩くなる。ぼくはさらにキャップの庇《ひさし》を下げて、より深く俯《うつむ》いた。

「ちゃんと新年の挨拶をするんやで」

子供に言い聞かせるようにぼくに言って、船頭が路地に歩を進めた。

ぼくは恵子が苦手だ。ベリーショートのナチュラルメイク。屈託のない笑顔が素敵だと、百人いれば九十九人の男がそう評するだろう。ぼくは百番目の男だ。

恵子に出会ったのは二年前だった。

ぼくたちが島を根城にして八年目の、茹《う》だるような暑さの夏の日だった。頭の真上に太陽があった。ぼくはいつものように、国道沿いに店開きした露店で店番をしていた。

魚のことなどろくにわかりもしない、通りすがりの客相手の商売だった。そのころには船団員も今の数に減って、魚を傷めるだけのリアカーの行商もやめていた。ぼく以外は、浜の漁港に舫った船で寝転がって待つだけだった。

「店番なんぞ一人で十分やろ」

行商をやめると決まったとき、最初にそう言ったのは南風次だった。では交代で店番をするかとはならなかった。巨漢の寅吉は客に威圧感を与える。ネクラの留蔵は客商売には陰気すぎる。南風次は短気すぎる。まさか船頭に店番はさせられない。そんな議論が交わされた。ぼくを除いて、だ。ぼく以外の四人で協議して、結局ぼくが、店番をすることになった。

歳の差があるのだから仕方がないが、それだけじゃない。生来の気の弱さから、こんな場面でもぼくは貧乏籤《くじ》を引かされる。

昼過ぎから日暮れまで、ぼくは、排気ガスと砂埃に咳込みながら、慣れない陸の仕事をやる羽目になった。しかも接客だ。

国道沿い露店には釣り帰りの客が多かった。その日の釣果に恵まれず、家や近所への土産を求める客だった。

「血抜きどころか内臓まで処理しとんかいな。買《こ》うた魚やとバレバレやなあ」

詰まらない難癖を口にする客も少なくなかった。

そこに偶々《たまたま》通り掛かったのが恵子だった。路肩に停めた車から降り立った恵子は、冷やかし半分に思えたが、一目でぼくが扱っている魚の質を見抜いた。

「これ、どこの市場で仕入れてんの？」

親しげな口調で問いかけてきた。ぼくは恵子の足首と踝《くるぶし》を見ていた。目深に被った帽子の庇に遮られて脛《すね》より上は見えなかった。

よく手入れされた踵《かかと》だった。自慢することではないが、ぼくは女の足の見立てにはかなり自信がある。ぼくがどれだけ、他人の、特に女の、足ばかりを眺めて過ごしてきたことか。そんなぼくから見ても恵子の足は逸品だった。

「仕入れたんやなく自分らで釣ったんです」

「自分らって？」

「船団です」

「あんたら漁師さんなん？」

「一本釣りの漁師です」

恵子がしゃがみ込んだ。ぼくの貌を覗き込むためではない。魚を吟味するためだ。それは判っていたが、ぼくは緊張して俯きを深くした。

浅葱色《あさぎいろ》の短いスカートを穿いていた。素足に白いサンダルを履いていた。爪が綺麗に手入れされていた。スカートの裾を両手で握りながら踵に尻を乗せた。腰のラインも、尻の丸みも、逸品だった。生唾を呑み込んだ。

「これ、全部頂くわ。配達できる？」

値段も聞かず、ハンドバッグに収めてあった名刺入れから、小ぶりの名刺を抜いて差し出した。手瀧《てす》きを思わせる名刺だった。

「裏に地図があるから」

俯いたぼくの鼻先で、細い指が、しなやかに名刺を裏返した。桜貝のような爪だった。

「五時までに届けられる？」

咄嗟《とっさ》のことで返事に詰まった。

「ねえ、ちょっと聞いてんの？」

呆れている口調で言われた。

「せ、船頭に、相談しませんと――」

「ほな、そうして。届けてくれたら、お代は、その場でお支払いします。ええと――」

言葉を切って五秒ほど考え込んだ。

「十五万円でええかな」

驚いた。昼過ぎから夕方まで粘って、五万円になるかならないかの商売だった。半分以上売れ残るのが当たり前だった。

「ねえ、お返事は?」

急《せ》かされた。

「判りました。五時までにお店に伺います」

独断で答えてしまった。勢いに気圧《けお》された。

「確かにお願いしましたよ」

念押しした恵子が、踵《きびす》を返して、路駐していた車に向かった。ワインレッドの軽自動車だった。車種はわからなかった。海の上しか知らないぼくに、判るはずがなかった。ぼくは顔を上げて後姿を見送った。背中が広く開いた白のニット服だった。後姿も逸品だった。

ついに顔は見ずじまいの恵子との出会いだった。

恵子とはその時からの付き合いだ。ぼくがというのではなく、ぼくたちが、だ。ぼくたちは恵子に拾われた。その点では感謝している。拾われる前は、煙草銭にも事欠く暮らしをしていたぼくたちだった。恵子に拾われて救われた。

魚を十五万円で全部買い取ると言った恵子の店、『割烹恵』に船頭を伴った。改めて挨拶した。キャップをとって挨拶したぼくの貌を見た恵子が、一瞬戸惑った。

不細工。醜男。しかも小男。小男のくせに猫背。

顔にそう書いてあった。

嫌悪の一歩手前――。

露わな嫌悪を止めたのは、憐憫《れんびん》の情だ。

可哀そう。なんて不細工なの。見栄えが悪いの。

嫌悪より憐憫のほうが、はるかにぼくの胸に刺さる。ぼくは、他人様から、憐れみを受けるほどの不細工だと知らされる。

若禿で後退した額。綿毛のような情けない毛髪。あばた面。極端な奥目。しかも斜視。潰れた団子鼻。毛穴が黒ずんでいる。分厚い唇に、収まりきらない出歯。それが黄ばんだ乱杭歯《らんぐいば》というのだから、念入りだ。

たとえば寅吉みたいに、見上げるような長身であれば、貌の不細工さも、幾分は紛れるのだろうが、ぼくは、小柄な恵子より頭一つ分低い低身長の小男だ。小学五年生の平均身長くらいしかない。しかも猫背だ。

困惑は一瞬だった。すぐに満面の笑みを浮かべた。

けど手遅れなんやで恵子さん。ぼくは、あんたの面に浮かんだ、戸惑いを見てしもたんや。嫌悪と憐憫の葛藤《かっとう》や。揺れる感情の天秤《てんびん》や。そんな感情に、歪《ゆが》む面や。そのあとだけに、満面の笑みが、逆にいやらしい――。

けど恵子さん。心配せんでほしい。たいていの女は、ぼくとの初対面で、そんな表情を見せるんや。ぼくは、子供のころから、母親にさえ忌み嫌われたほどの、不細工なんや。

「近くに来んといて。あんたの顔見たら、ジンマシンが出るわ。この鯖餓鬼が」そんな風に罵られて育った。

お蔭で童貞。三十四歳のチェリーボーイや――。

風俗に足を向けたこともあった。王道のソープランドだ。こんなぼくにだって人並みに性欲はある。二十二歳の春に、福岡の、伊崎漁港に舫っていた時だった。伊崎漁港は良かった。夕セリはないが週末の夕市があった。大鋸権座の前の代の船頭だった。夕市の売り上げを、働きに応じて分配してくれる船頭だった。

満員御礼だった夕市の夜、ぼくは、その日の分配金とそれまでの蓄えの三万円余りを懐に、博多中洲のソープ街に足を向けた。緊張しすぎて記憶が曖昧だが、前金を払ったぼくは、待合室で五分ほど待たされた後で、「お待たせしました。こちらにどうぞ」と、黒いベストとズボンの、蝶ネクタイの男性従業員に案内された。

開いたエレベーターの箱の中で、相手の嬢が待っていた。

「こんにちは」

挨拶された。条件反射で挨拶を返そうと、ぼくはキャップを脱いでしまった。

キャップを脱いだぼくの貌を見るなり、嬢の顔に、感電したような困惑が走った。いつもの嫌悪と憐憫、感情の天秤だ。それが揺れて嬢の顔が歪んだ。

あの時は嫌悪がはるかに勝った。それでも嬢は、健気に営業スマイルを浮かべて「いらっしゃいませ」と頭を下げた。嫌悪に金が勝った。金が勝ちはしたが、頭を下げた嬢のノースリーブの肩が嫌悪に震えていた。

黙って背中を向けた。追い縋《すが》る男性従業員の声を振り切って、その場から走って逃げた。エレベーターで上がったソープランドビルの階段を、飛び下りるように、駆け降りた。

あれ以来ぼくは風俗恐怖症だ。初対面の出会いしかない場所に行く勇気がない。しかも個室で二人きりになるなど、考えただけで嫌な汗が出る。

接吻《せっぷん》――。

バカバカしい。

ぼくの貌を間近にして、金のためだと固く目を閉じて、決められた時間の経過だけを願う相手と、いったいどう過ごせというのだ。

唇を合わせる。舌を入れる。相手の舌を吸い出す。絡める。唾液を吸う。唾液を垂らし込む。ベトベトにして唇を舐め回す。

接吻の場面を、どれだけ想像したことか。百万遍。いや、もっとかもしれない。その接吻さえぼくは未経験だ。

中学を卒業するまでは学生帽を、卒業してからはキャップを、深く被って過ごした。ぼろぼろになったナイキの黒のキャップだ。それを目深に被って、俯き加減で貌を隠した。ぼ挨拶が苦手だ。さすがにその時は、キャップを脱がなくてはならない。それくらいの礼儀は心得ている。帽子を脱ぐと、隠蔽《いんぺい》していたぼくの醜悪さが、一気に放出される。相手の、それが特に女性の場合、顔が、空気でも抜けたのかと思いたくなるほど、萎《しぼ》んで歪む。

嫌悪と憐憫――。

その二つの感情が、天秤の両端で激しく揺らぐ。女が、感情を処理しきれずに、困惑の色を浮かべる。照れ笑いにも似た誤魔化しの笑顔を、繕う。その笑顔にぼくは傷つく。

船団の男たちの眼には、一切の嫌悪も憐憫もない。ぼくが不細工だと、その事実だけを認めている眼だ。認めたうえで、それ以上の興味を示そうともしない。もし自分がこれほど不細工だったらと、わが身に置き換えるような、世間の奴らみたいな、傲慢《ごうまん》さもない。だからぼくは、船団でのびのびと呼吸ができる。しかし世間の奴らは違う。奴らの眼に、特に女たちの眼に浮かぶ天秤を、ぼくは恐れる。嫌悪する。

差別はいけないと誰が決めたのだろう。ぼくはそいつを恨む。醜いなら醜いと、ハッキリ差別してくれればいいのだ。嫌悪を、あからさまに顔に出せばいいのだ。それが人間としていけないことだと、そんな杓子定規《しゃくしじょうぎ》な道徳が、ぼくの貌を目の当たりにした、他人の、女たちの、顔を歪めているのだ。それを感じてぼくは傷つく。それくらいなら、はっきりと差別されたほうがまだましだ。穢《きたな》い言葉で詰《なじ》って欲しいくらいだ。

そのことが船頭には理解できない。ただの女性恐怖症だと、ぼくのことを決めつけている。そりゃそうだろう。そんな感情を持たない人間に、ぼくの気持ちが理解できるはずがない。
糞ったれ――。

5

まだ暖簾が出ていない『割烹恵』の引き戸を開けて中に入った。

「おめでとうさん」

能天気丸出しの船頭の声に、店の奥の厨房から板場を預かる中貝達也《なかがいたつや》が顔を出した。

三十代半ば。ぼくと同じ世代。しかしぼくとは違い、好青年然とした清潔感あふれる若い衆だ。しかし眼つきが鋭い。素人の眼つきではない。刃物を扱う生業《なりわい》だからなのかとぼくは勝手に想像する。

中貝は店の二階の奥で寝泊まりしている。住み込みの板前だ。腕を見込んだ女将の恵子が京都から連れてきたらしい。

「おめでとうございます。今年もよろしくお願いします」

中貝が指を揃えた手を腿《もも》に当てて船頭にお辞儀した。ぼくは、――無視された。

「船頭。今日の釣果はどないでしたか」

待ち兼ねたように言った。

「まぁまぁ、ちゅうところや」

勿体《もったい》ぶって言った船頭が、並べた四つのクーラーボックスを順々に開けた。新鮮なだけでなく、ぼくたちの手で処理されている魚は微塵《みじん》も臭わない。鮮烈な鮮魚の香りが店内に拡散する。

「凄いじゃないですか」

中貝が目を輝かせた。「さすが天然の釣り物や。いまさらやけど、肌の艶《つや》が違うわ」

自身に確かめるように感嘆した。

「船頭、なんぼ待たすんよ」

鼻にかかった甘い声がした。奥から女将の恵子が顔を出した。渋柿色の作務衣《さむえ》姿。黒く艶やかなおかっぱ髪が女子高校生みたいで、三十七歳という年齢を思わせない。ぼくは帽子の庇をさらに深くして俯いた。恵子の視線から自分の貌を隠した。

「そうですか？」船頭が腕時計に目を遣った。「だいたい、いつもの時間ですけど――」

わざとらしく惚《とぼ》けて言った。

「なにイケズ言うてはるの。一週間以上も、お顔を見せへんかったやないの」

恵子は京都の出身だ。「京都言うても、洛外やけどな」と、しばしば卑下する。ぼくには洛外と洛中の区別がわからないが、洛外は洛中の人間に馬鹿にされているらしい。それが嫌で恵子は、浜の街で『割烹恵』を開いたそうだ。

京都は息苦しい――。

口癖だ。しかし恵子が浜の街に根を下ろしたのは、それだけが理由じゃない。船頭は気付いていないみたいだが、ぼくは、薄々勘付いている。

店で時々出会う着流し姿の痩身の老人。加藤とかいう名前だった。開店前の『割烹恵』で恵子と談笑している姿を偶に目にする。従業員たちは、微妙に二人から距離を置いている。あれは恵子の旦那さんだ。

年甲斐《としがい》もなく、恵子に岡惚《おかぼ》れしているらしい船頭は気付いていないが、恵子と着流しの老人は、男女の仲だ。もちろん正式の夫婦ではない。恵子は、あの着流しの老人の世話になっている。きな臭い関係がぷんぷんしている。おおかた、あの加藤は、この辺りの金満家なのだろう。

「恵子さん、荒天で船頭がお見えにならなかったこの一週間あまり、今日も無理みたい、明日は来るかしらって大変でしたよ」

苦笑混じりに中貝が白い歯を見せた。船頭が嬉しそうに照れた。

中貝は板前の分際で、女将さんとは言わず「恵子さん」と馴れ馴れしく言う。それを恵子は気に掛けていない。他の従業員には、特に女性店員には、厳しく接している恵子が中貝を特別扱いしている。ぼくは恵子と中貝の仲にもキナ臭いものを嗅ぐ。

「そやかて、船頭渋うて恰好よろしいんやもん。一週間も会われへんかったら、うち、淋しゅうて枯れてしまうわ」

悶《もだ》えるように身をくねらせた。

淫売の女狐――。

胸のうちで吐き捨てた。

船頭がますます照れて、柄にもなく顔を赤くする。弄《もてあそ》ばれている。滑稽を通り越して、憐れにさえ思える。

しっかりしろ。大鋸権座――。

「二人とも大人弄《いじ》ったらあかんで」

船頭の咎《とが》めを聞き流し、恵子がクーラーボックスの脇に膝を畳んで中を覗き込んだ。

「今日も大漁やないですか」

両手を胸の前で合わせて歓声を上げた。その背中に中貝が声をかけた。

「この寒鯖最高ですわ。それどころか、下拵えまでしてもろうて、どんだけ自分が助かるかしれまへん」

恵子が目線を魚に這《は》わせた。クーラーボックスの氷水で冷やした右手の指の腹で、鯖の肌に軽く触れたりしている。脂の乗りを確かめているのだ。よく動く黒目が真剣だ。

しゃがんだままの姿勢で顔を上げた。中貝と目線を絡ませた。愛想笑いを消した中貝が、無言で小さく頷いた。目で言葉を交わした。キナ臭い。頷き返して立ち上がった恵子が船頭と向き合った。

「二十五万円でよろしいか、船頭」

恵子がつけた値は船頭の値踏みより五万円高かった。

「気張ってもろうて、おおきに」

両手を膝に当てて頭を下げた。

「かんにんやで、船頭。もっとイロをつけたいんやけど、そないしたら、うちの店が潰れてしまうさかいな」

笑顔を戻した恵子が、船頭を真似て頭を下げた。

寒鯖は全部で三百尾以上ある。ヘシコにすれば一尾三千五百円。去年の梅雨明け、店のレジ横に貼られていた手書きのポスターに書いてあった値段だ。

三百尾で百万円を超える売り上げか。醒《さ》めた頭で考えた。寒のうちの注文は三千尾なので、売り上げにすれば一千万円を超える。

強欲の女狐だ。

「とんでもない。恵子さんのおかげで、ホンマに助かっていますねんで」

顔の前で右手を振って恐縮した。

「助かってんのはうちやわ。この浜通りで、いちばん魚の美味い店やって、えらい評判ですねん。最近では、域外から、足を運んでくれはる常連さんも増えていますねんえ」

愛想笑いを復活させた中貝も大仰に頷いた。

「ホンマです。地元のテレビにも取り上げられました。自分、日本海側を代表する若手料理人の一人やと紹介されました。それもこれも、雑賀の皆さんのおかげです」

弾む会話に、ぼくは脈絡もなく、船団の昔を思い出す。

島に移り住んだころには、それでもまだ、十数人からの船団員からなる一党だった。漁船も四隻あった。船団員たちは、岩礁の島にそれぞれ自前の小屋を建てた。しかしそのころすでに、一本釣り漁師の先行きは暗かった。網漁に追われて漁場を失っていた。

網漁に漁場を追われた一本釣り漁師の旅船船団。それを率いる船頭が、目を付けたのが日本海に浮かぶ岩礁の孤島だった。漁場欲しさの一心で島を買った。その気持ちは判る。漁場のない漁師ほど惨めなものはない。

船頭は不測の事態に備えて蓄えてきた船団の金に手を付けた。独断だった。協議したのではまとまらないと判断したのだろう。それはそうだ。老い先短い者や船団を見限ろうとしている者は、そんなことに金を使わず、船団員に分配しろと言ったに違いない。分配すれば一人頭百万円にも届かない金でも、船団を見限りかけている者には、喉から手が出るほど欲しかった金に違いない。

船団は船頭が買い上げた島に根を下ろした。旅船を卒業して母港を持った。貧相な松しかない岩だらけの島だった。島の近海は海底の地形が複雑で網漁には向かなかった。対馬暖流の真只中《まっただなか》にあって、潮の流れの速さも網漁を遠ざけていた。

それだけに魚種は豊富だった。網漁の乱獲の洗礼も受けていなかった。

加えて対馬暖流が稚魚を運んでくる。あるいは流れ藻に卵が付着して運ばれる。季節ごとの回遊魚にも恵まれていた。移り住んだ時は、この島こそ、自分たちのために残された別天地に思えた。

鮮度だけで漁法を比べるなら一本釣りに勝るものはない。そして魚の価値を決めるものは鮮度のはずだ。しかし一晩おけば、間違いなく鮮度は落ちる。そこが野菜や肉など、ほかの食材と魚が決定的に異なる点だ。だから獲り貯めもできない。ましてや養殖魚のように、生産調整、出荷調整など、できるはずがない。

一夜の鮮度を保つ最新の冷凍冷蔵設備も持たないぼくたちだった。船頭は魚市場までの時間距離の問題を見落としていた。消費地から離れ過ぎてしまった。

釣った魚をリアカーで行商したり、国道沿いで店開きしたりする日々があった。そんな日々の中で、冬枯れした木立から枯葉が抜け落ちるように、船団員が一人欠け二人欠けした。市場から離れた島に船団の拠点を構えた船頭に、口汚く捨て台詞を吐いて船団を去る者もいた。結局残ったのは船頭を含めて五人。帰るあてもない、頼れる知己もない、そんな男たちだけだった。

ぼくが船頭に聞かされた話だ。

狗巻南風次――。

母親が土建業を営んでいた。気に食わないことがあると、荒くれ者揃いの土木作業員の髪を鷲掴みにして振り回す母親だった。その母親の血を受け継いだ。母親が請け負った現場に地場のヤクザがちょっかいを出した。高校生だった南風次はその組の構成員を的にかけた。街中で襲っては次々病院送りにした。

ヤクザも黙ってやられていたわけではない。現場と自宅に、執拗な嫌がらせをされた。南風次自身も逆に的になった。そんな生活に怯えて、建築士を目指していた長兄が出奔した。真面目で母親の期待の兄という箍《たが》が外れて、南風次のヤクザ狩りに拍車がかかった。

報復合戦が繰り広げられた。その末に、母親が現場に突っ込んだ大型ダンプの犠牲になった。木刀一本で組事務所に乗り込んだ南風次は、その組をほぼ壊滅までに追い込んだ。しかし壊滅には至らなかった。それまで高校生相手だと静観していた上部組織が、事態を重く見て動いたのだ。道具を持ち出した。

命の危険を感じた南風次は船団に転がり込んだ。

今でも当時を忘れない組員が、郷里の紀州雑賀崎にはいる。伝説の男を狩って、名を揚げようと考える半端者もいる。だから南風次は、迂闊《うかつ》に郷里の紀州雑賀崎に帰るわけにはいかない。母の命日には、紀州の空に向けて手を合わせる南風次だった。

鴉森留蔵――。

幼馴染の恋女房がいた。子宝にも恵まれた。二男三女。七人の家計を支えるために船団に入った。旅仕事が待っていた。月に一度、両手に抱えきれないほどの土産を買って妻子が待つ雑賀崎に帰省した。その幸せな日々に影が落ちた。妻の妊娠。諸手を挙げて喜んだが、よくよく考えてみれば身に覚えがなかった。帰宅するのは月に一日、子供たちと夜遅くまで騒いで寝るだけの帰宅だった。

恐る恐る妻を問い詰めた。妻は近所の八百屋の青年と間違いを犯していた。妻を責めなかった。自分の責任だとまで言った。生涯夫婦で抱える秘密にしよう。墓場まで持っていこう。自分たち二人さえ黙っていればいい。自分たちの六人目の子供として慈しんで育てよう。そこまで言った。その優しさが妻を追い詰めた。

留蔵が船団に合流して三日後、自宅がガス爆発で火に包まれた。焼け跡から妻子の死体が発見された。不注意による失火。消防はそう判断した。しかし留蔵は無理心中だと決めつけた。事情をうっすらと察していた故郷の隣人たちも、同じ疑いを持った。故郷の紀州雑賀崎は、留蔵がもっとも足を向けたくない場所になった。呪われた地になった。そして精神を病んでしまった。気鬱が昂じると滅びを望むようになった。

留蔵は、時々、島の岩陰に姿を消す。そう頻繁なことではない。誰もそこには近寄らない。岩陰で身を捩《よじ》って泣いているのだ。叫ぶように大口を開けて苦しんでいる。慟哭《どうこく》の声は発しない。ただ裂けんばかりの大口を開けて、無言のまま発作に耐えている。ぼくもその光景に出くわしてしまったことがある。恐怖を覚える光景だった。足音を忍ばせて、逃げるようにその場から離れた。

加羅門寅吉――。

大きいのは図体と馬面だけではない。股間のイチモツも人並み外れていた。それを見せびらかした。船から、波止から、時と所を構わず自慢のイチモツを放り出して、それこそ馬のような小便をした。だらりと垂れ下がるそれを見て、女たちのオカマが涎《よだれ》を垂らした。オカマとは郷里の紀州で女性器を意味する。

女に注視されていると意識すると股間のモノが半勃起する。

ボラみたい。

丸太んぼみたい。

いろいろ比喩《ひゆ》された。恵方巻きみたいという比喩が定着した。

節分に食べる太巻きだ。恵方を向いて丸齧《まるかじ》りする。太巻きを切らずに食べるのは、福を巻き込んで縁を切らずにという験担ぎだ。

太くて黒いのを丸ごと咥える。女たちの願望が現れた比喩だった。

オメチョ、オチャコ、オチャンポ、メチョコ、メメコ、チョンチョン――。

船団が寄港する港々で、女性性器の呼び名は変わったが、そのどこでもそれを遠慮なく貪《むさぼ》った。老若問わず貪り散らかした。そして片っ端から孕《はら》ませた。亭主や親に詰め寄られた。手鉤《てかぎ》を振り回した男たちに追いかけられた。そして終《つい》には寄れる港がなくなった。

そして船頭の大鋸権座――。

船頭がどうして船団を離れられなかったのか。船頭としての責任感だと本人は言う。果たしてそれだけなのか。ぼくは疑っている。船頭は一本釣りに取り憑《つ》かれているのではないか。なんとなくそう思える。船頭は、一本釣りを極め過ぎたのだ。度を越して、それから離れられなくなっているのだ。

そしてぼく。水軒新一――。

船団から離れられない理由は、ただ一点だ。

母親にさえ嫌悪された醜悪な面と貧相な體《からだ》――。以上。

暮らしに窮した船頭は、船団員が欠けて不要になった漁船を二束三文の値で叩き売ったりもした。そうやってなんとか食いつないだ。去った船団員の小屋を潰し、廃材をドラム缶で燃やして冬場の暖にした。それが尽きると、残っている者の小屋にまで手を付けた。おかげでぼくたちは、たった一つ残された船頭の掘立小屋で雑魚寝する境遇だ。もし『割烹恵』の恵子との出会いがなければ、ぼくたちはとっくに終わっていたに違いない。

6

爆弾低気圧に閉じ込められた正月から九か月後――。

残暑の厳しいころだった。二人連れの男女が『割烹恵』を訪れた。

その日もいつものように『割烹恵』に魚を卸し、売り上げを腹巻にしまった船頭に従って、皆が待つ漁港に空のクーラーボックスを曳いた。

南風次が、目敏《めざと》くぼくらを見つけてミヨシに立ち上がった。

「なんぼで買い取ってもらえたんや？」

声を張り上げて問い掛けてきた。期待に目が輝いていた。その日の目玉を釣り上げた南風次だった。体長一メートルほどのクエだ。大穴狙いで見事仕留めた。

めったに針にかからない、超がつく高級魚。

ぼくたちが釣った鰹《かつお》や鯛や勘八《かんぱち》が、貧相に思える獲物だった。島に棲みついてから二尾目のクエだった。その前年の春先にクエを釣ったのも狗巻南風次だった。

クエはもともと南方海域に棲息する魚だが、島の海域には、対馬暖流が流れている。おそらくは稚魚が、はるばる流されてきたのだろう。しかし普通そんな稚魚は成長しない。死滅回遊魚と呼ばれるやつだ。

しかし島の海域には、秘密があった。その年の春先にそれを知った。

海洋深層水の湧昇流――。

教えてくれたのは、島の海域を訪れた海洋調査船の研究者だった。

最初のクエを卸したとき、恵子は、日本海ではめったに口に入らないクエが入荷したことを、わざわざ幟旗《のぼりばた》まで誂《あつら》えて店頭で宣伝した。刺身にすれば三百人前は軽く提供できるクエだ。鯖のように足は早くないが、それでも新鮮なうちに売り捌《さば》きたいと、恵子が気合を入れたのも頷ける。その幟旗を海洋調査船の研究者が目に留めた。研究者は『割烹恵』でぼくたちを待ち受けていた。

育つはずのないクエを育てたのが、海洋深層水の湧昇流だと言った。

島の海域の海洋深層水は、一般的に謂《い》われるそれとは違い、日本海に固有に存在する日本海固有水と呼ばれているらしい。海洋深層水はミネラルを豊富に含む。それが湧昇する海域では、植物プランクトンが大量に発生する。その植物プランクトンを餌《えさ》とする動物プランクトンの発生を促し、さらにそれを餌とする小魚を養い、そしてそれを餌とする大型魚を育むという仕組みだと説明された。まるでわらしべ長者のような話だが、ぼくたちは、自分ら漁をする海域が、かなり恵まれた海域なのだと理解した。

「五十五万じゃ。恵子さん、銀行に走ってくれたわ」

その日の売り上げは、船頭の札入れに収まりきらず、銀行の現金封筒のまま腹巻に突っ込まれていた。

「ほお、やっぱりクエが混じると違うのう。キロ八千円はいったか」

「五千円じゃ」

「えええ」

天を向いて奇声を発した。

「なにを安売りしとんな。恵子たらいう女狐に誑《たぶら》かされたか」

南風次が不平を口にするのも無理はない。壮絶な格闘の末の獲物だった。

「クエや」

叫んだ南風次の声に、他の船団員たちは、仕掛けを上げて傍観した。

南風次が餌に選んだのは、生きたメジマグロだ。三十センチくらいのそれを、一匹掛けにして海底に泳がせた。それを丸ごとクエは呑み込んだ。

針掛かりしてから一時間足らず、南風次は己の腕力だけでクエの締め込みに耐えた。普通なら剛竿《ごうかん》で相手にする魚だ。巻取りには強力な両軸リールを使う。それを南風次はテグス一本と自分の腕力だけで仕留めた。それがキロ五千円とは、南風次でなくても文句を言って当然だ。キロ一万円でもあり得る値段だ。

「女狐とはなんちゅう言いぐさや。おのれ罰が当たるぞ。いつも魚を買い上げてくれて、俺ら、なんぼ助かっとると思てんねん」

船頭が顔を赤くして南風次を諫《いさ》めた。

そんなことは南風次にも判っているはずだ。ただ南風次としては、具体的な評価が欲しかったのだろう。船団員は魚の売り上げを等分しない。すべて船頭が一括で管理遣り繰りしている。自分が釣ったぶんが、どれだけの売り上げになったのか、それを知ることもない。知るのは売り上げ合算額だけだ。

南風次が釣り上げたクエは五十キロ近くあっただろう。そして南風次が口にしたキロ八千円という単価は、決して法外なものではない。むしろ控えめなくらいだ。

しかし南風次は知らない。そして見落としている。

南風次が知らないこと――。

恵子の値決めだ。

一尾一尾、算盤《そろばん》を弾くような恵子ではない。最初に出会った時からそうだった。よく動く黒目でじっと魚を睨み付けて、即断で、「十五万」「二十万」「二十五万」と買値を口にする。大体五万単位だ。キロいくらなどと、細かく計算する気性ではない。気《き》っ風《ぷ》がいいのだ。あるいはそれを、気取っているのだ。

そして南風次が見落としていること――。

船頭はクエの売値をキロ五千円と言ったが、だとしたら、クエ一尾の値段が二十五万円くらいということになる。その一方で、売り上げ合計が、五十五万円だったとも言った。

差し引きすれば、クエ以外の魚の売り上げは三十万円ということになる。

その日は、定番の中鯛に、旬の戻り鰹と良型の勘八が混じる漁獲だった。とても三十万円という値段が付く漁獲ではない。せいぜい十五万円というところだろう。四時間の釣り時間を、南風次のクエに遠慮して、一時間近く削ったのだから、それも仕方がない。

だが、そうだとすれば、恵子がクエに付けた値は、四十万円を超えるのではないか。恵子は南風次の希望する通り、キロ八千円以上の値を、クエに付けたに違いない。

もちろんそんなことを、ぼくたちの誰も南風次に教えたりはしない。図に乗るだけだ。

船頭も同じ考えなのだろう。寅吉も留蔵も判っているようだ。南風次から顔を背けて、ニヤニヤと声を出さずに嗤っている。和を乱す南風次を嘲笑している。

船頭に続いて、ぼくが船に乗り込もうとしたとき、背中で船頭を呼ぶ声がした。自転車を立ち漕ぎする中貝だった。暑い中を走ってきたのだろう。びっしょりと汗を掻いていた。

「すんません、船頭。店に戻ってください」

乱れる息で言った。

「どないしたんや。えらい慌ててからに。魚に不都合でもあったんか」

「いや、そんなことやないんです。船頭らにお客さんです」

「客？　どんな？」

「詳しくは判りません。けど、ええ話らしいですわ。恵子さんが、そう言うてました」

「ええ話？　なんやろ？」

「太客《ふときゃく》です。梅雨明けごろに、うちの店に来て、それが一見やったんやけど、ヘシコを食べましてん。その一週間後ですわ。いきなり千尾の注文もらいましてん」

千尾――。

三百五十万円――。

ぼくはゴクリと生唾を飲んだ。

「なんでも、船頭らと、ビジネスの話がしたいらしいです。恵子さんが絶対来てもらえって、言うとります」

「そやけど俺ら、これから銭湯に行って、その後居酒屋やからなあ」

「なに言うてはりますのん。居酒屋なんぞ行かいでも、うちの店で、飲みはったらよろしいやんか。さっさっ船団の皆さんも、うちの女将が、皆さんに来てもらえと――」

「居酒屋なんぞかいな。ちょっと気に入らん物言いやな」

キロ五千円に気分を害していた南風次が、中貝の言葉尻を捉えた。

「今日は、皆さんに釣っていただいたクエを料理します。滅多にお目にかかれん高級魚です。腕に縒《よ》りをかけて、料理させてもらいますんで、ぜひお越しください」

「ほう、クエ料理かいな」

たちまち南風次が気を良くした。

「けど釣ったんは皆さんやないで。俺やで」

胸を張った。

「そうですか。あんさんが。そら御見それしました」

中貝が丁寧に頭を下げた。南風次が立ち上がった。頭を下げる中貝を睥睨《へいげい》するように、見下ろして言った。

「ほな、行ってやろうか。なあ船頭よ」

大股で船から降りた。

7

『割烹恵』の店前で恵子がぼくたちを迎えてくれた。開店時間までには、まだ一時間近くある時刻だった。先頭を歩く船頭を見つけた恵子が、爪先立ちになって、大きく手を振った。作務衣の袖から突き出た白い腕が、傾きかけた陽の光を受けて眩《まばゆ》く映えた。打ち水を施した路地を、そこだけ涼やかな秋風が吹き抜けた。

「初めまして、『割烹恵』の枝垂恵子と申します。本日は、および立てして申し訳ございません。皆さんのお席を、奥に、ご用意させていただいております。どうぞお上がり下さい。先様もお待ちです」

店内に案内された。

船頭は照れ隠しに憮然《ぶぜん》としたままで、ほかの男たちは、「へい」とか「はあ」とか「お、おう」とか、ろくな挨拶もできずに、促されるまま足を踏み入れた。

「奥の座敷にどうぞ。今夜は、クエをコースでお召し上がりいただきます」

「俺が、釣ったクエですか」

自慢げに南風次が言った。「俺が」を強調した。

「まあ。あなたさまが、お釣りになったんですね。クエなんて珍しい。うちの板前も緊張して料理していいます。ご挨拶に顔を出せずにすみません」

料理の準備があると、自転車で先に帰っていた中貝だった。

「この腕で、釣らはったんですねえ」

確かめるように、南風次の逞《たくま》しい右の二の腕に、恵子が柔らかく手を当てた。南風次の頬がだらしなく緩んだ。

アホが――。

美人に触られたことなど、もう何年もないのだろう。あるいは生まれて初めてか。

「いや、板前さんは陰のお仕事ですから、挨拶なんて――」

照れながら、訳知り顔で、生意気なことを口にした。

しかしクエのコースとなると、それに酒を加えて、いったいいくらになるのだろう。ひとり二万円、いや三万円はするだろうか。なにしろ鯖ヘシコを一尾三千五百円で売っている恵子なのだ。明日寄る格安スーパーで、電卓を叩く会計係のぼくとしては、勘定を考えずにはいられなかった。さり気なく訊ねてみた。

「クエのコースとなると、飲み物も入れて、一人前で二、三万は覚悟ですかね」

「いややわあ。なにを言うてはるの、シンイチさん」

ぼくの肩を撫でるように叩いた。

気安く触るな——。

「雑賀の皆さんからオアシを頂けるわけがあれしまへんやないですか。皆さんを遠路訪ねて、東京から来はったお客様からも、いただけません。どれだけお食べになろうが、どれだけお飲みになろうが、今夜のお勘定は全部、うちが持たせていただきます」

小さな手で胸をポンと叩いた。気風の良さを、気取った。

まだ客のいない店内では、十人くらいの若い女性店員が整列して、ぼくたち一行を迎えた。「いらっしゃいませ」と涼しい声を揃えて一斉にお辞儀した。

「なにしろ開店前なんで、うちの女の子ら、まだ揃うてないんです。急いで人数集めたんやけど、足らんことあっても、堪忍してくださいね」

船団員らが、居並ぶ女性陣にカチコチと骨が鳴るほど緊張している。思わず噴き出しそうになった。皆、ぼくとそんなに変わらないのだ。若い女性の前では緊張するのだ。

しかし彼らは気付いていない。彼女らの顔に浮かんだ露骨な嫌悪に。緊急の呼び出しがあって出勤してみれば、なに？　これが大事な客なの？　小汚い集団じゃない。汗臭いし――。

そんな気持ちが表れていた。

ぼくには判る。ぼくだけに、か。

奥の座敷に案内された。

何度も『割烹恵』に足を運んでいるぼくだが、座敷に上がるのは、それどころか目にするのも初めてだった。先ず目に止まったのが、部屋の奥、掛け軸の前に飾られた一輪挿しだった。花ではなかった。まだ色付いていないモミジだった。

小賢《こざか》しい――。

微かな苛立たしさを覚えた。作為的だ。

花ではなくモミジ。

しかも色付いていない。

自らの奥ゆかしさ、慎ましさ、そんなものを恵子は演出しようとしているのか。美人が奥ゆかしいというのは男の勝手な想像だ。妄想と言ってもいい。女は美人であれば美人であるほど、図々しい生き物なのだ。美人であることを隠そうとすればするほど、美人であることが際立つことを知っている。小賢しく、それを計算しているのだ。それがぼくには鼻につく。

「お待たせいたしました。お着きです」

ぼくたちを待ち構えていた客が腰を上げた。

垢抜けた男と女――。

男はまだ三十歳前か。南風次なら、若造と瞬時に見下す年齢だ。小太りというか、幼児体型の男だった。女は四十前くらいか。年増だが美人だ。しかもスレンダー。手入れを欠かさないのだろう、細くて艶のある黒髪が上質な絹糸を思わせる。ぼくの綿埃みたいな情けない縮れ毛とは大違いだ。美人度数でいえば恵子の三つ上か。

それにしてもこの二人が、ぼくたちにビジネスの話があると言うのか。

ギャップにぼくは警戒した。

船頭が順にぼくたちを紹介した。それに男が応えた。

「ドラゴン村越《むらこし》です。六本木でITの会社やっています。儲かって、儲かって、しゃあない会社です。年商百億、ぼくの年収は三億を超えています」

目が点になった。危ないやつではないかと、疑った。関西訛りだった。

「アハハハ。皆さん、疑っているよ」

男が連れの女に無邪気に笑いかけて、テーブルの上に置いたブランド物としか思えないバッグから、一冊の雑誌を取り出した。それをぼくたちの目の前に開いて見せた。

「ほら、ここ。ここね」

男が開いたページには、美女をお姫様抱っこする男の写真が載っていた。

ぼくたち全員がよく知っている女だった。売れっ子AV女優の朱美陽子《あけみようこ》。AVだけでなく、最近はテレビのバラエティー番組にも出演しているらしい。

島の小屋にはビデオどころかテレビさえもないので、動いている彼女を見たことはないが、二千円の小遣いが支給されるコンビニで買う大人の雑誌で、よく見かける女だった。ぼくも何度か世話になったことがある。

ちなみに島にはトイレがない。小便はその辺りで済ませる。大便は決められた岩の切れ目に跨ってひり出し、紐をつけたビニバケで海水を汲み取って始末する。

海水は糞と一緒に海に還る。ぼくたちの糞に小魚がわっと集《たか》る。メバルや鯛の針ほどの稚魚だ。だから世話になったと言ってもトイレでなどではない。画像をしっかりと目に焼き付けて、昼夜構わず、小屋の外、岩場の陰でサッサと処理する。

「ねっ、ここに書いてありますやろ。一時間で五億円稼ぐ男。これぼくチン」

自分の鼻先を指してドラゴン村越が燥《はしゃ》いだ。

「アッ、アッ。あんた」

無謀にも南風次の鼻先を突かんばかりに指差した。南風次が呆気にとられていたから良かったようなものの、普段だったら拳骨のひとつも喰らっている所業だ。

「今、思ったでしょ。こいつ対談にかこつけて、朱美陽子とやりやがったな、って」

南風次はともかくぼくは思った。疑いを持ったのではない。やっただろうと、確信をもって思った。

「やりましたで。やらねば嘘ですやん」

腰に手を当て顎を上げてフンと鼻息を噴出した。

バカ丸出しだ。

「ちょっと、張り込まさしてもらいましたけどね」

親指と人差し指で円を作って脂下《やにさ》がった。

「いい加減にしなさい」

小気味いい叱声《しっせい》が響いた。村越の連れの女だった。たちまち村越が萎んでしまった。上目遣いで拗《す》ねている表情は、まるでガキだった。

「失礼しました」

女が姿勢を正して頭を下げた。

「悪い人ではないんですが、気の小さい成金です。自分が自分がと言っていないと、不安で仕方がない小心者です。許してください」

再度、深々と頭を下げた。

「村越のビジネスパートナーのアンジェラ・リンと申します。アンジと呼んでください」

女がぼくたちに手を差し出した。

握手？

「加羅門寅吉さん。背がお高いんですね」

「鴉森留蔵さん。アンニュイなおじさま」

「狗巻南風次さん。逞しい。ポセイドンといったところかしら」

船頭が紹介したとおり、間違えずに名前を呼びながら、船団員一人ひとりと握手した。

そして最後がぼくだった。

「水軒新一さん」

ぼくの目をまっすぐに見て微笑んだ。

「シンイチと呼んでいいわね」

ぼくは軽い貧血を起こした。女の表情に、いつもぼくが目にする戸惑いや困惑がなかった。嫌悪も憐憫もなかった。感情の天秤が揺れていなかった。

大袈裟《おおげさ》なようだが、ぼくは、この女に受け入れられたのだと感じた。挨拶のために脱いで左手に丸めていた帽子を尻ポケットにねじ込んだ。相手の目をまっすぐ見つめ返して、力を込めて手を握り返した。

アンジに気取りはなかった。色付いていないモミジの一輪挿しで自分を演出するような、恵子の小賢しさも、計算高さも感じなかった。ぼくは生まれて初めて、本物の美人と出会った気がした。

8

「皆さん、お料理の準備ができましたので、お席にどうぞ」

恵子の誘導で席に着いた。

船頭が掛け軸を背にして胡坐《あぐら》を組み、船頭から見て長い座卓の右側、壁を背にして、寅吉、留蔵、南風次、ぼくの四人が、横一列に並んで座った。ドラゴン村越が、船頭の対面の下座に座った。

アンジはぼくの右隣の座蒲団に正座した。ぼくは胸が高鳴った。

黒のタイトスカートからすらりと伸びた脚が、ぼくの右手の下にあった。ぼくの脳裏に記憶されている数多い脚コレクションのなかでも、群を抜く、一級品の脚だった。腰のラインも絶品だった。もちろん尻も。

船頭の隣に恵子が、ぼくたちの向かい、座卓を挟んで廊下側に三人の若い女性店員が控えた。若い女と対峙するなど、いつもなら動悸《どうき》がする配置だったが、その時のぼくは隣に座ったアンジのことで頭がいっぱいだった。

ドラゴン村越の隣には年嵩《としかさ》の女性店員が座った。ペタンと正座して、煮過ぎた餅を連想させる女だった。

すぐに人数分のビールがジョッキで運ばれた。

ドラゴン村越の音頭で乾杯した。

ジョッキはぼくたちがいつも居酒屋でビールを飲むそれとは違って、スリムで微妙なラインを持つ細長いジョッキだった。手にしたジョッキにアンジのボディーラインを連想した。ズボンの前を膨らませてしまった。

一口ビールを呷《あお》ってジョッキをテーブルに置いた。

皆の目線が、ぼくの隣に座るアンジに向けられていた。横目で見ると、アンジはまだジョッキを傾けていた。休まずにジョッキを傾け、ビールを完全に飲み干して細い息を吐いた。自分に視線が集まっていることを知って、「ウップ」と小さくゲップした。

「ごめんなさい。日本にいることを忘れていました。乾杯って杯を乾《ほ》すことですよね。中国では乾杯といえば、一気に飲むことが習慣になっているので――」

恥ずかしげに言い訳をした。照れている顔が可愛かった。

瑞々《みずみず》しい――。

アンジのそれに比べれば、恵子のあどけなさなど作り物の張りぼてだ。

「リンさんは中国の方ですか？」

船頭が質問した。

「中華系のカナダ人です」

微笑みながら軽やかに答えた。「アンジと呼んでください」と繰り返した。

「村越のビジネスの、中国窓口ということで仕事をしています」

「ドラゴン村越さんも、外国の方で？」

「この人は、純粋な日本人です。奈良と和歌山の県境で生まれた山猿です。ドラゴンは
──芸名みたいなものです」

村越に答える隙を与えずにアンジが言った。小馬鹿にしたような口調だった。

「ちょっと、違うで、アンジはん」

すかさず村越が訂正を入れた。

「ぼくの出身地は和歌山県龍神《りゅうじん》村ですねん。今は市町村合併で田辺市に変わりましたけど、雑賀の皆さんとは同県人ですわ。ドラゴンは龍神村に因《ちな》んだビジネスネームです」

熱く語ったが誰も聞いていなかった。ぼくも気になったのはアンジのほうだ。ビジネスの中国窓口が、どんなものかはわからなかったが、さぞかし大きい仕事をしているのだろう。独身ですかと訊きたかったが、仮にそうだとしても、ぼくにはまったく関係のない話だ。それくらいの分別はある。

「先付《さきづけ》です」

寒鯖のヘシコが配膳された。

炙《あぶ》らずに刺身のままだった。仄《ほの》かにレモンの絞り汁の香りがした。前の冬にぼくらが釣った寒鯖だ。三千尾を卸し、そのうちの千尾を、アンジが買い取ったのだと思い出した。

「まだ少し若い気もしますけど、せっかくのお越しですので、この鯖を釣った皆さんに食べていただこうと、お出ししました。当店の人気商品です」

船頭が一切れ齧《かじ》った。わざとらしく目を宙に泳がせて、時間をかけて咀嚼《そしゃく》した。隣に座った恵子の顔を見て、頷いた。「旨いぞ、女将」そんな風に言わんばかりだった。偉そうに恰好付けて。アホか――。

ぼくたちもへシコを口に運んだ。塩の甘さと糠の風味が絶妙だった。鯖の脂の旨味が、あとから追い駆けてきた。

「うーん。やっぱり美味しいわあ」

小さく感嘆の声を上げたのは、アンジだった。

「中国の臭豆腐《しゅうどうふ》と似た系統の味ですね。でも、こちらのほうがずっと上品で食べやすい」

アンジが絶賛する傍らで、ドラゴン村越が、眉根に皺《しわ》を寄せて箸《はし》を止めていた。

「ドラゴンさんはへシコ、苦手なんでっか？」

他人の弱みに付け込ませたら天下一品の南風次が、薄ら笑いを浮かべながら、粘つく口調で言った。

「どうもぼくは、腐ったものは苦手で――」

すかさず声を裏返して聞き咎めた。目を細めて凶悪な貌になった。

「腐ったもの?」

「腐ったものとは——。いやいや、鯖を釣った俺らも、仕込んだ『割烹恵』さんも、浮かばれまへんな。ヘシコは腐っていまへんで。発酵しとんです」

全員が村越の手元に目をやっている。そのプレッシャーに負けて、村越が、ヘシコを一切れ口に放り込んだ。二度ほど咀嚼して慌ててビールで流し込んだ。

皆がニヤニヤと下品に笑っている。ぼくは笑えなかった。これは苛《いじ》めだ。ぼくも不細工な貌が災いして、園児のころから苛められて育った。泣いて帰ると、母親に思い切り頭を打たれた。「あんたが不細工やから苛められんねん」そう言い捨てられた。

「こんな不細工なんができると判っとったら、絶対に産まなんだわ。アー、腹痛めて大損こいたわ」そんな風にも言われた。実の母親に、だ。そしていつもの決まり文句の「あんたの顔みたら、ジンマシンが出るわ。鯖餓鬼が」を吐き捨てられた。

鯖餓鬼、鯖餓鬼と罵られ、ぼくはいつの間にか、鯖に、妙な親近感を抱くようになった。それに加えて、玄海の板前が鯖の刺身を絶賛した。あれ以来、ぼくは、鯖と呼ばれた子供時代を懐かしむようになっていた。

今、目の前で、ぼくを受け入れてくれたアンジが、美味しい、美味しいと、鯖ヘシコを食べてくれている。

「ちょっと、前を失礼します」

アンジに断って手を伸ばし村越のヘシコの皿を奪い取った。

「これ、ぼくが釣った鯖やし、めっちゃ好物なんですわ」

箸でヘシコを次々口に放り込んだ。

「こら、私にも寄越せ」

アンジが箸でヘシコを奪った。二人でじゃれるようにヘシコを奪い合った。

「お飲み物はいかがいたしましょう」

恵子が追加の飲み物の注文を促した。

「冷酒ください。よく冷えたやつ」

口いっぱいのヘシコをモグモグさせながら、アンジが張りのある声で言った。

「ほかの皆様は？」

ドラゴン村越が白ワインを頼んで、船頭以下は焼酎のロックを注文した。ぼくはアンジと同じ冷酒を頼んだ。

クエの刺身が出された。河豚《ふぐ》の刺身を思わせる薄造りだった。

乱暴なことを言えば、クエは旬のない魚だ。本場の福岡辺りでは、クエ鍋の旬は冬場とされているが、ぼくはそうは思わない。クエの旬が冬なのではなく、鍋の旬が冬なのだ。

すっきりとした白身といい、脂の円《まろ》やかさといい、歯応えのもっちり感といい、クエの薄造りは絶品だった。

「ほれ、シンイチ」

アンジが冷酒のガラス徳利を向けてきた。

「飲め」

言葉は乱暴だが酔っている風ではなかった。ガラスの猪口《ちょこ》に注がれた冷酒を一気に乾した。

「返杯は？」

催促された。自分の猪口をアンジに渡して冷酒を注いだ。アンジも一息で喉に流し込んだ。冷酒が流れ込んでいく、すっきりとした白い喉に見惚《みと》れた。また猪口がぼくに返ってきた。手にすると冷酒が注がれた。

「薄造りに続いては、お造りの鉢盛りです。食感の違いをお楽しみください」

恵子が説明して配膳された。アンジが冷酒のお代わりを注文した。

「アンジさん、お強いんですね」

恵子が微笑んで言った。

「斗酒猶辞《としゅなおじ》せず、です」

口元を揃えた指先で隠しながら、鈴を転がすような声で笑った。

「まぁ、斗酒ですか」

恵子が目を丸くした。

「斗酒てなんですの？」

恵子に訊ねた。

「一斗で一升《しょう》の十倍ですやん。それでも辞退せんと言うてはりますえ。シンイチさん、えらい席に座りはったな」

面白そうに答えた。

一升瓶が十本。

いくらなんでも、そんなに飲めるわけがないだろ。ぼくは呆れた。

9

クエの酢の物、クエの焼き物、クエの茶碗蒸、クエの唐揚げと続いて、コースのメインはクエ鍋だった。酢の物には湯引きした胃袋が、焼き物には頬肉が、唐揚げには鱗と皮を揚げたものが添えられていた。正真正銘クエのフルコースだった。

アンジとぼくは黙々と食べて休まずに飲んだ。徳利を何本も空にした。鍋が用意されたころには、呂律《ろれつ》が怪しくなるほどだった。座っているのも辛《つら》くなった。ゆらゆら上体を揺らしていると、アンジに言われた。

「どうした、シンイチ。酔ったのか。少し休むか」

正座した太腿《ふともも》を揃えたままぼくのほうにずらした。

「膝枕だ。遠慮するな」

アンジの言葉に、皆がどんな反応をしたのかぼくは知らない。そんなことに構っていられなかった。酔いに任せて横になった。座卓の下に体を伸ばして、アンジの膝に頭を乗せた。ぼくの不細工人生に、こんな僥倖《ぎょうこう》が訪れるなど、信じられない思いだった。

「こら、シンイチ。酔うたんか。行儀悪いで」

船頭の叱責《しっせき》が聞こえたが、ぼくは、酔い潰れた真似をしてやり過ごした。僥倖を逃すわけにはいかなかった。実際に酔ってもいた。酒とアンジに、だ。

「疲れてはんのやね。なんか掛けるもんと、頭に当てるもん用意しますね」

恵子がお節介なことを言った。

「女将さん、このままでいいですよ。お腹に掛けるものだけ、持ってきてあげてください」

アンジが言ってくれて、女性店員が持ってきたバスタオルをぼくの腹に掛けてくれた。

「すんません。大事な席で潰れたりしよって」

船頭がアンジに詫びた。アンジは微笑みながら首を横に振った。ぼくは、それを薄目を開けて見ていた。仰向けに寝るぼくの顔の上に形のいい乳があった。

「私たちが考えている事業計画を、お話ししましょう」

宴席が鍋料理に代わるタイミングを見計らったかのように、アンジが口を開いた。

「食事をしながらで結構ですので、私たちの事業計画をお聞きください」

アンジの言葉に、船頭らが、ドラゴン村越に目線を向ける気配を感じた。ところが村越は、よほど気に入ったのか、これから鍋だというのにクエの唐揚げを追加で注文し、あろうことか、同時に頼んだマヨネーズを、山盛りにかけて無心で食っていた。

「私たちの事業計画のテーマは『海の雑賀衆』の再興です」

思ってもみなかったアンジの言葉に、ぼくは、思わず頭を上げそうになった。しかしせっかくの膝枕を離れることはできなかった。それにしても、何を言い出すのだ。再興？それが事業のテーマ？　正直混乱した。ぼく以外の船団員も同じ思いだったに違いない。全員が、呆気にとられて息を詰める気配がした。

船頭らが、マヨネーズで口の周りを汚している村越に向けた目線を、アンジに戻した。それも気配で判った。アンジがバッグから分厚い手帳を取り出して開いた。

「そのスタディーとして簡単なインタビューをさせていただきます。まず再興には、前提として、インフラ整備が必要です。電気は、現在どうされていますか？」

船頭が答えた。

「ヤマハの中古の小型発電機があります。ガソリン式で、十リットルで八時間発電できます。電気言うても、照明くらいしか要らんので、それで十分間に合《お》うてます。クーラーボックス用の製氷機の発電機は別にあります」

「太陽光発電設備を設置しましょう。島ですから、風力発電も併用したほうがいいですね。リチウムイオン蓄電システムも用意しましょう」

間に合っていると言った船頭の発言を無視して、アンジが言った。

手帳に書き込んだ。

「水道はどうでしょうか？」

「海水やったら、島の周りに売るほどあるんやけどねえ」

船頭の軽口にアンジはニコリともしない。

「飲み水はペットボトルで間に合わせています。けど、俺ら発泡酒が水替わりやから」

「とりあえず大型船舶用の海水淡水化装置を検討しましょう。本格的なプラントは、事業規模が大きくなってからでいいでしょう」

「海水が飲めるようになるんですか？　しょっぱくはありませんか？」

わざとボケた船頭の質問を黙殺し、手帳にメモしてアンジが話を進めた。

「お訊きするまでもない気もしますが――」

（ほな、訊くなや）

南風次が小声で吐き捨てた。南風次に限らず、先ほどからのアンジの態度や物言いに、他の船団員らも、さぞかしムカついているに違いない。関西人ならもっと会話のキャッチボールができるのだが、相手は関西人どころか日本人でさえないのだ。

　アンジは聞こえたはずの南風次の呟きを無視した。

「し尿処理は、どうされていますか？」

「アンジさんの思てはる通りですわ。犬や猫と変わらんです」

拗ねた口調で船頭が言った。船頭の隣で鍋の世話をしていた恵子がクスリと笑った。

「いや、ちゃんと決めた場所でしてますねんで」

恵子の反応に慌てた船頭が、言い訳にもならない言い訳を口にした。

今度はアンジが反応した。

「犬や猫でも決められた場所でします」

船頭。打ちのめされた。

「下水処理施設も必要ですね」

また手帳にメモした。

「船団を再興するとなると、漁船が必要になります。私たちは、新造船を考えていますが、その選定、ならびに装備関係は、皆さんの助言が必要かと思います。とりあえず、ひと揃えの資料は持ってまいりましたので、そちらを参考に、後日選定にご協力ください」

アンジに目で合図され、クエ鍋をハウハウと頬張っていたドラゴン村越が、手元の書類カバンから一冊のファイルを取り出して手渡した。アンジがそれをぼくの頭の上を通過させて、隣に座った南風次に差し出した。

「漁船のパンフレットかいな」

受け取った南風次が、興味深そうにファイルを開いた。割り箸で奥歯をつつきながら、片膝を立ててという行儀の悪さだ。

「パンフレットから情報を抜き出して、ＰＤＦでまとめたものです。装備も含めて一億円から二億円の価格帯で選定してあります」

値段を聞いた南風次が、慌ててファイルを、隣に座る留蔵に渡した。留蔵は留蔵で、ファイルを開きもせずに、壊れ物を扱うように寅吉にパスした。寅吉もそのまま船頭に渡した。船頭はそれを膝元に置いた。

恵子が「ちょっと見ていいですか」と、ファイルを手に取ってめくり始めた。

「船頭さんら、こんなすごい船に乗ってはるんですね。そう言うたら、私、船頭さんらの船を、まだ見してもうたことなかったわ。今度、見してくださいね」

無邪気に言った。

ぼくらのオンボロ船、見たら魂消《たまげ》るで——。

ぼくは恵子が、ぼくたちの船の、あまりのオンボロぶりに失望する顔を想像して、軽く高揚した。ぼくではなく、ぼくたちの船に向けられる侮蔑《ぶべつ》の眼差しに、胸が高鳴った。

おまえの本性を、船団員らに曝け出せ――。

10

アンジが話を進めた。

「新造船の他に、港の整備も必要になるかと思います。そのあたりも、皆さんのご意見をうかがう必要があるかと思いますので、後日、マリコンの現場責任者を島に行かせます。その節は、よろしくお願いします」

「マリコンってなんですの？」

留蔵の声だった。

「海洋土木建築業者です」

アンジが答えた。

「埋め立て、浚渫《しゅんせつ》、護岸《ごがん》、築堤《ちくてい》、海底工事、橋梁《きょうりょう》基本工事、海底トンネルなどの海洋土木工事、港湾施設の建築工事などを、主に請け負う会社です」

話を進めた。

「ここからが本題です」

全員を見渡した。

「船団の再興のためには、船団員が必要です。大鋸さんに、その宛てはありますか？」

「どうやろ。今の漁師が一本釣りをするやろか」

「現役の漁師から選抜するのは、難しいと？」

「漁の経験者でも未経験者でも、一本釣りを一から教える手間には、あんまり変わりはないんと違うやろうか」

「まったくの素人を募集するという選択もあるということですか。経験や年齢は、不問ということでよろしいのでしょうか」

「いや年齢は――。船団の再興となると、やっぱり若い人間が欲しいですわな。そやけど今時分の若い人が、漁師いう職業に魅力を感じますやろうか」

やろうか、ばかりだ。

もっと断定的に喋れないのか――。

情けない。

「どうしてそう思いますか。現にシンイチは十分に若いじゃないですか」

アンジが言ってぼくの頭を撫でた。猫みたいに喉を鳴らしたくなった。

クエ肉を頬張った南風次が鼻で笑った。

「ほら、シンイチは不細工やもん。そのうえ、人付き合いができん男や。漁師になるくらいしか、なかったんと違いますか」

アンジが南風次を睨み付けた。

「とてもお仲間内の発言とは思えませんが、それでも、船団員は務まるわけですね。シンイチのように見た目に難があって、人付き合いも苦手な人材なら集まると、そう考えていいのですか？」

ぼくは軽く傷ついた。しかし見た目に難があるのは、承知している。そしてそう言っている間も、アンジはぼくの頭を撫でてくれている。アンジを恨む筋合いはない。恨むとすれば、阿呆の南風次だ。

「そら極端なご意見ですな」

船頭が場を笑いで誤魔化した。

「イヌもイヌや。シンイチのことを悪しざまに言うんやない。見た目はともかく、おまえらかて、かなり性格に難があるやないか」

「そやなイヌは自分勝手やし」と留蔵。

「おまえはネクラやんか」南風次が言い返した。

権座がそれには加わらず話を戻した。

「シンイチが船団に参加して、かれこれ二十年近くが経っています。十年ひと昔として、もうふた昔の話です。シンイチの見た目や性格がどうというより、やっぱり今の人間の気質というものを考えたら、人集めは、かなり難儀するんやないかと思います」

「わかりました。人集めはこちらで考えましょう。では集まったとして、その先のことを確認させてください」

「いや、その前に——」

「なんでしょ？」

「ちょっと、言いにくいんですけど——」

「ご遠慮は無用です」

「話の腰折って悪いんやけど、ちょっと失礼して、便所よろしいか。年取ると近《ちこ》うなって。さっさと済ましてきますんで」

「どうぞ」

アンジが了承して船頭が席を離れた。

11

わざとらしく伸びをして、目覚めたふりをした。もう少しそのままでいたかったが、船頭同様、ぼくの膀胱も、立て続けに飲んだ冷酒のせいで、かなりパンパンだった。

「どうした。大丈夫か？」

「ええ。ちょっと気持ちが悪いので、トイレに行ってきます」

トイレの手前の狭い通路で船頭が恵子に捕まっていた。

「船頭――」

恵子が上目遣いで船頭を見つめている。鼻にかかった甘い声だった。トイレに急ぐふりをして、俯いたまま恵子の背中をすり抜けた。きな臭い予感に、トイレと廊下を仕切る暖簾を潜《くぐ》って足を止めた。息を詰めて暖簾の隙間から覗き見た。

「どないしましたん、恵子さん」

恵子が一歩前に出た。廊下の壁を背にして、船頭は後退《あとずさ》りできないでいる。胸が触れ合うほどの距離だった。

「船団の再興のお話、難しそうですね。うちとしては、船頭らの名が、世間に知れたらええと思て……かえってご迷惑やったやろうか？」

切なそうに言った。

「そ、そんなことありません。ありがたいと思てます」

「けど船頭、さいぜんからのお話聞いてたら、船団の再興に、あんまり気乗りやないみたいやから……」

「そやないねんけど、できることとできんことは、はっきりと言うとかんと、後で、あちらさんに迷惑かけることになるんで」

「船団員の募集は難しいんですか」

「今の時代やからな。そやけどそれは、あちらさんが考える言うてはるし」

「うちはな、船頭」

「はい」

「もっと『割烹恵』の店構えを大きゅうしたいんや。ほんでな、いつか京都に自分の店を出したいと思てますねん。洛外やない。洛中にです。どうせなら祇園《ぎおん》に店を構えたい」

それが船団の再興とどう関係するのか――。

尿意を我慢してさらに息を詰めた。ぼくよりも、船頭のほうが、尿意を抑えるのに必死に見えた。細かく足踏みをして体を小刻みに揺すっている。

「その時には、な。うちの店で、『海の雑賀衆』を抱えたいんや」

「今かて――今かて――そや、ないですか」

いよいよ船頭の尿意が我慢の限界を越えそうだった。

「今はよろしいで。『割烹恵』も小《ち》っちゃい店やさかい。けど、割烹やなしに、料亭の規模を望むんやったら、今では足りませんやんか」

「あかん、漏れるわ」

半身を翻して、船頭がトイレに駆け込もうとした。慌てて奥の個室に身を隠した。ズボンとパンツを下ろして、便座に腰かけて、尿意を解放した。

船頭の尿が小便器を叩く音がした。

「船団員、三十人は欲しいなあ。船団いうくらいやから、それくらいおらんと、恰好つけへんのと、違いますやろか」

間近に恵子の声がした。なんと恵子はトイレの中まで権座を追ってきていた。

「ワッ」

船頭の魂消た声が聞こえた。尿はまだ勢いよく便器を叩いている。動くに動けないのだろう。状況を思い描いてぼくは船頭に同情した。

「船頭が頭領で、うちが姐《あね》さん。うちそんなんに、ごつう憧れますねん」

船頭の狼狽《ろうばい》などどこ吹く風で恵子の話が止まらない。

「肩に八咫鴉の墨入れよかな。それとも内腿がええやろか。船頭は、どっちが好み？」

ねっとりと絡み付いた。

着流しの加藤はどないするねん。

中貝は――。

思った通り、恵子はきな臭い女だった。

ようやく船頭の尿の音が止まった。

ぼくは便座に座ったまま、流すに流せず息を詰めたままでいた。

「はい船頭。おしぼりどうぞ」

「ああ、おおきに」

「なあ船頭。この話、受けておくれやす。うちの願い叶《かな》えておくれやす」

想像した。

恵子が船頭の尿の飛沫《しぶき》に濡れた手を、自分の手で包んでいる。それを自分の胸元に引き寄せて、唇を当てている。チロリと舌を出して、船頭の手に零れたまつたけの滴を舐め取っている。

想像というより妄想か――。

二人がトイレを出た気配がしたので、ぼくも個室から出た。

座敷に戻って、鍋の世話をしていた女性店員から、おしぼりを受け取った。元の席、アンジと南風次の間に腰を下ろした。

「それでさっきの話ですけど――」

船頭が切り出した。頭の中が見えるようだった。

船頭が頭領で、うちが姐さん――。

その図式を、甚《いた》く気に入っているに違いない。恵子と揃いで八咫鴉の墨を入れてもいいかなどと、年甲斐もなく夢想し始めているのだろう。

どこまで憐れなんや――。

「募集はお願いするとして、その先のことをおうかがいしましょうか」

鷹揚《おうよう》に構えて言った。

「大鋸さんが席を外されている間に、村越とも相談したのですが、村越が言うことには、自分の名前を出して新規事業として立ち上げて募集をかけたら、人なんか簡単に集まると言っているのですが、それで大鋸さんに異論はないですね」

「ぼくは東京大学在学中に起業しました」

ドラゴン村越が胸を張って言い添えた。

「大成功して、今や時代の寵児《ちょうじ》です。ファンもたくさんいます。ですからぼくの名前を冠で、出せば――」

「もういいよ」

調子に乗って喋る村越をアンジが制した。

「あなたは、『海の雑賀衆』という名前に、絆《ほだ》されただけなんでしょ。今はビジネスの話なの。黙って聞いていなさい」

村越がシュンとした。

「皆さん、ごめんなさい。この人、戦国オタクなんです。それで雑賀衆の名前に反応してしまって……。ご安心ください。私がちゃんと、コントロールしますから。ビジネスはビジネスとして判断します」

アンジが座ったままの姿勢で、目を伏せて頭を下げた。

「で、募集がなった後のことですが、先ずお訊ねしたいこと。研修生として抱える場合、どれほどの人数でしたら、面倒をみて頂けるでしょうか」

「こっちは何人でも、構しませんけど――」

「それでは困ります。研修生のための宿泊棟の手当ても必要です。明確な員数を仰っていただきませんと、事業予算が組み立てられません」

「三十人というところかな」

それはさっき、トイレで恵子が口にした員数ではないか。

「わかりました。では三十人ということで」

アンジがメモした。

「次の質問です。その三十人を、二年で一人前にできますか？」

「なに言うてんの。これやから素人は怖いわ。二年で一人前の一本釣り漁師に育てられるわけがないやんけ。俺らの生業、舐めとんかいな」

南風次が口を挟んだ。凄む南風次に、アンジは少しの動揺も見せなかった。

「いえ、そういうわけではありません。一人前という言葉が障ったのであれば、海に出られるまでにと言い換えます。研修期間中も、研修生は、社員として処遇しなければいけません。最低でも一人十五万円の人件費が必要でしょう。その期間が、事業予算の策定には欠かせません。当初は利益を生まないでしょうから、使えるようになるまで、ある程度の猶予期間の設定も覚悟します。私はそれを二年と試算してみました」

胸のポケットから電卓を出した。格安スーパーなどに行ったとき、皆が買い過ぎないように計算する電卓だ。船頭が百均で買ってくれた。

「シンイチ、なんぼや」

目敏くそれを目にした寅吉が、ぼくに声をかけた。

「三十人に十五万円で、月に四百五十万円。年に五千四百万円。二年で一億八百万円です」

金額に船団員全員が目を丸くした。さっきの新造船やマリコンへの支払いと合わせて、どれだけの資金をあの島につぎ込む気だ。

アンジの言う「海に出られる」は、どのレベルのことなんやろう――。

金額の多さに、確認しないわけにはと思う反面、おそらくアンジも、かなり漠然としたイメージで語っているに違いないだろうと思った。

「研修に十年かけたら、それだけで五億四千万円です」

アンジに問いかける代わりに言った。それくらいの計算なら暗算できる。

「無理やな」

腕組みをした寅吉が、溜息を吐いて首を横に振った。

「おいおい、そんな簡単に決めるなや」

船頭が、憮然としている恵子を横目で見ながら言った。

「船頭よ。考えてもみんかい。十年人を預かって、そんだけの金を出してもろて、船団の再興を確約できるんか」

寅吉。まともだ――。

「できるかできんか、やってみなわからんやんか」

船頭。色ボケだ――。

「それにやで」寅吉が話を続けた。「仮に十年預かるとして、船頭や俺が、最後まで面倒見られる保証があるんかいな。お互いの歳を考えてみいや」

どちらも六十半ばを超えている。

「そらそやな」

留蔵も同意した。

「船団員が育ったとして、そこで揚がる漁獲を、どない処理しますんや。今は『割烹恵』さんに卸していますけど、それも週に二日の操業のことや。それだけの人間が、本気で毎日漁をしたら、とんでもない漁獲量になりまっせ」

それは恵子さんが京都で開く料亭で引き取ってくれるんや――。

船頭はそう言い返したいに違いない。だが自分の下心が、船団員らに見透かされそうで自制している。そんな船頭の自制や恵子の目論見《もくろみ》を、露とも知らないアンジが口を開いた。

「それはご心配なく。確かに日本の市場では、みなさんの漁獲を受け入れることが難しいかもしれませんが、幸い私には、もっと大きなマーケット、中国にパイプがあります。今でも中国では、日本の水産物は高い人気を維持しています。残念なことに、先の不幸な事故で、一部の水産物や農作物が、輸入禁止になりましたが、ここは日本海です」

　先の不幸な事故。第一原発のことか。

「その輸入規制も徐々に解除されています。私は一本釣りという漁法を紹介し、皆さんの獲る魚が、最高レベルのものであると、中国の市場に訴求《そきゅう》します。ターゲットは新興富裕層です。このビジネスを成功させる自信があります」

　アンジの言葉は力強かった。船頭の目に希望の光が宿った。逆に恵子の目が険しくなった。それはそうだろう。『海の雑賀衆』の復興が成ったとしても、漁獲をアンジに取られるのでは、恵子の目論見が台無しになる。

「でも――」アンジが言った。「それが十年先のこととなると、さすがにビジネスとしては考えにくいです。時間が掛かり過ぎです」

「ほな、この話は流れですかいな」

　大して落胆している様子もなく、他人事のように言ったのは南風次だった。

「そらそやな。俺らに先の話なんか転がり込んでくるわけないもんな」

　留蔵の気病みが始まる気配がした。

　船頭は恵子の隣で肩を窄《すぼ》めて放心している。「頭領、姐さん」の夢が、ほんの一瞬で消えたことに落胆している。

12

全体の諦めムードを気にする風もなく、アンジが言った。

「ビジネスの話はまだあります」

「まだありますの。どうせ絵に描いた餅やろうけど、まだ雑炊もあるやろうから、聞くだけ聞かしてもらいまひょか。せっかくのクエやしな」

南風次の面倒臭そうな口調だった。

「ヘシコです」

毅然《きぜん》とした口調でアンジが言った。

「はあ」

南風次が大口を開けて目を見開いた。人を馬鹿にする顔だった。

自分が馬鹿なのに――。

「ヘシコて、さっき先付で出たあれでんの？」

「はい。鯖ヘシコです」

「あかん。俺ら、おちょくられとるわ」

匙《さじ》の代わりに箸を投げた。ずいぶんと芝居じみた仕草だった。

留蔵は爪の垢をほじくっている。寅吉は鍋を浚《さら》えている。船頭は落胆に放心したままだ。

ぼくは違った。

さっきぼくたちを迎えにきた中貝が言ったではないか。アンジは『割烹恵』のヘシコを、千尾まとめ買いしているのだ。三千五百円の安くはないヘシコを、だ。

まさか自分で食べるために買ったのではあるまい。ビジネスの臭いがするではないか。

「ヘシコ千尾は、ビジネスのために買ったのですか？」

問い掛けてみた。険しい顔を崩してアンジがぼくに微笑んだ。

「偉いよ、シンイチ。よく気付いたな」

「いや、そんな買い方する人、普通はいないんで」

「私がヘシコ千尾を、どうしたと思う？」

考えた。食べたのでなければ売ったのか？　だが三千五百円で売られていたヘシコを仕入れて、それに利益を載せて売れるか？　それなりの利益を載せられなければ、事業とは言えないだろう。

迷っているとアンジに言われた。

「当たったらキスさせてやる」

えっ、えっ、えっ、えええええええ——。

いきなりなにを言うのだ。ぼくがキス童貞だと知っているのか？

「舌を入れてもいいぞ」

アンジが舌の先で薄い唇を舐めた。薄い桜色の舌だった。今までぼくが喰ったどんな刺身より美味しそうだった。刺身の頂点は寒鯖の刺身だと言ったのは玄海の板前だったか。あの板前は、この舌を味わったことはないのだろう。

「こら、シンイチ。しっかり考えるんやぞ」

南風次。ニヤニヤと下品に笑っている。

「えっと。売ったんでは、ないんですよね」

「消去法は反則だ。次になにか言ったら、それがシンイチの答えだと見做《みな》す」

無慈悲に宣告された。

「自分で店をやっとん違うか」

寅吉が助言をくれた。それも考えた。東京のどっかのお洒落な街で『発酵食品ダイニング』とか、健康志向の店をやっているのでないかと。

「五秒」

アンジが宣言して右の両手を開いた。そして親指から一本ずつ指を折り始めた。小指一本になったとき、ぼくは意を決して叫んだ。

「中国に持って行ったんや」

折れかけたアンジの小指が止まった。

キスや。

アンジが微笑んだ。ぼくは舞い上がった。

「正解だ」

それもベロチュウや――。

「だが満点じゃないな。五十点にも届かない。キスはお預けだな」

脱力した。がっくりと肩を落とした。

「シンイチが言った通り、私は千尾のヘシコを中国に持ち込みました」

厳かな口調でアンジが船団員らに語り始めた。

「私が訪れたのは、大手量販店のバイヤーです。そこで感触を得て、路上における試食会も、中国を代表する都市で行いました。テンシン、シンセン、コウシュウ、ペキン、シャンハイ。どの街でもヘシコは高い評価を受けました」

「中国の人にヘシコの旨さがわかるんでっか。日本人でも、あかん人はあかんのに」

南風次が言った。

ほんと粘着質な男だ――。

「私は中国市場において、ヘシコが有望な商品足りえると実感しました」

南風次のちゃちゃを無視してアンジが締めた。

「そやけどヘシコみたいな発酵食品、中国にも仰山あるんとちがいますか？　なんぼ受けても、ヘシコが、ことさら売れるちゅうわけでもないでしょ」

寅吉が真っ当な疑問を投げかけた。

思慮深い。船頭に足りないものだ。

船頭より年上の寅吉が五代目船頭になっていたとしても、なんら不思議はなかった。むしろ思慮深いから船頭の立場を年下の権座に譲ったのかもしれない。寅吉が船頭だったら島を買うこともなかっただろう。その良し悪しは微妙だ。もし島を買っていなければ、ぼくたちの船団はとっくに消滅していたとも思える。

「中国に限らず、アジアは発酵食品の宝庫です」アンジが寅吉に頷いた。「しかしそれらとヘシコが決定的に違うのは、ヘシコが日本製だということです」

「日本製？」

寅吉が前のめりになっている。

「発酵食品は一歩間違えば腐敗します。中国人は、特に富裕層は、食味以上に、健康に敏感です。どれだけ美味しくても、腐敗の可能性があるものには手を出しません。その点において、日本製食品は絶対的な信頼を得ています」

アンジの言葉に寅吉が頷いた。

留蔵は無関心。南風次は置き去りにされている。船頭は放心したままだ。ぼくたちの向かいに座った女性店員たちでさえ、アンジの話に耳を傾けているのに。

どうした、大鋸権座――。

注視するぼくたちにアンジが投げかけた。

「とりあえず、三万尾」

右手の親指、人差し指、中指を立てた。

「前にここの女将さんに聞いた話では、ヘシコの仕込みは、寒のうちにしなくてはいけないそうですね。私自身でも調べました。確かに、日本酒も醤油も、寒のうちに仕込んでいました。今年の十二月初めから来年二月末までの三か月間で、三万尾の寒鯖の確保は、可能でしょうか？」

ぼくは無意識に電卓を叩いていた。

「月に一万尾。操業日数が月十五日として一日六百六十六尾の漁獲です」

「日に七束くらいということか」

寅吉が長い腕を組んで考え込んだ。

「難しいと？」

「ギリギリの数字やな」

「最悪二万尾でも、なんとか事業ベースには乗せられます」

電卓を叩いた。「一日四百五十尾弱です」寅吉に伝えた。

「それならいけるか」

「ではノルマ二万尾で、目標三万尾ということで」

「そんだけ獲って俺らの稼ぎはなんぼになりますねん」と寅吉。人差し指と親指で円を作っている。

「逆にうかがいます。いくらを要求されますか？」

「急に言われてもなあ。どないやシンイチ」

電卓をいったんクリアした。

「今の一日の漁の揚がりを平均二十万円として、六百五十尾やと一尾――」端数を切り上げた。

「三百八円です。四百五十尾やったら――」

「いいよシンイチ。三万尾が目標なのに、一尾一尾の値段なんか決めても意味がない」

アンジに止められた。

「一日の漁に対して三十万円お支払いします」

すっぱりと言った。

「一日船を出して三十万かいな。悪い条件やないいな」

南風次が同意を求めた相手は寅吉だった。寅吉も腕組みをしたまま小さく何度か頷いた。

留蔵も異論を挟まない。

船頭は――。

相変わらず上の空だ。

なにを傍観している、大鋸権座。あんた船頭やろうが――。

「ちょっと待ってくれや」

ぼくの無言の檄《げき》が届いたのか、船頭が右手を肩の高さに挙げた。

「どうぞ」とアンジ。

「大事なことやから言わせてもらうで」

威厳を隠さない口調だった。恵子の目を意識して恰好をつけている。

「漁は『割烹恵』さんへの卸し分を軸に計画する。最優先や。そのうえで、ヘシコのことは考えてもらいたい」

「そらそうや」寅吉が思慮深く頷いた。「なんぼ操業ごとに三十万いうても、寒のうちの三か月のことや。春夏秋と、食い繋がなあかん。『割烹恵』さんとの取引を、俺ら蔑《ないがし》ろにはできん」

なるほど。それは考えていなかった。三十万円に思考が飛んでしまっていた。寅吉も同じだったのだろうが、船頭の言葉で気持ちを切り替えたか。もっとも船頭は、そんな深い考えがあって発言したわけではなく、恵子の顔色を窺っての言葉だろうが。しかし冷静に考えてみれば、今日の今日、いきなり持ち出された提案に、ホイホイとは乗れない。『割烹恵』の売り上げで、ぼくたちの暮らしは、一応落ち着いているのだ。

留蔵と南風次も頷いた。ぼくも首を縦に振った。

「判っとんならええんじゃ」

船頭が挙げたままにしていた右手を下ろして、その手で空になったグラスを上げて、お代わりを要求した。「湯割りで頼むわ」と言った。話が終わったわけではないのだ。

「けどアンジさん、三か月で四十五日の操業として、操業ごとに三十万やったら――」

寅吉の目がぼくに向けられた。電卓を叩いた。

「千三百五十万円になります」

とてつもない金額だ。

「その支払いはどうなりますの。一括ですか。それとも漁ごとですか。ヘシコが売れてからと言うのでは無理でっせ。なんせヘシコを出荷できるのは、早くて梅雨明けや。船の油代やらなんやら、なにかと入用やさかい」

それは本来船頭が言うべき台詞だろう。当の権座は、運ばれた湯割り焼酎のグラスに突き出した下唇を当てている。

船頭。終了だ――。

「お支払いはいかようにでも。一括でもその都度でも。なんでしたら半金前払いの、残りを後精算としましょうか」

「半金いうたら――」

寅吉の視線を感じて、電卓を叩いた。

「六百七十五万円です」

「では、七百万円でいかがでしょう」

座が凍りついた。

七百万円――。

凍りつきもする。その額を誰も実感できないのだ。

ぼくたちが描ける金額は、三十万円程度が関の山だ。今日の漁獲にクエが交ったおかげで、五十万円を超える金が船頭の腹巻にあるが、それだけで、足元がフワフワしているぼくたちなのだ。それが七百万円。

もっと言えば、ぼくたちが具体的に実感できるのは、漁の夜に、船頭からコンビニで支給される二千円だ。千円札が二枚。七百万円といえば千円札にして七千枚ではないか。

「もしそれでよろしければ、明日にもでお支払いします」

あっさり言ったアンジがドラゴン村越に同意を求めた。

ドラゴン村越は、まだ鍋に残ったクエ肉を漁《あさ》っていた。よく食べる男だ。肉体労働などしたことがないのだろう。幼児体型の下腹が、ぽっこりとせり出していた。

「ん？　七百万？　いいよ。カードで支払える？　アメックスのプラチナね」

「馬鹿もこう申しております」

アンジが溜息混じりに言った。

「明日現金でお支払いするということでご了解ください。今夜は、私たちと同じホテルに部屋をお取りしますので、明日の朝、十時にロビーでお渡しします」

「それよりさ、雑炊まだ？　せっかくのお汁が煮詰まっちゃうよ」

話の流れを無視したドラゴン村越の発言だった。恵子が目で合図して、女性店員らがテキパキ動いて雑炊の用意が整えられた。

さすがクエだった。

ドラゴン村越だけでなく、全員が雑炊をお代わりした。出汁《だし》が違った。コクがあってアッサリしていて――、表現する言葉がなかった。南風次は再び得意満面だった。そのタイミングで、中貝が座敷に姿を現した。南風次が呼びつけたのだ。

13

「いやあ、美味かった。料理大変やったやろ」

鷹揚に言った。

「ええ。けどクエを料理さしてもらえるやなんて、板前冥利《みょうり》に尽きます。ありがとうございました」

「うん、うん。そうやろ、そうやろ。また俺が、俺がやで、釣ったるさかい、楽しみに待っときや。なかなかクエだけを狙うというわけにはいかんから、ちょっと待たせるかも知れへんけど、まあ気長に待ちや」

勿体ぶって言った。

中貝が厨房に下がって、締めのデザートに出されたのは抹茶のテリーヌだった。

「私の出身地、京都宇治市の、人気店から取り寄せているテリーヌです。宇治のお店に足を運ばれても、午前中には完売、お取り寄せは半年待ちという、人気のスイーツです。私とその店の娘さん、今では店長を務めておりますが、私たちは、京都の女子高の同級生でした。そのご縁で、当店だけ、特別に、配送してもらっております。京都を代表する銘菓です。どうぞ、京都の雅《みやび》をご堪能《たんのう》下さい」

長口上だった。南風次並みに自己PRがぷんぷん臭った。

しかし南風次のクエは、曲がりなりにも、南風次自身が釣りあげたクエなのだ。それに引き替え抹茶テリーヌは、女子高時代の友達の店の製品だというだけだ。恵子の手柄はどこにもない。しかも普段忌み嫌っているはずの京都を前面に押し出している。恵子の底の浅さを知らされる一品だった。馬脚を露わしやがった。

「明日いただく七百万やけど――」

留蔵がテリーヌのスプーンを口に銜《くわ》えたままで言った。

「誰がもらうんや。ちゅうか誰が管理するんや。皆に配分するんか」

船団員全員が目を伏せた。

ワザとか――。

そんな話題を、このタイミングで持ち出さなくてもいいだろう。それはこの後で船団員全員で協議することだろう。他の皆も、同じ思いだったはずだ。生々しすぎて皆困っているではないか。

「まあ、今までの流れから言うたら、船頭の管理やろな」

寅吉が渋々の体で応えた。

「腹巻の札入れでか?」

留蔵が追及の手を緩めない。

「そんなもん、札入れに入るかいな。腹巻にもじゃ。大金を保管するのは郵便局やろ」

銀行と発想しないのが、いかにも前期高齢者の寅吉だ。

「通帳と印鑑は?」

「金庫にでも入れとけばええやないか」

「金庫？　どこにあるんや？」

「買うたらええやないか」

「鍵はどうすんのや？　盗まれたら、終わりやで」

「知るか」

留蔵と寅吉の掛け合いに船頭が口を挟んだ。

「トラよ。イヌもトメもシンイチも聞いてくれ」

まだ萎《しお》れていた。

「俺はこの一件は、トラに任そうと思う。金のことだけやない。ヘシコの件は全部や」

「なにを言い出すんや、船頭」

「トラよ。ヘシコのことは、おまえがアンジさんと決めた話や。やったら最後まで、責任持つのが筋やろ」

要は拗ねているのか――。

確かに細部を詰めたのは寅吉だ。しかし船頭にも、発言の機会はいくらでもあった。トイレで恵子に迫られて、そっちにばかり気を取られていたから、ヘシコの話題に身が入らなかっただけではないか。それを話がまとまってから拗ねるというのは、どういう料簡なのだ。狭い。狭すぎるではないか。

「判った。ヘシコの件は俺が責任を持とう」

　寅吉が船頭を睨み付けて言った。ここまで話を煮詰めて、いまさら船団として考え直すとは言えないと判断したのだろう。

「それでよろしいですな、アンジさん」

「ええ。なんか難しい話になっていますけど、皆さんに異論がないのであれば、私が駄目だと言えるものでもありません」

「ええんと違うか」

　南風次が投げやりに言った。

「船頭に大金持たしたら、またどこぞの島でも買うかもしれん。トラやったら、勝手はせんやろう」

　船頭が一番気にしている点に触れた。ほんとこの男は、他人の神経を逆撫でするのが大好物だ。

「トメはどないやねん」

「皆が良ければ文句はないわ」

「ほなそれでええな。もうこの話はお終いや」

　――またぼくの意見は聞いてもらえなかった。別にこれという意見もなかったが。

　しかし次の朝、アンジから支払われた七百万円を渡され、それを恵子のところに持って行ってくれと言われた時には、さすがに「はい」とは、即答できなかった。

「島には金庫もない。郵便局に預けても、通帳と印鑑を管理せなあかん。こんなもんは、信用できる人間に預けるんが一番や」

「あの人が、信用できるどうか、ぼくには判りません」

信用できないとは言い切れなかった。なにしろ恵子は、ぼくたちの恩人なのだ。自分の好き嫌いで判断してはいけないと自重した。

「あれだけの店構えの女将さんや、万に一つのこともないやろ」

寅吉が事も無げに言った。

「預けて、それからどうするんですか?」

「必要な金を、その都度渡してもらえ。当面は船の油代くらいやろ。あとでトラブルにならんよう、金の出納記録はちゃんとしておいてくれ。その管理は、シンイチよ、おまえに一任するわ」

一任すると言われたのは嬉しかった。

しかし寅吉は恵子がきな臭い女だと知らない。着流しの加藤、板前の中貝、さらにぼくたちの船頭である権座にまで粉をかける女なのだ。ただ金を預ける相手として不適切かどうか、そこまでは判断できなかった。野心はあるだろう。だがその野心は、七百万円ごときの金に満足する野心だとも思えない。

「女将さんに金を預ける目的は他にもある。今までの船団は『割烹恵』のお抱え船団みたいなもんやった。今度俺らは、ヘシコ事業で、『割烹恵』以外からも収入を得ることになる。女将さんの立場になってみ、シンイチ。不安やないか。船団が離れてしまうんやないかと、疑心暗鬼にもなるわな。そうならんためにも、金を預けるんや。俺らは『割烹恵』さんの手の平から出てません。それを判ってもらうんや」

そこまで言われたら反論ができなかった。さらに次の一言でとどめを刺された。

「これはな。アンジさんの助言やねん。『割烹恵』との関係を大事にせえとな。それと金の管理を一任して、シンイチに仕事を任される経験をさせろとな。なるほどと俺は思た。シンイチも船団員歴二十年や。いつまでも下っ端仕事だけではあかんやろ」

アンジがぼくのことを気に掛けてくれている――。

それだけで舞い上がりそうになった。管理を一任するということは、それだけ男として認められたように思えた。七百万円をいったんホテルのフロントに預け、いつも魚を卸しに行く時間に、ぼくが、『割烹恵』に金を届けに行くことになった。

14

枝垂恵子は不機嫌だった。昨日の話し合いが、意に添わなかっただけではない。一番下っ端のぼくが一人で『割烹恵』を訪れたことが、気に入らないのだろう。

黙って封筒を差し出した。

銀行の名前が入った現金封筒だ。よく見るデザインだが形が違う。A4の大きさだった。しかもマチ付き封筒だ。札の厚みに足りるマチが付いていた。

「ん？」

受け取って、中身を確認した恵子の顔色が変わった。

「なんやの、これ？」

「きのう言うてた七百万円です」

百万円の帯封が七つ。一枚一枚数えるまでもないだろう。

「これを、恵子さんに預けるよう言われました」

「誰に？」

「うちのトラにです。預けて、恵子さんに保管してもらえと言われました」

「なんで、うちやの？」

「恵子さんなら信用できる。そう言われました」

「船頭はなんて？」

「ヘシコの責任者はトラです」

質問を繰り返しながら、次第次第に恵子の態度が軟化した。

「うちが預かって、どないしたらええの？」

猫撫で声だった。

「必要なとき、必要な額を、ぼくが貰《もら》いに上がります。それを渡してもらえませんか」

「そう――」

しばらく考え込んで奥に消えた。七百万円入りの封筒を持ったままだった。再び奥から出てきた恵子の手から封筒が消えていた。

「確かにお預かりしました。これが預り書です」

馬鹿丁寧に恵子が差し出したのは、『割烹恵』の領収証だった。金額欄に七百万円、摘要欄に『預り金として』と書かれてあった。領収証という題字も、二重線で『預り書』に訂正されていた。宛先は『海の雑賀衆様』だった。

「ほんで、これ」

作務衣の襟からポチ袋を差し出した。流れで受け取った。

「これは？」

「あんまり固《かと》う考えんといて、手間賃や」

「えっ」

袋の口から覗くと一万円札が二枚入っていた。

「こんな大金、受け取れません」

一応辞退した。本心では返したくなかった。

いつも横目で通り過ぎるフライドチキンのチェーン店が浮かんだ。パーティーバーレルだったたか。あのバケツみたいな容器を膝に抱えて、嫌になるほど、フライドチキンを喰ってみたかった。

ラーメンも喰いたい。

浜の通りにトンコツラーメンの店があった。ずっと前、九州に舫っていた時以来、喰っていない。その店のおすすめは「全部載せ」だ。焼豚やら煮卵やら、その店の具を全部載せたラーメンだ。千五百円もする。ニンニクをどっぷり入れて、紅ショウガを散らして、白飯を添えて、メンタイコをオカズに、あれを腹いっぱい喰ってみたい。

それから――。

ステーキが浮かんだ。悪役プロレスラープロデュースのステーキ屋が、これも浜の通りにある。ステーキ専門店。売りは一ポンドステーキ。どんな大きさか想像できないが、あれに喰らいついてみたい。おろしニンニクをどっぷりかけて、だ。

それから――。

トンカツだ。揚げたてのトンカツ。それだけじゃない、あの店では、それを白飯に載せてカレーを掛ける。サクサクのトンカツカレーだ。二千五百円。もちろん食べたことはない。食べられるはずがない。表の看板に書いてあった。「サクサク食感」と。

それから――。

どないしたんやぼく？　壊れたんやろか。なんぼでも浮かんでくる。あれやこれや、こんなに自分が我慢していたのかと呆れてしまう。

「なに、ぼうとしてるの？」

ハッと我に返った。首を傾《かし》げてぼくの顔を覗き込む恵子の黒目があった。

「大金やなんて大げさやわ。いまどき中学生でも三万円ごときでそんな言葉使わんよ」

くすっと笑った。

「これからもちょいちょい上げるから。遠慮せんときな」

「けど、貰う理由がありません」

「理由ならあるやんか」

恵子がなにを言いたいのか、わからなかった。

「さっきの七百万円が、最後やないんやろ。これからの船団の稼ぎを、丸ごと私に任せてもらえるんやろ。で、シンイチくんは私との中繋ぎや。任しとき。お金はうちがしっかり管理してあげるから。うちな、お金が大好きやねん」

「けどあれは船団のお金で――」

「いやわ、シンイチくん。そんなん判ってます。自分のものにしたりはしません。そやけどな、男の人らの稼ぎ預かってるいうのは、なんか気持ちええやんか」

なんとなく判る気がした。恵子は、男の急所を握っているのが好きなのだろう。

「あんなシンイチくん」

「はい」

「シンイチくんは、うちと加藤のこと疑っているやろ?」

加藤? あの着流しの老人か――。

急に話題が飛んで、ぼくはますます狼狽《うろた》えた。

「いえ、そんなこと――」

「ごまかさんでええ。けどな、半分あたりで半分はずれや」

微妙な言い方に戸惑った。

「この店を出すとき、確かにうちは加藤の世話になりました。けど今は違うで。信用してもらえんかもしれへんけど、あいつロリコンやねん。うちが二十歳越えてからは、見向きもせんわ。まあ、あっちのほうも役に立たんのやろうけどな」

「けど時々遊びに来ていますよね」

「あれはたかりに来てんねん。うちが小遣い銭やっとるから」

「恩返しみたいなもんですか?」

「まあそれもあるけど、あの人な、昔はこの浜のヤクザの親分やっててん。ちょくちょく京都に遊びに来てて、そこで知り合うたんよ。うち、祇園のクラブ勤めしとってな。今は跡目譲って引退しとうけど、ちょっと色気があるんやな。やくざの色気や。それで付きおうてやってるねん」

色気か――。

ぼくは言われたことがない。

「金は持っとるで、あの人。仰山持っとる。けどケチでな。家族もおれへん。使えんほどの金抱えて死ぬ気や。色気がなかったら、あんなんカスやわ」

そこまで言うか――。

では中貝達也はどうなのだ。

「シンイチくん。あんたさっき、その二万円握って悪いこと考えてたやろ」

企む目で言った恵子が、ぼくの手元のポチ袋を指差した。

悪いことではない。この金があれば、これが喰えるあれも喰えると夢想していたのだ。まあ謂《いわ》れのない大金を受け取るのが悪いことだといえば、悪いことかもしれないが。

「けどな」恵子が微笑んだ。「悪いこと考えてるシンイチくん、ちょっと色気あったで」

そう言って、はにかむように顔をクシャクシャにした。

可愛い――。

初めて恵子にときめいた。

恵子を誤解していたのかもしれない。

裏表のある女だと警戒していたが、それは不細工男の僻《ひが》みだったのではないか。案外素直な女なのかもしれない。素直な女というか、単純な女。アンジには大人の女の魅力が、恵子には無邪気な女の可愛げがあった。

完熟マンゴーと青リンゴの違いだ。

なにを考えているんだ、ぼく——。

結局二万円は受け取った。

帰りに浜の通りで、カツカレーの大盛りを喰った。

それが一番臭いが残らなそうに思えたのだが、合流した寅吉に「おっ、カレー喰うて来たか」と指摘されて、冷や汗を掻いた。

15

本格的な秋を迎える前から、ぼくたちの島に建築資材が続々と運び込まれ、施設と設備が整えられ始めた。ヘシコの作業場、太陽光風力発電施設、し尿処理施設、携帯電話基地局、そして軽油貯蔵施設と、それらに付帯する設備だ。

どれも目新しい施設だったが、ぼくたちが有効性をもっとも実感したのが、軽油貯蔵施設だった。今まで漁船の燃料の補給は、係留許可を得ている漁港で行ってきた。給油するためにそれなりの油を焚《た》いて、浜まで航行しなければならなかった。

漁船の燃費はかなり悪い。車のように一概に述べることは難しいが、大雑把に言えば、リッター二キロもないのだ。離れた浜までわざわざ給油だけに船を走らせるなど、非効率にもほどがある。

今までは、『割烹恵』に魚を卸すときだけ給油していたが、これからはそうはいかない。島の海域でヘシコ鯖を釣るために、近場の給油所が是非にも欲しかった。軽油貯蔵施設さえあれば、バンカー船と呼ばれる海のタンクローリーから、貯蔵施設にまとまった油を貯蔵し、いつでも漁船に給油できる。

貯蔵施設の利点は、それだけではない。ぼくたちのオンボロ船で浜まで三時間だ。往復六時間。その全部がとは言わないが、かなりの時間を漁に割けるのだ。

これは大きい。寅吉などは、「三万尾のめどが立ったな」と手放しで喜んだくらいだ。

逆にぼくたちが有効性をまるで感じなかったのが携帯電話基地局だ。なにしろぼくたちの誰も、携帯電話を持っていないのだから、有効性を感じようもなかった。

十一月中旬にアンジが来島するという連絡があった。ヘシコ事業の詰めと、工事の進《しん》捗《ちょく》状況の確認だと言う。恵子経由の連絡だった。

来島の日、朝から竣工《しゅんこう》間近の島の港で冷たい海風に震えながらアンジを待った。アンジは昼前にプレジャーボートでやってきた。

四十六フィート。たぶん四千万円くらいはするボートだ。白い船体のボートは、秋の気配が色濃い日本海に、碧《あお》い波を捲《まく》りあげて颯爽とやってきた。ボストンバッグを二つ抱えて島に降り立ったアンジは、ボート以上に颯爽としていた。

黒のタイトスカートに黒のブラウス、それに膝下まである真っ赤なダウンコートを羽織っていた。足元は白いスニーカーだった。

「これ、アンジさんの？」

馬鹿面を下げてボートを見上げるぼくを笑った。

「そんなわけないだろ。今日だけのチャーターだよ」

「今日だけって？」

言っているそばからボートが島を離れ始めた。

「あれ、ボート帰っちゃいますよ」

「三日後に迎えに来てもらうことになっているから大丈夫だ」

親指を立ててウインクした。

「でも泊まるところが――」

「あそこに泊まるよ。一部屋空けてもらった」

視線の先にはマリコンの作業員宿舎があった。

「ええ、あんなとこに泊まるんですか」

ぼくは思わず声を張り上げた。部屋と部屋を仕切るのは薄いコンパネ一枚だ。トイレだって工事現場でよく見かける簡易トイレだ。便器と便壺がセットになっている。

ぼくたちも使っていいと言われていたが、臭くて使えなかった。

ぼくたちの用便は今でも岩の割れ目だ。ビニバケに汲んだ海水で流せば臭いも残らない。しかしアンジに、それを勧められるはずがない。臭くても簡易トイレで我慢してもらうしかない。それから風呂——。

作業員宿舎には簡単なユニットバスはあるが一人が入れば満杯だ。作業員たちはそれを交代で使っている。しかし浴槽の大きさに比べて人数が多すぎる。それにぼくらでも敬遠するほど、浴槽に垢がこびり付いている。結局ぼくたちは前と同じ、『割烹恵』に魚を卸しに行ったついでに、浜の銭湯で垢を流している。

「いつまで女に鞄を持たせておく気だ?」

アンジに言われて我に返った。両手に下げたボストンバッグを受け取った。ずっしりと重たいボストンバッグだった。

「さて、打ち合わせをするか。どこでやる?」

その日はぼくとアンジで、ヘシコ事業の具体的な計画立案をすることになっていた。ヘシコ事業の責任者は寅吉だが、ぼくは寅吉から細々《こまごま》としたことは全部任せると言われていた。金の出納管理を任されたのと同じ流れだった。面倒なことを体よく押し付けられた気もするが、仕事を任されるというのは悪い気分ではなかった。思えば船団に入って初めて、責任の伴う仕事を割振りされた。

　アンジを現場事務所に案内した。

「会議室を使っていいと監督から許可を得ています」

　まさかアンジを、ぼくたちが寝起きする小屋に招待するわけにいかない。休漁日なので小屋では船団員が雑魚寝している。秋も深くなり、気温が下がり気味で、寅吉の尿漏れはますます激しく、部屋全体にアンモニア臭が立ち込めている。船団員の垢臭も凄《すさ》まじい。なにしろ窓がない掘立小屋なのだ。換気などほとんど期待できない。

　誰もいない現場事務所の会議室で、アンジと二人きりになった。

「三万尾のめどについてですが」

　さっそく用意していた議題について、自分の考えをアンジに披露した。基にしたのは今までの実績だ。

「前にぼくとトラさんで三束釣りました。別に特別な漁やないです。魚群の活性さえよければ、それくらいは普通に釣れます」

「三束？」

「あっ、ごめんなさい。一束が百尾です」

「ということは三百尾か」

アンジが開いた革張りの黒いノートに、銀色のボールペンでそれを書き込んだ。

「その三束は『割烹恵』のために釣ったのか？」

「そうです。その冬は三千尾の注文をもらっていました」

この冬も同じ三千尾の注文をもらっている。それは船頭の管理になる。

「二人で三百尾ということは五人なら七百五十尾じゃないか。三万尾は達成だな」

暗算で答えたアンジの手元にはネイビーブルーの電卓があった。いかにも高級そうな電卓だ。自分の玩具みたいな百均電卓が恥ずかしく思えた。寅吉の補佐として、ヘシコ事業の金の管理とか、事業計画の立案管理をするのであれば、それなりの電卓を持たないと格好がつかないなと思った。

まだヘシコ事業が始まっていないので、七百万円の前金は手付かずだが、それをもらいに恵子を訪ねれば、また二万円なりの駄賃をもらえるだろう。いや違うか。電卓は仕事で必要な道具なのだ。七百万円から切り崩した金で買えばいい。電卓だけじゃない。アンジが使っているような革張りのノートもほしい。銀色のボールペンも必要だろう。

「考え事をしているのか？」

アンジに言われた。

「あ、いえ」

「二人で三百尾。五人なら七百五十尾。それでいいんだな」

「いえ、そういうわけにはいきません」

あのとき留蔵は中鯛を釣っていた。ヘシコ鯖専門で狙うなら、留蔵を数に入れるのは構わない。船頭は操船と血抜き作業をしていた。数には入れられない。魚群は動くし船も風や潮で流される。常に魚群を追う操船が必要だ。

そして南風次——。

無理だ。鯖を釣れなどと言ったら暴れるだろう。

「実質釣りができるのは三人です」

「それだと四百五十尾にしかならないじゃないか」

アンジが素早く手元の電卓を叩いた。

450×15×3＝20250
「おい、最低目標ギリギリじゃないか。話にならん」

憤然と腕を組んだ。

「いや、軽油貯蔵施設があります」

それはアンジの計画にはなかったものだ。マリコンの所長が提案してくれた。

「それでどう変わる？」

「沖上がりの時間が変わります。島の海域から浜までの時間ロスがなくなります」

以前は十一時には漁を止めていた。それが黄昏《たそがれ》近くまで延長できる。

「釣りの時間が増えるということだな」

「ええ、四時間から六時間くらいには」

さっきの数字が残ったままの電卓を叩いた。

2025０÷４×６＝３０３７５
「ギリギリだな」

満足している表情ではなかった。

「他に材料はないのか」

厳しい声で問い詰められた。実はアンジが今した計算を、アンジが来る前に、ぼくは済ませていた。計算結果も、もちろん同じだ。三万三百七十五尾。三万を超えたので、ぼくは満足していた。だからその先のことは考えていなかった。

「ないのか？」

再度詰め寄られた。

「雑用係がいれば――」

苦し紛れに言ってみた。

「なにをやらせるんだ？」

「絞めと血抜きです。鯖の首をへし折って、海水を入れたバケツに突っ込むだけですから、熟練を要する作業ではありません」

「その負担が減った分、誰かを釣りに回せるというのか」

「前は船頭が担当していました。船頭は操船がメインですから、釣りができるとしても、漁獲はぼくたちの半分くらいでしょう」

アンジの手が電卓に伸びた。数字をいったんクリアした。

「釣りに特化した場合の半分だな」

アンジが電卓に手を置いた。立てた指が理知的だった。

「実績ベースの四百五十尾に七十五尾が追加される」

450＋75＝525
クリアしないまま続けた。

「軽油貯蔵設備で操業時間が延長される」

525÷4×6＝787．5
「操業は月に十五日、三か月だな」
787．5×15×3＝35437．5
「う-ん」

目標の三万尾を五千四百三十七尾超えたが、まだ満足している風ではない。ボストンバッグから黒のファイルを取り出した。

「これをどう思う」

ファイルを開いて差し出した。魚探のカタログだった。『魚群追尾システム』とあった。説明書きを読んだ。俄《にわ》かには信じられないようなことが書いてあった。

説明書きによると、その魚探を装備すれば、魚群をロックオンしたまま、自動操縦で船が魚群を追うらしい。

「なんか、すごい装備ですね」

慎重に言葉を選んでコメントした。とてもこのとおり機能するとは思えなかった。

海上には風が吹く。潮も流れる。波に打たれただけで、船の位置は変わる。それらを加味しながら魚群を追うのが操船なのだ。その操船が自動でできるとは、とても思えない。もしそれができたら船頭の存在価値すらなくなってしまうではないか。

「でも、この装備を、うちのオンボロ船に着けるのは難しいと思いますよ」

アンジに言った。この魚探は眉唾だ、とは言えなかった。

おおかたレジャーボートあたりの利用者が、満足するレベルの代物なのだろう。つまり素人のお遊び魚探だ。いくらするのか知らないが、画面が五つも並んでいる魚探など、オンボロ船に装備できるわけがない。

「誰がオンボロ船に装備すると言った。新造船に決まっているじゃないか」

「えっ、新造船？」

「前にファイルを渡しただろう。もちろん検討しているんだろうな」

「いや、あれは――」

「どうした。していないのか」

「だって漁業研修生の話が流れましたから」

アンジが失望の溜息を吐いた。

「いいか。ホウレンソウだ。どんなことでも、勝手な解釈で物事を決めつけるな」

報告、連絡、相談。略して報連相。

それくらいはぼくでも知っている。サウナに読み捨てられた週刊誌がぼくの教科書だが、そんな記事もたまにはある。穴場のピンクスポットがどうたらとかいう記事だけではない。

「いいか、シンイチ」

目が怖かった。

「おまえだけには教えておいてやる」

声を潜めた。

「ドラゴン村越は破綻する」

「えっ、事業がうまくいっていないんですか？」

「今はうまくいっている。しかしいずれは破綻する。判るだろ。あんな浮ついた奴が、いつまでも無事でいられるわけがない」

「アンジは、村越さんのパートナーじゃないんですか？」

「誰があんなやつ」

鼻で笑った。

「今回のこともそうだ。『海の雑賀衆』の再興だと。ふん、それがどんなビジネスに繋がるというのだ。ただの戦国おたくのお遊びだ」

脳がグルグルと不規則に回転し始めた。

「いいかシンイチ。あいつが『海の雑賀衆』の再興にいくら用意したと思う」

そんなことを訊かれても想像もできない。

「十億だ。足りなければ、その倍出しても構わない気でいる。おかしいだろう」

乾いた声で笑った。声だけだ。目は笑っていなかった。

「この件だけじゃない。あいつは事業と遊びの線引きができていない。金を、天から降ってくるものみたいに考えている。いずれあいつは破綻する。それもそんな先の話ではない。心配するな。私は、その時のための用意もしている。だからシンイチ、今のうちに、あいつに金を吐き出させるんだ。どうせ消える金だ。遠慮は要らない。あいつの金で、今は無駄だと思えるものでも整えるんだ。いいか、あいつが潰れる前に、毟《むし》れるだけ毟るんだ。あいつは遊びでやっているんだ。遠慮することはない」

なぜか恵子のことを思い出していた。

完熟マンゴーではなく、青リンゴが懐かしく思い出された。

16

　とりあえずヘシコ鯖の漁獲見込みを、三万五千四百三十七尾とした。仮の見込みだ。アンジは全然満足していない。もっと上積みを考えろと指示された。

　提案はしなかったが、ぼくにはさらに一万尾上積みする案があった。しかし提案すれば、やれと命令されるに決まっている。できるかどうかも判らない案を、口にする気にはなれなかった。村越が破綻するという話を聞かされて、アンジに対する警戒心も芽生えていた。潰れる前に毟るだけ毟れと、アンジは言ったのだ。

　現場の自販機で買ってきた缶コーヒーで小休止した。

「鯖ヘシコ、中国で売れるといいですね」

　当たり障りのないことを言った。

「私は中国生まれのカナダ人だよ。十四歳まで中国で暮らした。富裕層の子女だった。だから私がおいしいと思ったものは、中国の金持ちもおいしいと思うに違いない」

　遠い目をして言った。

「それだけの見通しでヘシコを生産するんですか？　三万尾も？」

　ちょっと甘くはないか――。

「違うよ。私はビジネスのプロだ。そんな思い付きみたいなことで、動くわけがないじゃないか。馬鹿にしているのか」

ブルブルと首を横に振った。アンジの目が怖かった。

「私は『割烹恵』のヘシコを抱えて中国に行った。いろんな人に会った。消費者や高級食材量販店のバイヤーや、街頭で試食会もした」

前に聞いたことだった。その行動力はすごいと思う。

「バイヤーから、注文ももらった」

「注文って――」

「とりあえず、三社合計で一万尾もらった」

「えっ、一万尾？　製造までに一年かかるんですよ」

「知っている。来年秋分の予約注文だ」

「いくらで、注文もらったんですか？」

恐る恐る訊いてみた。

「一尾二百元だ」

二百という意味なのか、Vサインなのか、人差し指と中指を立てた右手をグッとぼくの前に突き出した。

「日本円で言うと？」

「三千四百円ちょっとだな」

平然と答えた。ということは、アンジは三千四百万円の商談をまとめてきたのか。すごい、すご過ぎる。

そしてもし三万尾の鯖が確保できて、それが売れたら。

一億を超えるじゃないか――。

頭が破裂するかと思った。

それを達成するために、必要な初期投資は戦国おたくの村越を『海の雑賀衆』で誑《たぶら》かして出させるわけだ。息苦しくなって、話題を変えようとした。

「でもそれって卸値ですよね。売値はどうなるんでしょ」

「さあ、卸した後のことまで、こっちでコントロールできるわけじゃないからな。五百元くらいになるんじゃないか。日本円で八千五百円くらいだ」

「一尾八千五百円ですか！」

呼吸が止まった。

「いくらなんでも……それは……」

「いいか、シンイチ。前にも言ったが、もう一度教えておいてやる」

ぼくの鼻先に人差し指を突き立てた。

「ヘシコは発酵食品だ。中国にも、発酵食品はたくさんある。中国だけじゃない。アジア全域に、だ。だがなシンイチ。発酵と腐敗は紙一重だ。そして中国はその紙一重を簡単に誤ってしまう。その点日本は違う。日本に対して好《よ》くない感情を持つ中国人はまだまだ多くいるが、日本の製品に対する信頼は高い。日本人が腐敗したものを売るわけがないと、中国人は盲目的と言えるほど信頼している。ここまでは前にも話したよな?」

真剣な目でぼくを見つめている。コクコクと頷いた。

「その上に、私たちが生産する鯖ヘシコは、特別な鯖で作られている。『海の雑賀衆』がテグス一本で釣り上げた鯖だ。網で一網打尽にした鯖ではない。しかも船上で素早く処理され鮮度が究極までに保たれている。まだ付いてきているな?」

頷くしかなかった。

「かつて日本には、バブル経済と呼ばれた狂乱経済の時期があった。あらゆる高値のものを消費者は買い漁った。高ければ高いほど売れた。例えば鯖だ。そのときの最高級鯖の値段を知っているか?」

最高級鯖——。

豊後水道のあの鯖か。

「確か一尾五千円とか、七千円とかって聞いたことはありますけど」

「実際はもっと高かった。銀座の寿司屋なんかで、一貫二千円という値をつけた寿司屋もあった。鯖一尾から、鮨《すし》ネタが何貫取れるんだ、シンイチ」

「片身で十五貫くらいですかね」

「だったら一尾いくらになる」

「三十貫として……。えっ、えっ、まさか……」

「そう、六万円だ。もちろん鮨には、それを握る職人の人件費も、店を維持する直接費、間接費、諸々経費は掛かる。鮨の売値が、そのまま鯖の値だとは言わないが、それでも一貫の値段から逆算すれば、鯖一尾の値は、六万円ということになるんだ。バブルと言われて当たり前だろう。付いてきているか」

　ブルンブルンと首を横に振った。付いていけないというより、聞いてはいけないことを聞かされているような気になった。

「そうだろうな。でも最後にひとつだけ言う。心配するな。中国は今バブルだ。この景気はまだまだ続く。以上だ」

　アンジの高説が終わった。

　ぼくたちが釣る鯖を原材料としたヘシコが一尾八千五百円で売れるということに納得した。いや、させられた。頭に血が上って呆然《ぼうぜん》とした。

「船団員に会いに行こうか。交流を深めておかないとな」

　いきなりアンジが言った。

「案内してくれ」

会議テーブルに手をついて立ち上がった。

「いや、それは――」

両手を突き出して押し留《とど》めようとした。

「なにか不都合でもあるか？」

「散らかっていますから」

「綺麗にするまで待ってほしいとでも言うのか？」

「ええ、まあ。とてもアンジさんのような美人を、お招きできる環境ではありません」

「シンイチ」

顎を突き出して見下す目で言った。

「私はあなたたちのなんなんだ？　お客様か？　違うだろ。ビジネスパートナーじゃないか？　いわば仲間だな。確かに自分が美人であることは認めるが、それはビジネスとは関係ないことだ」

「ええまあ……」

「それが判っているんだったら、案内しろ」

仕方なく、会議室の机に置いたアンジの重たいボストンバッグを手に取った。

17

小屋は悲惨なありさまだった。朝出る時より酷《ひど》くなっていたというわけではないが、アンジが一緒だと思うと、悲惨としか言いようがなかった。全身に羞恥《しゅうち》の汗が噴き出した。

「皆さん、お久しぶりです」

アンジの歯切れのいい挨拶に、船頭をはじめ船団員らが、丸まっていた蒲団から飛び起きた。あんぐりと、顎が外れたみたいに口を開けて馬鹿面を並べた。

「おじゃましますね」

玄関口でスニーカーを脱ぎかけたアンジに、船頭が慌てた。

「いやいや、アンジさん。足が汚れます。そのままどうぞ。土足で構いませんから」

船頭の言葉にぼくも頷いた。

普段は気にしたこともないが、毛の擦り切れた絨毯《じゅうたん》の汚れ具合は並ではない。購入した時は赤色だったはずだが、鼠色《ねずみいろ》がかった茶色に変色している。もともと毛足の短いカーペットだったように記憶しているが、今ではそれも擦り切れて、厚手の布の敷物という風情だ。ここに住み着いてからというもの、目についたゴミを適当に集める以外、まともに掃除したことなどなかった。酒や食い物もたくさんこぼした。ダニがいるのは当然だが、蛆虫《うじむし》が湧いていないのがむしろ不思議に思えた。

「ご冗談を」

微笑みながらアンジがスニーカーを脱いでしまった。真っ白い靴下で部屋に上がった。全員が蒲団から飛び起きて姿勢を正した。アンジが辺りを見渡した。どうやら座る場所を定めようとしているらしい。

「シンイチ、お座蒲団をお出ししないか。気の利かないやつやな」

船頭がぼくを叱った。

お座蒲団？ そんなものがこの小屋にあったか？、

「本当にお気遣いなく」

アンジが言って、ゴミの少ない場所を選んで尻を下ろした。ダウンジャケットを後ろに撥ねて、タイトスカートを軽く持ち上げて胡坐を組んだ。透き通るほど白い脚が無残に思えた。しかしそれ以上に、アンジのとった姿勢は、下穿きが見えるのではないかと心配されるほど、危うかった。それが証拠に、アンジの対面に座った留蔵と南風次が、遣り場に困った目を不自然に泳がせた。

「せめてこれでも――」

船頭がおずおずと差し出したのは、二日前に、魚を卸しに行ったときに買ったスポーツ新聞だった。確かにそれが、小屋の中では一番汚れていないものだった。

「大丈夫です。お気遣いは無用です」

嫣然《えんぜん》と微笑んで首を横に振った。

当たり前だろう。客に新聞紙の敷物を勧めるとは、非常識にもほどがある。

「それより、みなさんにお土産があります」

ボストンバッグに手を伸ばした。バッグの底からアンジが取り出したのは酒瓶だった。五百ミリリットルが三本あった。

「足らなければ、こっちのボストンにも三本あります」

重たかったはずだ。

酒瓶のラベルに『紅星二鍋頭酒』と表示されていた。

「アーグオトウ。中国の代表的な白酒《パイチュウ》です」

アンジが説明を加えた。ぼくは酒の名前より、ラベルに書かれた五十六度という表示に目を引かれた。常識的に考えてアルコール度数だろう。かなり強い。

さらにアンジはコンビニのレジ袋を取り出した。カチャカチャとガラスがぶつかる音がした。厚手のショットグラスだった。六個あった。アンジが一人に一個ずつ配った。嬉しそうに顔を綻ばせていた。

「再会を祝して乾杯しましょう」

無造作に酒瓶のキャップをねじ開けた。

船頭、寅吉、留蔵、南風次、ぼく、そしてアンジ。

全員の前に置いたグラスそれぞれに透明の酒を注ぎ入れた。たちまち小屋に独特な香りが充ちた。加羅門寅吉のアンモニア臭に負けない、強い香りだった。

「再会を祝して」

グラスを目の高さに掲げた。ぼくたちもそれに倣った。

「ガンペイ」

聞き慣れない乾杯の発声で、アンジがグラスを前に出した。

「ガ、ガンペイ」「ガンペイ?」「ガン、ペイ」「ガンッペ」「ガンパイ」

ぼくたちも真似してグラスをかざした。

アンジが一気にグラスを干した。干した証しなのだろう、グラスを逆さに振ってニッコリと微笑んだ。ぼくたちも真似をした。一気に飲んで、干したグラスを逆さに振った。そして微笑んだ。ニッコリと、だ。似合わなかった。どのニッコリも気持ち悪い。

強烈な酒だった。強さもそうだが、鼻に抜ける香りが、いや臭いが、今まで経験したことのない酒だった。たちまち喉がカッと燃えた。胃も。遅れて頬も。そして全身が。

「さっ、さっ。もう一杯」

アンジがみんなに『紅星二鍋頭酒』を勧めた。負けん気の強い南風次が、挑むようにショットグラスを差し出した。「いや、自分は」「発泡酒があったよな」「日本酒は切れていたか」南風次以外は、ショットグラスを置いたままアンジの目線から逃れた。

「こんなものも買ってきました」

南風次のショットグラスに『紅星二鍋頭酒』を満たしたアンジが、次にボストンバッグから取り出したのは、『割烹恵』の真空パックされたヘシコだった。三本あった。

「ぼくが切り分けます」

救われた思いでそれを受け取って、台所代わりの土間に逃れた。

乾杯もしていないのに一気に酒を乾した南風次が、ショットグラスを逆さにしてドヤ顔をしている。こいつの明日の朝の運命が決まったなと、ぼくは少しだけ同情した。少しだけだ。むしろお調子者を嗤う気持ちだった。

土間で糠をこそぎ落としたヘシコを薄切りにした。それから自分たち用に除けておいた鰤《ぶり》を切り分けた。十分に脂ののった寒鰤だ。

普段は五人で片身を分けて食べるが、丸ごと使うことにした。少し厚めに切ってヘシコに並べて、人数分の紙皿に盛った。ワサビを添えて醬油を垂らした。

鰤の尾頭を残して、魚体に盛り付けるような下品なことはしない。活造《いけづく》りなど以ての外だ。「あれは魚のストリップや」と、船頭からして毛嫌いしている。鰺《あじ》であれ鰤であれ、ぼくたちは魚に敬意をもって接している。活造りは魚を愚弄《ぐろう》する所業だ。口がパクパクしている魚を新鮮だと喜ぶような、悪趣味の素人は船団にはいない。

新鮮な寒鰤の刺身にアンジが歓声を上げた。そりゃそうだろう。寒鰤なのだ。脂ののりが違う。ヘシコも旨い旨いと絶賛した。そして前と同じ、ぐいぐいときつい酒を飲んだ。今回は冷酒ではなく『紅星二鍋頭酒』だ。ぼくたちは発泡酒で付き合った。ただ一人、南風次だけが「ガンペイ」「ガンペイ」とメーターを上げていた。その都度アンジと杯を交わす南風次に、軽い嫉妬を覚えたが、それ以上にさっきアンジの本性を見せられた気になって、ぼくの気持ちは半ば褪《さ》めていた。

いずれ村越は破綻する。今のうちに金を毟れるだけ毟れ。アンジはそう言ったのだ。

18

アンジが来島の目的とこの後の予定を説明した。

「ヘシコの事業計画のあらましは、さっきシンイチと詰めました。今日の予定はそれで終了です。明日、明後日、マリコンの所長と、工事の進捗の確認、それから工事内容の最終的な詰めを行います」

簡単な説明だった。

「飲みながらで結構ですので、皆さんのご意見をお聞かせください。新造船について、特に議論はなかったようですが、来月までに納品するためには、正式な注文を、すぐにでも出す必要があります。私がメーカーと調整したものを注文してよろしいでしょうか」

　このタイミングであの酒を出しているということは、相談する気がないということだろう。ぼくはそう解釈した。どうせ他人の金なんでしょと、益々気持ちが褪めた。

「新造船の選定はアンジさんにお任せしますわ。なに、俺も六十年以上、板子一枚下は地獄の渡世で生きてきた漁師です。どんな船を宛ごうてもろても、ちょちょいのちょいで、乗りこなしますわ」

　船頭が調子のいいことを言った。だいぶんメーターが上がっていた。

　そんなことを言うてええんか？

　魚群を追尾して自動運転する船やぞ――。

　その性能を信じているわけではないが、大言壮語する船頭を皮肉な目で見てしまった。

「六十年――。ずいぶん長いキャリアなんですね」

　アンジが目を丸くした。あるいは年齢とキャリアが合わないと疑問を持ったのか。しかし吹いているわけではない。ぼくにしても、五歳になるかならないかの歳で、伝馬船に乗っていた。乗せてもらっていたのではない。自分で漕いで海に出て釣りをしていた。紀州雑賀崎というのは、そういう土地なのだ。

「さっきヘシコ事業のあらましと言わはったけど、シンイチと相談して決まったことで、俺らが知っておいたほうがええことありますか」

寅吉だった。

「ええ、ひとつだけ、ご了解いただきたいことがあります」

「なんですやろ」

「雑用係を、船に乗せていただきたいのです」

「雑用係？　なにをさせますのや」

「鯖の血抜きです」

寅吉が首を傾げて考え込んだ。血抜きのためだけに係を雇うという発想が、しっくりこないのだろう。

「それで大鋸さんのご負担が少しでも減らせます。いかがでしょう」

「そら構わんけどな。どないや船頭」

「血抜き作業だけに人間を雇うとは、大袈裟な気がせんこともないな」

反対する口調ではなかったが顔が苦笑していた。

そりゃそうだろう。

前にアンジとクエ鍋を食べた席で、船団再興の目論見があっさり崩れ、ヘシコについては寅吉に任せると拗ねてしまった船頭なのだ。この件に関し、正面から意見を言えるはずがない。それだけではない。あれから恵子の態度が変わった。以前ほどベタベタしなくなった。むしろ現在の権座の気懸りは、恵子の態度の変化だろう。もともとありもしない期待に、無駄に燥《はしや》いでいただけなので、とても同情する気にはなれないが。

マリコンの工事は着々と進んでいる。毎日島が、見違えるように変わっていく。それはすべてへシコ事業のためだ。船頭が、複雑な気持ちでその変化を眺めているのは、手に取るように判る。マリコンの関係者も、所長以下、なにか相談事があると、持ち掛ける先は寅吉だ。権座は船頭としての威信を半ば失いつつある。

「ええやんか。雑用係でも残飯係でも、下っ端ができるんはええことや」

ガンペイガンペイで、かなり出来上がっている南風次が吠《ほ》えた。

残飯係ってどんな係や――。

南風次の本心は、新たにいびる相手ができるのが嬉しいのだろう。その程度の男だ。しかしまあ、それはぼくにも言えるか。別に新人をいびる気はないが、少なくともぼくがいちばんの下っ端ではなくなる。さっきアンジと話していたときは、鯖の匹数で頭がいっぱいだったので、そこまで考えが及ばなかったが、確かにそれは悪くないことに思えた。

「では、次の新造船の納品の時までに、新人を雇用して連れてきます。とりあえず三人でよろしいでしょうか？」

留蔵が難色を示した。

「三人も雑用係を乗せるんかいな。船が狭《せも》うなってしょうないなあ」

「全員を乗せる必要はありません。陸での雑用もたくさんあるでしょう」

アンジが手元の『紅星二鍋頭酒』の瓶を握った。南風次が上体を揺らしながらショットグラスを突き出した。それに酒を注ぎいれながらアンジが言った。

「どうぞ、便利に使ってやってください」

「おう任さんかい。びしびし鍛えてやるがな」

南風次が偉そうに言って、ショットグラスを口の方から迎えにいった。唇をヒョットコみたいに窄めて、チュッと吸い取り、そのまま一気に飲み干した。空になったグラスを高く掲げて「下っ端にガンペイや」と吼えた。

「のう、トラよ」

「なんやイヌ」

「せんらんの」

「船団か」

「モロウは」

「モットーな」

「来るなら来んかい、やな」

「来るもの拒まず、や」

なにが可笑《おか》しいのか南風次が腹を抱えて笑った。

「アンジさん、飲みゃんかいな」

自分のグラスを右手で突き出して、左手の人差し指で、アンジの膝下のグラスを指差した。アンジが微笑みながら、自分のグラスと南風次のグラスに、透明の液体を注ぎ入れた。

「ガンペイ」

南風次がまた吼えて一気にグラスを乾した。アンジも微笑んだまま乾した。

南風次が天井に向かって唇を丸め「ふうぅ」と、潮を噴くように肺の空気を吐き出した。瞼《まぶた》がトロンと下がり、そのままスローモーションで後ろに倒れた。

狗巻南風次。討ち死だ――。

「あのう」

船頭がおずおずと手を挙げた。

「なんでしょう。大鋸さん」

「もしですよ。これは仮の話やけど。もしその三人が、鍛えた結果、二年で使い物になるようやったら、前に言うてはった『海の雑賀衆』の再興の目も、出ますやろうか」

酔い潰れた南風次を除く船団員全員に脱力感が広がった。

二年で使い物になるわけがないではないか。

なにを未練たらしいことを言っているのだ。

皆の顔にそう書いてあった。もちろんぼくもそう思ったが、皆が知らないことがある。

船頭は『船頭が頭領で恵子が姐』という夢を、まだ諦めきれないでいるのだ。皆と同じように呆れながら船頭を憐れに感じた。

「もちろんです」

船頭の恵子への想いを知ってか知らずか、アンジが力強く頷いた。

「むしろそれは、こちらの望むところです。ぜひ新しい三人を鍛えてください」

「もちろんですがな」

船頭が破顔した。

「俺もこっちをもらいますわ」

お愛想のつもりなのか、ショットグラスを差し出した。

「どうぞ、どうぞ。国のお酒を気に入ってもらって嬉しいです」

アンジが『紅星二鍋頭酒』の瓶を差し出して傾けた。権座のグラスを満たした。

権座が舐めるように、透明の液体を口に含んだ。

「ふぅ。この香りがなんとも言えませんな」

ベンチャラを言った。

「嬉しいです。ガンペイしましょう」

いつの間に満たしたのか、差し出したアンジのショットグラスで、同じ透明の液体が揺れていた。

「おっ、おう」

船頭もグラスを差し出した。

「ガンペイ」「ガンペイ」

声を合わせた二人がグラスを傾けた。アンジは軽々とグラスを干したが、船頭は途中せき込みそうになるのを必死で抑えて、なんとか飲み干した。

「楽しい酒です」

アンジが自分のグラスに、そして船頭のグラスに、また『紅星二鍋頭酒』を注ぎ入れた。

船頭はそれを飲み乾して南風次同様、背中から倒れこんだ。討ち死だ。

アンジが寅吉と留蔵に目線を向けた。二人の目に警戒の色が浮かんだ。留蔵などは、ショットグラスを自分の脇に隠した。

「さて、ヘシコ事業について、もう一点、皆さんにご承知いただきたいことがあります」

ショットグラスを膝元に置いてアンジが言った。

斗酒猶辞せずか――。

しかしさすがのアンジも、目の光にいつもの鋭さがなかった。『紅星二鍋頭酒』は三本目が半分なかった。南風次と船頭を潰した酒だ。二人が飲んだ分量を合わせたくらいの分量を、アンジもすでに飲んでいた。

19

南風次が豪快な鼾を轟かせている。船頭は、時々「ガハッ」と、身をくねらせてぼくたちをドキッとさせる。

「無呼吸症候群と違うか」

留蔵がさほど心配そうでもなく言った。アンジが話を進めている間も、船頭は「ガハッ」を繰り返した。

船頭の「ガハッ」より、むしろぼくには、上体を前後に揺らし始めたアンジの方が気懸りだった。小屋で討ち死にされたら堪らない。誰も悪さなどしないだろうが、ぼくたちと雑魚寝するのは拙《まず》いだろう。最悪、アンジを抱えて、工事関係者の作業員宿舎まで運ぶことも覚悟した。しかしアンジに宛がわれた部屋が、どの部屋なのか判らない。

所長の部屋は判るから、所長に確認するしかないか——。

そう考えた。ドアにセロテープで名刺が貼ってあったはずだ。

「皆さんにご承知いただきたいこととは、この島に女性が住むということです」

上体を揺らしながら、アンジが搾り出すように言った。声が苦しそうだった。

「女性というより女の子、少女と言ったほうがいい年齢の子らです」

初耳だった。寅吉も留蔵も、呆気にとられた顔をしている。

「こんなむさいとこに来てなにしますの？」

留蔵が小屋の中を見渡した。

「ここに住むわけではありません」

当たり前だ。少女という年齢の女の子が、こんな小屋に、汗臭い男たちと住めるわけがない。ましてやそのうちの一人は、頻繁に失禁するのだ。

「彼女たちは、これから建てる寮に住んでもらいます」

整えられつつある港から二百メートルくらい入った島の平坦地に、二日ほど前、搬入された建築資材を思い浮かべた。顔見知りになった工事関係者に訊くと、プレハブの部材だと言った。プレハブというので、てっきり倉庫でも作るのかと思ったが、宿泊設備を作るのだと言われた。あれが寮になるのか。

「何人くらい来るんですか？」

部材の量を思い浮かべながらアンジに訊いてみた。

「五人だ」

「五人も。そら賑やかになりますけど、なにをしますの？　まさか、漁業研修生やありませんわな」

寅吉が興味深げに訊いた。

「水産加工研修生です。ヘシコの生産に携わってもらいます。実はすでに、浜の町まで来ています。『割烹恵』で仕込みの勉強中です」

「手回しのええことで。この辺りの子らなんですか？」

「いいえ。中国から連れてきました」

アンジの様子がおかしい。目の縁《ふち》が赤く充血し始めている。

「えっ、中国？」

寅吉が驚きの声を発した。ぼくも驚いた。まさかの展開だった。

島でヘシコを製造するという頭はあったが、誰がとまでは考えていなかった。なんとなく近くの浜のおばさん連中が来るのだとばかりイメージしていた。おばさんらの移動手段のことまでは考えていなかった。

中国人の水産加工研修生か――。

イメージが膨らんだ。すっぴんで、田舎くさい女の子たちの姿が浮かんだ。

これもサウナの読み捨てられた週刊誌からの知識だが、彼女らの就労環境は、かなり酷《ひど》いものらしい。住む場所も劣悪なら食事も餌レベルで、そのうえ賃金がスズメの涙、脱走も少なくないというのがぼくの知識だ。

低賃金でこきつかう気なのか――。

村越はいずれ破綻する。今のうちに金を毟り取れという非情なアンジなら、それもあり得るのかもしれない。

違う。そうではない。アンジの様子がおかしい――。

いきなりアンジが胡坐を解いて正座した。

手をついて頭を下げた。小汚い絨毯に額を擦り付けた。

「まだ彼女らは、日本語が不自由です。いろいろ、ご迷惑をおかけするかもしれませんが、どうか、助けてやってください」

その姿は、とても搾取する者の姿とは思えなかった。

「アンジさん、頭をあげてください。そんな畏《かしこ》まられたら、どない言うてええのか、困りますやんか」

寅吉がアンジを宥めた。

アンジは額を擦り付けたままだ。肩が小刻みに震えている。

「アンジさん。せっかくの飲み会やないですか。このとおりや。頼むから楽しく飲もうな」

寅吉も正座して、アンジのまねをして頭を下げた。絨毯に額を擦り付けて、アンジの顔を覗き込んだ。馬面でおどけてみせた。

アンジがゆっくりと頭をあげた。目を真っ赤に泣き腫《は》らしていた。

「アンジさん。どないしはりましたん？」

寅吉が動揺した。

「あの娘たちは……」目線を落として、声を詰まらせながら話し始めた。「可哀そうな身の上なんです。なにも……悪いことをしていないのに……酷い……仕打ちを受けて育ちました。私は……あの娘たちを……命に代えても……」

話しながらぼろぼろと涙を流し始めた。

「守りたいんです」

最後の言葉をはっきりと言った。そのまま突っ伏して、嗚咽に肩を震わせた。

寅吉が、しわがれた声で誰にともなく呟いた。

「なんや、よほどのわけありみたいやな」

「ああ、けど気持ちは伝わったわ」

留蔵。悲痛な面持ちで頷いた。予期せぬアンジの錯乱に、喚起されるものがあったようだ。

無理心中した妻子のことを思い出したのか――。

ぼくは脈絡もなくそう思った。気鬱が昂じると、岩陰に隠れ、身を捩って、声を殺して泣き悶える留蔵だった。どうしようもない哀しみを抱えている。目の前のアンジの姿に留蔵のそんな姿を被らせた。

アンジの心を震わせているものは、五人の娘たちに向けた憐憫の情だけではない。

勝手に推測した。もっと抑えきれない、ぼくなどが、想像もできないほどの哀しみが、アンジの胸の奥底に沈んでいるように思えた。

『紅星二鍋頭酒』

こんな強い酒で、紛らわせなくてはいけないほどの哀しみなのか——。

だったらそれに付き合おうやないか。

いずれ破綻する村越の金を毟り取ることが、どれだけのことだと言うのだ。そんなことでアンジを悪者扱いした自分が、許せないような気になっていた。

いま目にしているのは真正の哀しみだ。激しく打たれたみたいな直接的な痛みを、ぼくは覚えた。胸が苦しくなった。

「ガンペイだ、アンジ」

突っ伏したアンジの指先にショットグラスを置いて、透明の液体を注ぎ入れた。

「俺にもくれ」

寅吉がショットグラスを差し出した。注ぎ入れた。留蔵が無言でグラスを差し出した。目で頷いて注ぎ入れた。

「さあ、アンジ」

アンジの震える肩を抱いた。アンジが顔をあげた。寅吉と留蔵が微笑みを浮かべて、ショットグラスを目の高さに掲げている。

アンジもグラスを持ち上げた。

「ガンペイ」

ぼくは、小さく、短く、強く、言葉を発した。

寅吉と留蔵がぼくに続いた。グラスを、さらに高く掲げた。

「ガンペイ」

蚊の鳴くような声で、アンジもグラスを掲げた。四人は一気にグラスを干した。グラスを逆さに振った。アンジがはにかんで、ニッコリとぼくに微笑んだ。

20

最悪の二日酔いだった。当たり前だ。目が覚めたら『紅星二鍋頭酒』の空瓶が六本も転がっていた。疑う余地のない二日酔いだ。

アンジの姿がなかった。作業員宿舎に部屋を確保したと言っていたが、そこで横になったのか。それだったらいいのだが、その辺りに倒れていたのでは、しゃれにならない。

アンジのことが気懸りで寝付けそうになかった。冷蔵庫を開けて、ペットボトルから水をがぶ飲みした。アンジを探しに外に出た。早暁の空だった。

冷たい空気に体を抱きかかえて入り江に向かった。行く途中、寮の建設予定地、そこに積まれたプレハブの部材に、腰かけている赤いダウンコートが目に留まった。ゆっくりと歩み寄った。ぼくの気配を感じたのか、赤いダウンコートが立ち上がった。

「おはよう。早いんだな」

アンジが言った。気の利いたことを言いたかったが、なにも思い付かなかった。アンジの傍に寄って、プレハブの部材に腰を下ろした。アンジも元の場所に腰を下ろした。

黙って過ごした。かける言葉が見つからなかった。その必要もないような気がした。作業ズボンのサイドポケットから、缶ピースを取り出した。咥えて火を点けた。強烈な吐き気を我慢して肺に入れずに煙を燻《くゆ》らせた。

「いい香りだな」

アンジが言った。独り言に聞こえた。

それからまた無言の時間が流れた。

空が明るくなり始めた。水平線がすみれ色に染まった。すぐに夜明けだ。

「聞いてくれ」

隣で声がした。振り向くと、朝焼けの海を見つめるアンジの顔があった。白い顔が薄い朱色に染まっていた。アンジの目線を追って、ぼくも海に目線を戻した。

「政府高官を務めていた父が、反革命思想犯の疑いをかけられて拘束された」

アンジが語り始めた。

「家族全員が別々の労働改造所に収容された」

水平線が明るく輝いた。日の出だ。空に浮かぶ雲の腹が朝焼けに染まった。

「私はカナダの人権擁護団体にサルベージされた。十四歳のときだ。地獄から救われた」

糸のような朝風が島から海に向かって吹き下ろした。

「父母も兄も、いまだに行方知れずだ。私はカナダ人宣教師に育てられた。大学にも進学させてもらった。進学する前に養女になってカナダ国籍を取得した。その時点で家族のことは諦めた」

朝陽に照らされた頬に微かな温《ぬく》もりを感じた。

「労働改造所のことは訊くな。なにも喋る気はない。誰にも、だ。養父母にも喋ったことはない。だから訊くな」

一羽の鷗が羽を広げ、シルエットになって、朝焼けの空を背景に浮かんでいた。

「島に来る娘たちも私と同じ境遇だ。労働改造所は、二〇一三年に廃止されたが、娘たちの境遇が改善されたわけではない。娘たちにも、国でのことは訊くな。絶対に、だ」

二本目のピースを咥えた。吸いつけずに咥えたままにした。

「大学では日本語学科を選んだ。目的をもって日本語を学び、卒業後日本に渡った。私の目的は、私と同じ境遇にある娘たちの救出だ。カナダは遠い。目的を達成するためには、日本に拠点を築くべきだと考えた」

口に咥えたピースを吸いつけた。

「日本で拠点を探した。娘たちを世俗から隔離できる拠点だ。娘たちを救うビジネスも必要だった。日本中を探し歩いて、この島を見つけた。娘たちには安らげる場所が必要だ。傷が癒えるまで島で保護する。誰にも手出しはさせない」

また沈黙の時間が流れた。

アンジがゆっくりと立ち上がった。

ぼくは座ったままでいた。

「喋りすぎた。今朝の話は忘れろ。ほかの連中にも一切言うな」

言い残してアンジが立ち去った。

ボストンバッグを両手に作業員宿舎に足を向けた。ぼくは動けないまま後姿を見送った。

背筋がまっすぐに伸びた後姿だった。胸に湧き上がる感情を言葉にできなかった。

第二章　始動

1

新造船が小型ボートを従えてやってきた。操船しているのは新造船メーカーの担当者で、小型ボートは、納品した後に担当者を乗せて帰るボートだった。

新造船から研修生が降りてきた。男が三人に少女が五人。男三人はボストンバッグを、少女五人はキャスター付きの旅行鞄を携えていた。

ぼくは船頭に従って彼らを出迎えた。アンジも一緒だった。

その前々日から、竣工《しゅんこう》検査をしに島に来ていたアンジだった。計画された島の設備はすべて完工していた。マリコンの作業員も、数日前に島を後にし、共に来島した所長と、アンジは引き渡し手続きを終えていた。

アンジが娘たちに駆け寄った。

たちまち娘たちがアンジを取り囲んだ。賑やかに騒いだ。その一人一人に頷きながら、アンジの顔は、ぼくが見たこともないくらい輝いていた。そして目が――初対面でぼくを受け入れてくれたアンジの目が――とてつもなく優しかった。

ひとしきり騒いだ後で、アンジが娘たちを整列させた。ぼくの勝手な予想に反して、娘たちは田舎くさくはなかった。化粧気はなかったが、すくすくと育った美少女揃いだった。

アンジと同じ境遇――。

口止めされて、思い出すことも控えていたあの朝のことが浮かんだ。この娘たちも、もともとは政府高官の子女だったのか。育ちの良さを感じさせるのは、当たり前か。

アンジの指示に、娘たちがポーチから取り出した名札を胸に付けた。カタカナで書かれた名札だった。最初にアンジが船頭を紹介した。

「こちらは船頭さん。ここで一番偉い人よ。みんなのお父さんね」

「おっ、おう」

船頭が不器用に敬礼の真似事をした。

アンジが日本語で紹介してから中国語で言った。どうやら日本語は、ぼくたちに聞かせるためのものだったようだ。アンジの喋る言葉に「センドウサン」があった。それを真似て、娘たちが「センドウサン」「センドウサン」と、確かめるように口にした。

ぼくの番になった。

「シンイチよ。みんなのお兄さん。仲良くしてね」

いつもの癖で、船から降りる娘たちを見た途端、慌ててキャップを被り俯き加減でいたぼくは、キャップを取って頭を下げた。

「水軒新一です。よろしくお願いします」

直立し体側に手を当てて声を張り上げた。ぼくが顔をあげると、五対の、驚いたような目がぼくをじっと見つめていた。美少女らに注視されて体が竦んだ。

「シンイチが大きな声を出すから、娘たちが驚いているじゃないか」

アンジが苦笑した。しかしぼくは、五対の目に見つめられて身構えたままでいた。

『嫌悪と憐憫』の揺れる天秤――。

娘らの目に変化が現れなかった。自分が表情を硬くしていることに気付いて、ニッコリと微笑んでみた。たちまち花が咲いたように、娘らの顔に笑顔が弾けた。アンジと同じだ。

娘たちは、あっさりとぼくを受け入れてくれた。

「この子たちは日本語がまだできません。おいおい喋れるようになると思いますが、それまで気長に待ってやってください。私はこれから、彼女らを宿舎に連れて行きます」

船頭に言ったアンジが、手持無沙汰にしている三人の男たちに顔を向けた。

「あなたたちは日本人同士なんだから、自己紹介できるでしょ。宿泊設備はあの二階建てのプレハブ。あなたたちは一階を使いなさい。二階はこの子たちが使う。二階への立ち入りを厳禁する。いいか、繰り返す。二度とは言わない。二階は立ち入り厳禁。以上」

それだけ言って、アンジは娘らを伴って宿舎に向かった。歩き始めて、アンジに従う娘たちが、またお喋りを始めた。耳に心地よい、小鳥が歌うような声だった。暗さや不安や、そんなものをまったく感じさせない、いつかぼくが、どこかの街角で見かけた、女子中学生が下校しながら、楽しげに語り合うような声だった。

三人の男子研修生を並べて船頭が口火を切った。

「それじゃ向かって右から自己紹介してもらおうか」

右端の男子が一歩前に出た。ひ弱そうな線の細い印象の男子だった。

眼鏡をかけているのか――。

それが決定的にダメだというのではないが、視力の悪さは海上でハンディーになる。眼鏡が、潮の飛沫や魚の血を浴びて視界が奪われる。顔に物がぶつかったときに大怪我につながると心配する船主もいる。遠洋漁業の船員募集では、視力矯正者不可としている会社もある。過敏すぎると言われるかもしれないが、ぼくたちの職場は海上なのだ。沿岸漁業といえども沖合遥かということもある。陸上とは事情が違うのだ。

「新名貞行《にいなさだゆき》、二十五歳です。出身は茨城県大洗町《おおあらい》。二年前に、鹿児島水産大学水産学科を卒業しました。専門は水産流通です。よろしくお願いします」

「大洗といえば鹿島灘《かしまなだ》ハマグリに常磐《じょうばん》戻り鰹やな。そや、常磐沖の鮟鱇《あんこう》も忘れたらあかんな。これからの季節のもんやな」

「はい」

新名貞行が嬉しそうに頷いた。このあたり、スラスラ出るところがさすが船頭だ。

「次」

真ん中の男子が歩み出た。

「久保《くぼ》孝明《たかあき》、十九歳です。香川県さぬき市出身です。高一のころから、地元スーパーの鮮魚部でアルバイトをしていました。ずっと魚を捌いていました。よろしくお願いします」

「さぬき市のどこやねん」

「志度《しど》町です」

「志度町といえば鴨部《かべ》川か」

「はい。あんな小さな川、よくご存知で」

「鴨部川沖はトドの漁場やった」

「トドですか。それは知りませんでした。五年も鮮魚部でバイトしていて、トドを扱ったことはありません」

「そらないやろ。トドは超がつく高級魚やからな。魚市場も通さんと料亭に直行や」

トド——。

当たり前にぼくの頭に浮かんだのは、アザラシなんかの仲間の海獣だ。それが高級魚?

料亭に直行？　不思議に思って疑問を口にしかけたが、恥を曝《さら》したくなかったので自制した。後で寅吉に聞いたところによると、トドとは、鯔《ぼら》の成魚らしい。メーター越えもある巨大鯔を言う。オボコ、スバシリ、イナ、ボラと成長するにしたがって名前が変わる出世魚である鯔の、最終形態がトドなのだ。

「とどのつまりの語源やな」と寅吉は言った。

トド級になると、もともとの生息地である汽水域を離れ、磯に着くらしい。それが理由で敬遠される泥臭さもなくなって、すっきりした白身魚になるらしい。知らなかった。迂闊に質問しなくてよかった。

「次」

「阿部蔵《あべくら》修馬《しゅうま》。十九」

歩み出なかった。きつい目付きをしていた。身体が傾いていた。左肩を下げて、目線をこちらに向けない。斜め下に落としたままだ。

「それだけか」

「別に――。学校は普通校ですし、魚関係の仕事もしたことないですけん」

「出身地くらいあるだろ」

「ああ。岡山っす」

「岡山といっても広いやろ」

「津山《つやま》っす。海とは縁のない土地ですけん」

チラッと目線をあげて上目遣いで権座を覗き見た。それと同時に口角を少し上げて、笑ったように見えた。鼻で笑うというやつだ。ぼくたちを馬鹿にしているようにも見えた。

「ほな、今日は歓迎会とするか。研修の打ち合わせもせなあかんからな」

阿部蔵修馬の態度に、やや気分を損ねて見えた船頭が、気を取り直すように言った。

船頭とぼくは、船団員らが待つ掘立小屋に三人を伴った。権座が先頭に立ち、三人が続き、ぼくが最後尾を歩いた。

ぼくの前を歩いているのは阿部蔵だった。デニムのズボンのポケットに手を突っ込み、肩を怒らせ気味にして、両足を放り出すようにガニマタで歩いた。つっぱっている阿部蔵が、同じ臭いを放つ南風次とぶつからなければよいがと案じた。

小屋は蒲団こそ片付けてあるものの（ついでに干せと狗巻南風次に指示された）、他はいつものままだ。惨状を目の当たりにして、この三人が逃げ出しはしないかと、それもぼくは心配した。逃げ出すといっても、ここは絶海の孤島だが。

「あっ」

「どうしたシンイチ」

「干した蒲団を、取り入れるのを忘れていました。すぐに取り入れて、ぼくも、後から小屋に行きます」

言い残して蒲団を干した松に向かって走った。

蒲団を取り入れて小屋に戻るころには、阿部蔵が南風次に血みどろにされているのではないかという不安を抱きつつ、蒲団を干した松に走った。

横目で通り過ぎた研修生の宿泊施設の二階の窓に、まだ昼間だというのに灯が燈っていた。

2

五人分の蒲団を掘立小屋の隣の倉庫に仕舞った。時間にして三十分ほどだったか。ぼくが小屋の戸を開けると、小屋が賑やかな笑い声に充ちていた。驚いたことに、笑いの中心にアンジがいた。そしての例のショットグラスが、それぞれの膝元にあった。『紅星二鍋頭酒』の空き瓶が一本、アンジの隣に転がっていた。

またかよ――。

『紅星二鍋頭酒』

魔性の酒だ。

みんなが手に持っているのが、発泡酒とか缶酎ハイだったので少し安心した。

場を賑わせているのは、アンジの中国での苦労話だった。ヘシコを食べた中国の人たちの反応を、アンジは身振り手振りを交え面白おかしく語っていた。

「遅れました」

声を張り上げて部屋に入った。ぼくの声にアンジが振り向いて、自分の隣をバンバンと平手で叩いた。

「シンイチ、ご苦労さん。ここに座れ。まずは駆けつけ三杯だ」

アンジがショットグラスを差し出した。陰になって見えなかったが、アンジの前には、まだ開栓していない『紅星二鍋頭酒』が四本もあった。

「三杯はきついですよ。明日漁だし」

アンジの隣に腰を下ろしながら苦笑混じりに言った。

「なにを軟《やわ》なこと言うてんねん。漁師が、酒ごときで漁を休んでどないすんねん」

南風次だった。

「偉いっ」

白のジャージ姿に着替えて胡坐を組んだアンジが膝を叩いた。そして南風次に自分のショットグラスを差し出した。

「だったらあんたも飲め。前みたいに飲み比べだ。今日は誰も白酒を飲まない。せっかくあの子らが手土産で持ってきてくれたのに、失礼じゃないか」

誰も飲まないということは、転がっている空き瓶は、アンジ一人の仕事なのか。いや、さすがにそれはないか。少なくとも一杯目の「ガンペイ」は全員でしたのだろう。アンジの手には発泡酒も缶酎ハイも握られていなかった。

「俺はいいっす。こいつと缶酎ハイ飲んでいますから」

南風次が体よく断った。こいつといったのが阿部蔵だった。彼の生意気な態度に怒った南風次が、鉄拳制裁を加えるのではないかと心配したが、どうやら類は友を呼ぶという図式らしい。

「それにシンイチはアンジさんにべた惚れやし、ほら、昔からいうやないですか、人の恋路のじゃまする奴は、馬に蹴られて死んじまえって。俺、まだ馬に蹴られて死にとうないですから、遠慮しますわ」

「な、なにを言うんですかハエジさん」

顔が熱くなった。赤くなっているに違いない。

「なんだシンイチ。私に惚れているのか」

アンジまでそんなことを言った。

「アンジさん、気づいてはらへんかったんですか。ビジネスはやり手やけど、男女のことは案外奥手なんですな」

寅吉までがアンジを煽《あお》るようなことを言った。

なんなんだ、この人らは——。

「そうなの。私、奥手なんです。おかげでこの歳まで独り身で。シンイチ慰めて」

「もう、アンジまで。怒りますよ」

アンジの前から『紅星二鍋頭酒』をとって、乱暴に栓を開けた。

「いやだ。私に注がせて」

まだやっている——。

アンジが伸ばした手を無視して、左手に持ったショットグラスに白酒を注いだ。一気に呷《あお》った。そのままもう二杯、勢いで呷ってやろうかと思ったが、さすがにそれは止めた。一杯だけで胃が燃えるようだった。

「で、アンジさん。ヘシコが思いのほか好評やったんはわかりましたけど、それで商売になりますか」

船頭が場を繋いだ。まだその段階か。ぼくは次の瞬間に、皆が驚く様を想像して頬が緩んだ。だがその前に、アンジのガンペイ攻撃をかわすために、適当に置かれていた発泡酒を手に取ってプルトップを開けた。

「私の判断では十分ビジネスとしてやっていけると思います」

アンジが素に戻って答えた。

「私が訪問した高級食材量販店のバイヤーも一万尾のオーダーをくれました」

「一万尾」

船頭が目を剝いた。

ざまをみろ――。

しかし驚くのはまだ早い。

「一尾いくらで買い取ってくれるんでしたっけ」

ぼくが先を促した。

「二百元だ。それは前に説明しただろう」

「日本円でいうと三千四百円ですね」

アンジが頷いた。

「それが一万尾やから、三千四百万円のビジネスということか」

暗算しているふりで、天井に目をやって独り言のように言ってやった。期待通り全員が生唾を飲む気配がした。

「ヘシコは安いものでしたら、七百円くらいで売っています。ただ私たちが作るヘシコは原材料が違います。新鮮で、しかも脂ののった寒鯖のヘシコです。それを皆さんが入手していただけるので、原価を抑えることも可能です。十分な競争力があるのと同時に、他社が容易には追従できないというメリットもあります。なにしろこちらは、五人もの釣り名人を抱えているんですからね」

ここだ。このタイミングだ――。

腹を決めた。

アンジと協議したヘシコの事業計画で、ぼくには、漁獲高を一万尾上乗せする案があった。しかしそれはあまりに危険な案なので、そのときもその後も、口にするのを控えていた。

あの朝アンジの打ち明け話を聞いて思った。どんなことをしてでも、ヘシコ事業を成功させなくてはいけない。そのためには一万尾上乗せの案を通すべきだ。そう思った。それでもまだ迷っていた。さっき娘たちに紹介されて腹を括《くく》った。

ぼくを受け入れてくれた娘たちだ。あの娘らが、アンジと同じ境遇にあるというのか。アンジの言う境遇を正確には知らない。しかしあの夜、娘たちを頼むとアンジは慟哭《どうこく》した。あの姿は忘れない。

「ひょっとして、一万尾の鯖をぼくたちが釣るんですか」

わざと惚けて言った。

「当たり前じゃないか、シンイチ。他に誰がいるんだ」

「けど、ヘシコの仕込みは寒中ですやん。向こう三か月で、ぼくら、一万尾の鯖を釣らなあかんということですやん」

「違うよ。一万尾じゃない。前の話、覚えていないのか？」

アンジの怒った目が本気モードだった。ぼくの目論見に早く気付いて欲しかった。

「それじゃ予約だけで終わってしまう。せめてその三倍、三万尾は釣ってもらわないと事業とは言えない」

三か月で三万尾。決して無理な数字ではない。それは「前の話」でも確認したことだ。

「いいでしょうか？」

手を挙げたのは鹿児島水産大学出身と自己紹介した新名だった。寅吉が許可すると、ずれ気味の黒縁眼鏡を、人差し指の腹で押し上げて喋り始めた。

「冬の日本海の操業可能日数を月に十五日間とします。その制約で操業するとして、寒のうちに三万尾を釣るためには、一日の漁獲高は約六百七十尾となりますが、それは現実的な数字なのでしょうか」

電卓も叩かずにすらすらと言いやがった。

「前に『割烹恵』に寒鯖を卸したときには三百尾くらいやったな」

留蔵が言った。ぼくが続いた。

「でもあのときは、ぼくとトラさんの二人でしか釣らなかったじゃないですか。あのときみたいに、船頭が絞めと血抜きをするとしても、トメさんを含めて四人でなら、単純計算でその倍は釣れます。それに加えて、軽油貯蔵施設が出来上がっています。給油のために浜まで船を走らせる必要もありません。控えめに考えても、今までの四時間の操業が、六時間まで延長されます」

ポケットから百均電卓を取り出した。数字は頭に入っていたが、あえて叩いてみせた。

300×2÷4×6＝900

電卓の画面を皆に示した。百均電卓なので、小さな窓の数字までは見えないだろうが、デモンストレーションだ。

「ほら、一回の操業で九百尾が可能です」

また電卓を叩いた。

900×15×3＝40500

「この計算だと、三か月の見込みは四万尾を超えます。三万尾の目標なんて控えめなくらいです」

「すごいじゃないか、シンイチ」

アンジが目を輝かせた。しかし船団員らは、むしろ浮かない顔になった。表情が暗かった。一人額に青筋を浮かべている男がいた。

ちょっとビビったが、ここで引くわけにはいかない。わざわざ中国まで足を運んでこの話をまとめてきたアンジのためにも、そしてそれ以上に、かつてのアンジと同じ身の上だと聞かされた、あの娘たちのためにも、引くわけにはいかない。ヘシコ事業の責任者である寅吉から、ぼくは実務を一任されているのだ。

「そら、そうやけど――」

留蔵が奥歯に物が挟まったような物言いをした。

「なんです、トメさん。言いたいことがあるんやったら、はっきり言うてくださいよ」

ぼくの声が震えた。無理して作った笑顔を留蔵に向けた。

「言うてもええんか？」

「当たり前やないですか。ぼくたちの未来がかかっていることなんですよ」

「ほな言わしてもらうけど、今、四人でと言うたな」

「研修生の彼らを頭数には入れられませんからね」

「そやない。他にも入れられへん人間がおるんを忘れてないか？」

留蔵の目が、ぼく以外の誰かに向けられている。

目線の先を追った。狗巻南風次。大物狙いしかしない南風次だ。胡坐の姿勢から片膝を立てる姿勢に直して、苛立たしそうに楊枝を嚙み潰しながらぼくを睨んでいる。額に浮かんだ青筋が、中にミミズでもいるのかと思わせるほど、ピクピクと動いている。

「まさか、ハエジさん――」

「おいおい、まさかと言いたいのんは、この俺のほうやで。シンイチよ、まさか、この俺に、大物しか狙わん俺に、鯖みたいな小魚を釣れというわけやないやろうな」

ぐっと歯を嚙みしめて気合いを入れた。殴られるのを覚悟した。

ここが正念場や――。

「なにが大物しか狙わんやねん。二キロの鯛と五キロの鯛で、キロ単価が高いんはどっちやねん。買い手に喜ばれるのがどっちか、それも判らんで漁師やっとんかいな」

顔を背けてあえて挑発した。鼻で笑うふりをした。顔が引き攣《つ》ってうまく笑えなかった。

「なんやと。おのれは俺が漁師失格とでも言いたいんか」

「言わな判らんのやったら、言うてやるわ。あほみたいに大物大物て、それやったら、そこらの釣り小僧と同じじゃないか」

南風次が手にした缶酎ハイをいきなりぼくに投げつけた。膝頭を直撃した。まだ半分以上中身が残っていた。痛みに上体を丸めて呻いた。

南風次が立ち上がった気配がした。痛みに顔を顰《しか》めて顔をあげた。ぼくの肩口を南風次の足が捉えた。胡坐の姿勢のまま後ろに飛ばされた。なおも南風次は蹴りの足を止めなかった。顔面を畳んだ腕で庇《かば》った。腹に強烈な蹴りが入った。

「おらあ、謝れ。気絶したら楽になれるやなんて甘いこと考えなや。気絶せん程度にいたぶったる。知っとうと思うけど、俺は十九の時に、雑賀崎でヤーコの組潰した男やぞ。どないしたら相手の気持ちが折れるか、知り尽くしとんじゃ。おらあ、どないじゃ。骨に響くやろ。謝れ。泣いて謝ったら赦《ゆる》したるわ。泣けえ。このボケがあ」

南風次は愉しんでいる。ただ闇雲にダメージを与えようとしているのではない。言葉で嬲《なぶ》って気持を折ろうとしている。万が一にも、ぼくを殺してしまったり、重傷を負わせたりすることを、南風次自身も恐れている。

　自分に言い聞かせながら、間断のない攻撃とそれに伴う痛みに耐えた。

「誰かが、間に入ってくれるなと思うなや。もしそんなことする奴がおったら、おれは容赦せん。一発でそいつを眠らしたる。そやけどおのれは違うぞ。謝るまで、嬲ったるからな。死ぬまで俺に値打ちこかんよう、教育したるからな」

「誰が……謝るか。間違うとんは……おまえじゃ」

　折れそうになる気持を必死で支えて言い返した。足りなかった。もっと言いたいことがあった。しかし蹴りに堪えるのが精いっぱいで言葉が出なかった。

「おいおい、止めんか。新人の子らがびっくりしとるやんか」

　船頭の声がした。腰の引けている声だった。薄目を開けて腕の隙間から窺い見た。船頭の目が泳いでいた。

　あかんわ、こいつ――。

　止めに入りたいが、そんなことをしたら、たとえ船頭といえども、なんの躊躇《ためら》いもなく殴り飛ばす南風次だ。その暴力に船頭の目が臆していた。

　寅吉は――。

　腕を組んでジッと目線を送っている。大丈夫だ。寅吉はぼくの意を理解している。味方を得た気になった。気力を振り絞って、なおも南風次に言ってやった。

「なにが……クエじゃ。大鯛が……どないしたんちゅうねん。おまえも……職業漁師なら……買い手が……買い手が、欲しがるもんを……釣らんかい。おのれは……黙って……鯖を……鯖を……釣っとったらええんじゃ」

南風次の攻撃が止まった。終わりかと思ったらそうではなかった。

「修馬」

南風次が阿部蔵を呼んだ。

「おまえも手伝え」

「っす」

さっきまで南風次の隣に座っていた阿部蔵が立ち上がった。ぼくに歩み寄った。顔面を守っていたぼくの腕ごと首をへし折るような蹴りが入った。

活け締めの鯖かよ——。

首折れ鯖。自分の首が変な角度に曲がるのを感じて、ぼくは笑えない発想をした。そしてそのまま意識を失った。

3

男たちが小屋を出た。早暁の風は冷たかった。寒の到来を思わせる風だった。

先頭で肩を怒らせて歩く男が誰に言うともなく呟いた。

「あのアンジとかいう女、素人やないな。フクロにされとるシンイチを見て、顔色一つ変えんかった」

感心している口調の男に長身痩軀の男が笑いかけた。

「イヌも鈍ったんやないか。おなごに見切られるようでは、な」

「アホ抜かせ。あの女、笑うとったやないか」

確かにと、笑いかけた男も頷いた。

若い男に加えられる剝き出しの暴力を目の当たりにしながら、女は悲鳴も上げず、止めにも入らず、白酒を優雅に飲みながら微笑みさえ浮かべていた。男の暴力は女に見切られていた。男は、相手を致命的に痛めつけるほどの激情に駆られていたわけではなかった。心を折ろうとしているだけだった。それを女は見抜いていた。

「俺は正直言って怖あなった。あのまま続けたら、あの女の手前、意地でシンイチの肋骨の三本や四本、折ってしもうたかもしれん」

女の目を想い出したのか、ブルッと、男が寒気がしたように身を震わせた。

「まっ、女の手前かもしれへんけど、それでもシンイチもよう頑張ったな」

別の男だった。影のある相貌をしていた。これにも長身の男は同意した。女と同様、暴力を受けた若い男自身も、それが為にする暴力だと感付いてはいたようだが、たとえ感付いていたとしても、間断なく与えられる痛みに、そうそう耐えられるものではない。

男たちの一行が船着き場に至った。

薄暗がりで、威勢を誇るような新造船を一瞥《いちべつ》しただけで、男たちは慣れ親しんだオンボロ船に乗り込んだ。いつもなら舫《もや》いを解くのは若い男の役割だった。その朝は若い男に暴力を振るった男が代行した。

「あの女の目が怖あなって、阿部蔵とかいう若造にスケてもろたんかいな」

操舵席に座った男が、舫いを解く男に言った。揶揄《からか》う声だった。いつもは気を遣わされている相手が、臆している様子を愉しんでいた。

「せや。ああでもせんと、引っ込みがつかなんだ」

意外なことに、揶揄われたことも気にせず、乱暴者の男が素直に認めた。

「そやけど、あの阿部蔵とかいう若いやつ、あれも喧嘩慣れしとんな」

トモの男が感心した声で言った。舫いを解いた男が船に上がりミヨシに陣取った。

「ああ。一発でシンイチを眠らせよった」

重たい蹴りやった、と付け加えた。

「そやけどあの歳でイヌが引っ込みつかんのを察して、一発でシンイチを眠らせるやなんて、末恐ろしい人材やな。イヌよ。育て方間違うたら、エライことになるで」

ドウに陣取った男の言葉に、ミヨシの男が苦笑した。

「なんやトメ。教育係は俺で決まりかいな」

「おまえ以外におらんやろうが。阿部蔵――クラでええか、クラもおまえのこと気にいっとるみたいやからのう。それに――」

ドウに腰を据えた男の細い声を、咳き込むエンジンの音が掻き消した。

男たちの目線が沖に向けられた。

オンボロ船はゆっくりと入り江を出て、船足をぐいぐい伸ばした。

蹴立てた白波が飛沫になって男たちの顔面に降り注いだ。

「ギャアァァァァ」

船の舳先《へさき》、ミヨシの船縁を摑んで、四つ這いになった男が、前夜の暴力の残滓《ざんし》を吐き出すかのように、歯を剝いて、大口を開けて、舌を突き出して、水平線に向かって咆哮《ほうこう》を発した。

船が波にバウンドして船底が海面をパンチングした。

冷たい海水が滝になって、吠える男は頭から潮水を浴びた。

気持ちよさそうに、ずぶ濡れになった男が口角を上げた。

耳まで裂けるかと思えるほどだった。

ブルンと頭を振って立ち上がった。

振り返って大股開きでミヨシに仁王立ちになった。

「トラよ」

挑む声でトモの男を睨み付けた。顎から海水が滴り落ちた。

「なんや、イヌ」

「おまえがヘシコの責任者やったのう」

「それがどうした」

「俺も鯖を釣ってやる。二月までに一万尾釣ればええんやな」

「そや。一万尾釣ってくれ」

「ッション、チッショー」

ミヨシの男が盛大なくしゃみを放った。トモの男が豪快に笑った。

4

目が覚めた――。

ぼくの顔を覗き込むアンジがいた。慌てて起きようとしたが、体中に痛みがあった。骨の痛みではない。肉の痛みだった。

「まだ少し早いよ。もうちょっと寝ときなよ」

「朝?」

「もうすぐ日の出だ」

「漁に、……漁に行かな」

「みんなもう行った。もう少しだけ体を休めろ」

倉庫にしまったはずの蒲団に寝かされていた。アンジがやさしくぼくの頭を枕に押さえつけた。アンジの掌の柔らかさを感じながら目を閉じた。

「頑張ったな」

慰めるように言ってくれた。

「あれで良かったのかどうか」

「良かったよ。昨日のシンイチの頑張りは、すぐ結果に繋がる。私の見立てでは、今日、狗巻は鯖を釣る」

「――まさか」

笑った。それはちょっと想像できなかった。

「間違いない。自信がある。彼本人もそれが必要だと自覚している。でもね、やっぱりプライドがあるんだ。昨夜の暴力は、そのプライドを捨てるための――」

アンジが宙に目を泳がせて言葉を探した。「通過儀礼だ」と言った。

「でもあそこでシンイチが折れていたら、狗巻は今日も鯖を釣らなかっただろう。やっぱりあの男にも、プライドを捨てる名分が必要だった」

しんみりとした声だった。

「シンイチよく我慢した。よく我慢して自分の意思を通した。褒めてあげる」

ほんとうに南風次は鯖を釣るのだろうか――。

波の上にいるはずの南風次の顔を思い浮かべた。あの男が、鯖を釣るなんて。やっぱり想像できない。アンジの考えの安易さに少し腹が立った。

「ご褒美だ」

アンジがぼくの頬に唇で触れた。アンジの長い絹の黒髪が、ぼくの顔を包んだ。仄《ほの》かにシャンプーが香る髪だった。

嬉しくなかった。胸もときめかなかった。前の夜のことを否応でも思い出していた。ぼくが南風次に足蹴にされているときに、寅吉はおろかアンジさえも、南風次を止めに入らなかった。ヘシコ事業のために、南風次に詰め寄り、南風次の怒りを一身に受けて耐えたのだ。それをヘシコ事業の責任者の二人は傍観した。

南風次の通過儀礼というやつを、承知していたからなのか――。

自分が生贄《いけにえ》にされた気分だった。勝手に動きを起こして、その結果にうじうじするなど、逆恨みだとも思えたが、全身の情けない痛みは、どうしようもなかった。暗い気持ちにもなる。暴力とはそんなものだ。絶対に人の気持ちを明るくはしない。体の痛みに、昨夜の暴力が、まざまざと思い起される。もう一度やれと言われても、絶対無理だ。

「三十七人応募があった」

アンジが唐突に言った。

「えっ？」

「村越がＳＮＳで募集したんだ。なんの考えもなしにね。『海の雑賀衆』の再興に力を貸してもらえないかって。馬鹿だろ」

小さく溜息を吐いた。

「特設サイトに、たちまち五百人を超える応募があった」

「五百人――」

あの軽薄男にそんな力があるのか。えすえぬえすがどういうものかは知らないが、たちまち五百人を超えて集まったというのが、すごい。

「私はすぐに募集を締め切らせた。ＳＮＳにリンクさせた特設サイトで告知した。待遇は無休、しかも無給だと。そのうえで面接日を指定して、履歴書持参で社に来るよう告知した。交通費も自己負担だ。それでも三十七人が集まった。その中から厳選したのが、あの三人だ」

「なにを基準にあの三人に絞ったんですか？」

五百人の応募があって、三十七人を面接して、厳選されたのがあの三人なのか――。

「新名貞行くん」

大学出の眼鏡男か――。

「彼はよく勉強している。水産流通業の論文やレポートも見せてもらったけど、なかなかのものだった。流通部門で使えると思った」

なるほど。漁師には要らない資質だ。眼鏡を掛けていても問題はないわけだ。

「久保孝明くん」

スーパー鮮魚部のバイトか――。

「五年も務めている。本人も魚を触ることが大好きだみたいだ。食べてもらうこともだ。それにあの子は目利きができる」

「目利きが？　面接だけで、どうしてそんなことが判るんですか」

「あの子は自費で『割烹恵』に食べに来ている。お店を紹介する深夜の再放送を見てだ。釣り魚を出す店に興味があったらしい。深夜バスと鈍行を乗り継いで浜の町に来た。その意欲だけでも買いだ。そして魚を食べてみた。けっして安い店ではない。そこで出された魚が、どれも素晴らしいものだったらしい。料理ではなく素材が、だ。自分が注文した料理以外にも、他の席に出されている魚の質も、素晴らしかったと言っている」

料理された魚を見て素材の良さがわかるというのであれば、目利きができるという評価も納得できる。それよりなにより、瀬戸内の町から日本海の町まで、魚を食べるためだけに足を運んだというのだから、熱意は本物だろう。

三人目の理由を待った。

アンジがなにも言わずに考え込んでいる。時間が過ぎていく。

我慢できなくなって質《ただ》した。

「阿部蔵修馬は？」

アンジが唇を結んだ。しばらく考えてポツリと言った。

「阿部蔵くんは――」

また考え込んだ。

ぽつりと言った。

「帰るところがない」

「家庭とかが複雑で？」

アンジが小さく首を振った。

「家庭環境とかに関しては、私はなにも知らない。ただ、そう感じた。この子は、帰るところがないんだなと」

その結果、やる気で来た三十四人を切ったのか。切った三十四人より、帰るところがないと感じたあいつのほうを優先したのか。

ぼくを躊躇《ちゅうちょ》なく蹴ったあいつを――。

納得できない。納得はできないが、アンジらしいとなぜか感じた。

「あの子はいつか、役に立つ」

ひとこと付け加えて腕時計に目をやった。

「もうすぐ、あの子たちの朝ごはんの時間だ。行かなくちゃ。一緒に来なさい」

促されて立ち上がった。身体のあちこちが痛んだが、歩けないほどの痛みではなかった。

小屋を出ると、じゅうぶんに明るかった。東の空が鮮やかな朝焼けだった。

今頃船頭らは、海上で漁に取り掛かろうとしているに違いない。無性に海に出たくなった。陸のあれこれが、堪らなく煩わしく思えた。アンジのことも、だ。

――歩いているうちに陽が昇った。

5

宿泊施設の食堂に全員が着席した。皿が並べられ、真横から射し込む朝陽を受けて湯気が立っていた。皿に目をやってぼくは驚いた。アイナメの煮付けだった。

「どないしたん。アイナメやんか？」

「夜明け前に釣ってきました。さすがに人数分は揃いませんでしたけど」

久保孝明が嬉しそうに答えた。確かに一人一尾というのではなかった。切り身だった。それでもなかなかの良型のアイナメなので、朝食としては十分な量のおかずだ。

「釣り具持って来とったんかいな」

「二間半のグラスファイバーの振出竿《ふりだしざお》です。仕舞いこみ寸法は一尺ですけん、ボストンに入ります。餌は、岩場のカメノテを潰して使いました」

　カメノテは亀の手にそっくりなのでそう呼ばれる。磯に限らず防波堤でもテトラポッドでも、どこにでもいる。一見貝に見える。

「冷蔵庫に、冷凍のハンバーグとかありましたけど、せっかく島に来とんやから、魚食べてもらわな嘘やと思いました。要らんことしましたでしょうか？」

「とんでもない。ありがとう頂くわ」

　ぼくが席に座ると、娘たちがご飯をよそって、汁をついでくれた。その汁にまた驚いた。味噌汁なのだが具がカメノテだった。

「味噌汁までカメノテかいな」

「一般的には、貝の仲間だと思われているようですが、分類としては蟹《かに》の仲間です。コクがあって美味しいです」

　こともなげに言った。カメノテが味噌汁の具になることは知っていたが、食べるのはぼくも初めてだった。口をつけてみた。

「旨い。ほんまや。蟹汁の味や」

　ぼくのその声を合図に、全員が箸を使い始めた。アイナメも絶品だった。ふだんぼくたちが釣ったり食ったりする魚ではないが、鮎並みに旨いというのが語源の魚なのだ。不味いはずがなかった。

ふとテーブルに目をやると、娘たちの箸の進みが鈍い。戸惑っている風だった。

「魚は苦手なんやろか」

アンジに訊ねた。

「違うよ。骨付きの魚なんて食べたことがないから、戸惑っているんだ」

それを小耳にはさんだ久保が席を立って娘たちに歩み寄った。

「ちょっと待っててな。食べやすいようにしてあげるけん」

そう言いながら、娘たちの箸で、アイナメの身を骨から外した。釣りたてのアイナメの身は、やすやすと骨から外れ、久保の手際の良さに娘たちが目を丸くした。

「食べやすいよう、三枚に下してから煮たり焼いたりしたほうがええかもしれんな」

迂闊なことを言ってしまった。久保に睨まれた。

「なに言うてますの。煮るにしろ焼くにしろ、骨から染み出るエキスが身に旨味を与えるんやないですか。骨をとって料理するやなんて、言語道断ですわ」

正論だ。素直に頭を下げた。

久保が席に戻ると、娘たちがすごい勢いで箸を動かし始めた。

「そか、そか。美味しいんやな。そやけど、今朝は特別サービスやで。自分で身を取れるようにならんと、ほんまの魚の美味しさはわからんけんな」

娘たちに言い聞かせるように語った。

「中国語に訳してやったほうがええんと違うか？」

アンジに言った。

「必要ないよ」

アンジが答えた。

「そやけど彼女ら、日本語判らんのやろ」

「日本語が判らなくても、久保が言ったことは理解できているよ」

「まさか――」

笑いかけたが笑えなかった。久保が食べ始めた途端、箸を止めた娘たち全員が、真剣な眼差しで久保の手元を凝視した。久保の皿は洗い立てのように汚れがなく、こぼれた米粒みたいな身も一つ一つ拾って口に運んでいた。

「魚が好きなんだな」

「愛しているんだよ」

アンジがぼくの言葉を言い換えた。

「魚だけじゃない。魚を食べる人間も、久保は愛している」

断言するアンジの言葉に、スーパーの鮮魚部で長い間アルバイトをしていたという久保の経歴を思った。売り場で魚を切り分け、近所の主婦の注文で、料理に合わせた下処理をし、あるいは料理方法の相談を受け、そんな久保の働きぶりが目に浮かんだ。

久保が味噌汁の椀からカメノテを取出して、ハカマ部分を千切って、出てきたピンク色の身を前歯で噛みとって食べた。娘たちがすぐに真似をした。

前歯で噛みとって――。

しばらくカメノテの肉を味わっていた娘たちが一様に目を大きく見開いた。互いに見交わして、小刻みに頷きあった。

「旨いんやな」

言わずもがなのことをぼくは口にした。ぼくも真似して食べてみた。旨かった。蟹と海老と貝を足したような旨さだった。

「美味しい」

隣に座ったアンジも食べている。新名、阿部蔵も。

「どこにでもあるカメノテなんですけどね。皆もっと食べればいいのに」

久保の声が少し寂しそうだった。

「やっぱり見た目か？」

「違います。手間です」

「手間？」

「ええ、採取に手間がかかりすぎるんです。だから店に出ない。で、食べるチャンスがない。そういうことですね」

「まあ、金を取れる商品には思えないな」

「なにを言っているんです。キロ単価にすれば、養殖の鯛よりよほど高いです。通販で手に入りますが、だいたいキロ二千四百円くらいです」

「まじかよ」

ぼくが驚く隣でアンジが商売人の目を光らせていた。

6

昼過ぎに船頭からアンジの携帯に連絡があった。携帯電話基地局の完成に合わせて、自分用の携帯を買った船頭だった。

ぼくは朝食を摂った食堂に残って、久しぶりに視るテレビに齧《かじ》り付いていた。研修生と同じ二階に自室を確保したアンジは、昨夜寝てないからと部屋に引き込んでいた。

「大鋸さんからよ」

食堂に降りてきたアンジが、ぼくに携帯を差し出した。

——新一です。

――どや。大丈夫か。
――すんません、休んでしもて。
――かまへん。それよりトラがな、シンイチに話があるらしいわ。代わるで。
――俺や。
――新一です。話て、なんでしょう。
――イヌが自分からすすんで鯖釣りよったで。
――えっ、ハエジさんが。
驚いた。あの狗巻南風次が、自分からすすんで鯖を釣るなんて。
――シンイチの頑張りのおかげや。よう我慢してくれた。
アンジと同じようなことを寅吉が口にした。
――船頭に代わるわ。
――俺や。シンイチに頼みたいことがあるんや。
――はい、なんでしょ。
――十六時の放送な、研修生の三人に聞かしてやってくれ。
――気象通報ですね。
――そや。それでな、天気図の書き方、教えてやってくれ。
――了解です。

──ほな、頼んだで。

通話が切れた。ぼくはちょっと慌てた。天気図の書き方を教えるといっても、用紙そのものがないではないか。思案しているとアンジが用紙の束を差し出した。

「これだろ。来る前に船頭に頼まれていたんだ」

白い表紙に『天気図様式一号』とあった。左にメモ欄がついている初心者向けの様式だ。慣れたら放送を聴きながら天気図に直接書き込めるが、初めのうちは放送についていけない。メモを取るのさえまごつくだろう。

しかしこれだけで天気図を書けというのは酷だろう。

「白紙の紙あるかな」

「レポート用紙でいいか？　なにに使うんだ」

「天気記号とか、風力風向を表す記号とか、それを天気図に書くときの書き方だとか、それから前線を表す記号も必要やな。凡例を書き出してやりたいんです」

「だったらホワイトボードのほうがよくはないか？」

「あれば助かりますけど」

「マリコンの現場事務所の会議室にあったんじゃないか。あれを借りてくればいい」

マリコンは撤退したが、現場事務所はそのままだった。倉庫代わりに使うかもしれないと、アンジが残してもらったのだ。

ホワイトボードの運搬要員だろう、アンジが阿部蔵と新名を伴って現場事務所に行っている間に、ぼくは天気記号を紙に書きだした。久保は昼食を調達しに、釣竿を持って海に行ったらしい。

天気記号は、日本式で書くとしても二十一種類もある。国際式はもっとあるらしいが、日本で天気を予報するのには日本式記号で十分だ。ただ、なかには塵煙霧《ちりえんむ》とか地吹雪《じふぶき》とか、日常生活ではめったに使わない、あるいは海上では、あまり関係ないと思えるような記号もある。もちろんそれも押さえておかなければならない。空は繋がっているのだ。

長い間書いたことがなく、覚えていない記号もあるかと書く前は心配したが、まったくの杞憂《きゆう》だった。二十一種類の天気記号がスラスラと出てきた。毎日、頭の中で書いているので当然かと苦笑した。

天気記号を書き終えて、さて次はと考えた。自然と自分が天気図を初めて書いた時のことが思い出された。いきなり書けと言われて戸惑った。参考書もなかった。書店などに行けば見つかったのかもしれないが、そんな発想すらなかった。幸いぼくが『海の雑賀衆』に参加した時には、日の浅い船団員も、まだ何人かいて、その先輩たちは、天気図に気象通報を書き取っていたので、それを横目で盗み見たり、書き終わったものを見比べたりして、天気図の書き方を覚えたものだった。

天気記号に続いて風力風向記号を書き足した。高気圧。低気圧。そして前線記号。

思いつくのはそれくらいだった。なにかが足りない気がしたが、最初からあれこれ詰め込んでも仕方がないだろう。記号関係はそこまでとした。

ホワイトボードを両側から抱えた阿部蔵と新名を伴って、アンジが食堂に帰ってきた。ぼくが指示した場所にホワイトボードを設置した新名が「なに書いているんですか」と、ぼくの手元を覗き込んだ。

「あれ？　シンイチさん」

気安げにぼくの名前を呼んだ。

「それをホワイトボードに書くんですか？」

眼鏡を指で押し上げた。

「せめてこれくらい書いてあげへんと判らんやろうと思ってな」

「そんなの要りませんよ」

「初めて書く人もいるんやから、要らないはないやろう」

新名の口調に揶揄《やゆ》する響きがあったので、カチンときた。新名は水産大学出身なので、天気図を書いた経験があるのかもしれない。しかしいきなり「そんなの要りません」はないだろう。

「だって、ほら、これ」

新名が手にしたのは、アンジが買ってくれていた『天気図用紙第一号』だった。白紙の表紙をめくって新名がぼくに差し出した。それに目を落として、ぼくは相手の言葉を理解した。用紙の左に、ぼくが書き上げた記号が一覧に整理されて全て記されていた。

「いや、これは——」

知らなかったという言葉が素直に出なかった。

「ぼくが覚えたころ、こんなのなかった」

「シンイチさんが使ったのは『様式二号』ですね」

新名がホワイトボードを顎でしゃくった。

「要らないもの持って来たみたいですね。返しに行きましょうか」

ぼくに追い打ちをかけてきた。

「いや、そのままでええ。これからの講義にも要るやろうから」

「ほう、船団では座学もしてくれるんですか」

小馬鹿にしたような言い方だった。

「——」

阿部蔵修馬がなにか言った。掠《かす》れるような声で聞き取れなかった。

「なに？　修坊。なにか言った？」

「黙っとれ言うたんや。それにさっきも言うたよな。修坊呼ばわりされるほど、おまえとは親しゅうないけん」

抑えた声で阿部蔵が凄んだ。

「なにそれ？　ぼくら仲間じゃん。固いこと言うなよ」

「それ以上、なんか言うたらくらすけんな」

暗い声で言った。

そういえば――。

不意にぼくは思い出した。昨夜ぼくは、阿部蔵に蹴られて気絶したんだ。思い出すと阿部蔵が怖いやつに思えてきた。今もそうだ。新名の態度もよくなかったが、あれほど凄むこともないだろう。あれじゃまるで町のチンピラだ。

「やあ、間に合いましたか」

明るい声で食堂に入ってきたのは久保だった。右手に釣り竿、左手に折りたたみ式の布バケツを下げていた。

「四時から研修があるってアンジさんからメールがあって、慌てて帰ってきました」

「どう釣れた？」

アンジが歩み寄って久保の布バケツを覗き込んだ。

「釣れているじゃないか。今度は人数分あるな」

「ええ、大丈夫です。やっぱり小魚は、丸ごとじゃないとだめですよね。魚の姿を見て、ちゃんと味を覚えてもらう。それが小魚のアドバンテージですから」

いかにも久保らしいことを言った。魚を食べる人間を愛している。アンジの言葉がよみがえった。

「またアイナメかよ」

新名が憎まれ口を叩いた。ぼくは思わず阿部蔵に目を向けた。食堂の椅子に座り、テーブルに肘をついて、まったく他人事のように窓の外の空を見ていた。

「仕方ないやん。今は釣れるシーズンやけん」

「まあ、釣れるシーズンが旬というからな」

「違うな」

ぼくは新名の説に割り込んだ。

「アイナメの旬は、夏や」

さっきの意趣返しに訂正してやった。

「そうですね」久保が同調した。「今は産卵の時期やけん、よう釣れるんですけど、旬といえば春の終わりから夏になりますね」

「産卵の時期がいちばん美味いんじゃないのかよ」

新名が不満げに唇を突き出した。

「アイナメの肉質によるんやないかな。アイナメはコリコリした肉の歯応えが好まれて、薄造りが美味しい魚だよね。薄造りはやっぱり夏場の料理やけん、夏が旬なんと違うかな。

そやけどアイナメは、季節でそうそう味の変わる魚やない。一年中、四季を通じて美味しい魚やけん、ありがたく頂いたらえんと違うかな」

完璧な受け答えだった。この優秀なアルバイトを失ったスーパーの鮮魚部は、さぞかし痛手だったに違いない。

新名が眉をあげて唇を歪めた。阿部蔵は姿勢を変えずに空に目をやったままだった。

7

十六時になった。小屋から持ってきたラジオをかけた。耳に馴染んだ気象通報が流れた。二十分の間に次々と情報が流される。

今頃──。

ぼくは考える。

船頭は漁獲を『割烹恵』に卸しに行って恵子と盛り上がっているだろうか。最近船頭に冷たい恵子だが、船頭が沈んでいると船団の空気も重くなる。

大鋸権座、もっと胸を張らんかい──。

胸の内で応援した。

このままやと、加羅門寅吉に船頭の座を代わられるぞ──。

叱咤した。

船頭が船頭であるいちばんの理由は操船だ。魚群を追い、魚が棲み付く根の海上に船を止める。簡単なようだが、そうそうできることではない。陸上の車の駐車とは、わけが違うのだ。釣技はもちろんだが、その点においても、やはり船頭は秀でていた。

魚群を追尾する魚探システム——。

アンジが持参したパンフレットに、そんなことが書いてあった。思い出して苦笑いした。いくらなんでもそれは無理だ。湖水とかであればともかく、風が吹き、潮が流れ、波が打ち付ける海上で、そんなことができるはずがない。

「ばかばかしい」

つぶやいて想いを消し捨てた。

放送が終盤に近づいた——。

船団員らは、浜の漁港に舫った船上で同じ放送に耳を傾けているだろう。思えば漁がある日に休むなんて、この二十年間で初めてのことだった。島の入り江にオンボロ船がないというだけで、落ち着かない。胸に穴でも開いているような気がする。明日は休漁日だろうから、久しぶりにオンボロ船を洗うかと思ったりした。

放送が終わった——。

終わった後も、三人の研修生は、用紙の左にメモした情報を天気図に落とし込もうと作業の手を止めない。放送終了後三十分くらいして、ようやく三人の手が止まり始めた。最初に書き上げたのは、やはり水産大学出の新名だった。

研修生三人とは離れた席に座り、手を止めている新名を呼んだ。テーブルを挟んで、前に立たせて、天気図の提出を求めた。新名が差し出した天気図をチェックした。それなりに形にはなっていた。それなりに、だ。

「で、明日の天気は？」

顔を上げて新名に質問した。

「晴れ、じゃないですかね」

「それだけ？」

「天気はと訊かれましたので」

黒縁眼鏡を中指で上げた。

カワイゲのないやつだ――。

「晴れ曇り雨だけが天気やないやろ。それだけやったら、こんなものを作成せんでも、雲を見たら判るやんか」

最前のことがあるので、どうしても口調が厳しくなってしまう。

「せめて風のことくらいは考えてみいへんか」

「北北西の風、三メートルくらいですかね」

「それは今の風やな。明日は明日の風が吹くで」

自分が書いた天気図に目を落としたまま、新名は、無言のままだった。一言判らないと言えばいいものを、それを口にするのも嫌なのか。

大学を卒業した人間が、中卒の、しかも劣等生だった漁師に頭を下げるのは抵抗があるのだろうか。ぼくは随分捻《ひね》くれた思いにとらわれていた。

「もうええわ」

突き放すように言ってやった。反抗的な目をぼくに向けて元の席に戻った。

自分の席に座るとき、なにか久保に耳打ちしたように見えたが、なにを言ったのかは聞き取れなかった。これが南風次なら「なに、ここそ言うてんねん」くらいの脅しは入れていただろう。ぼくにはそこまではできない。

講師としてやっていけるのだろうか。不安になった。人にものを教えるなど一度も経験したことがないぼくだった。ぼく自身も、船団に入って以来、懇切丁寧に誰かに教えてもらったことなど一度もない。立ったまま壁に凭《もた》れたアンジが腕組みをして様子を見ている。その視線に居た堪れなくなる。

海に出たい――。

またそれを思った。

食堂の壁に掛けられた時計の針は、午後五時三十五分を指している。

今頃――。

仲間のことを思った。

銭湯に繰り出している時間だ。思い切り手足を伸ばしているのだろうな。

羨ましく思った。湯から上がった後は居酒屋だ。

糞っ――。

無性にビールが飲みたくなった。

肉汁が舌を焼くほどの熱々のメンチカツも――。

「あのう、ぼくらのは……」

ぼくの思考のじゃまをしたのは久保だった。ぼくは無言で手を差し出した。その手に久保が天気図を寄越した。一見して、明日の天気を質問するのは無駄だと判る天気図だった。半分も埋まっていない。ぼくは天気図を久保に突き返した。

「席に戻ってええで」

久保が項垂れて自分の席に戻った。

続いて阿部蔵に視線を向けた。手招きして天気図を求めた。阿部蔵のそれは、久保よりも酷かった。前線すら書き込まれていなかった。さすがに人の顔面を、なんの躊躇いもなく蹴れるやつだ。同じくコメントも添えずに突き返した。

「明日は晴れ。風は北北西の風。微風です」

求めてもないのに、阿部蔵が明日の天気を予報した。大卒の新名よりは、いくぶんかましな予報だった。

「前線も書き込んでないのに、予報できるんや」

皮肉ではなかった。前向きな姿勢を褒めたつもりだった。

「天気は西からや言うて、婆ちゃんから聞いてましたけん」

無愛想な返答だった。

「そやな。それが予報の基本や」

阿部蔵は島の西の天気を言ったのか。

「ぼくたちが感じることはないけど、上空五千メートルから一万メートルには、西風が常に吹いている。地球の自転で起こる偏西風や」

乏しい知識を掻き集めて講釈を垂れた。

「その風速は空の高いところで秒速百メートルにも達する。これはジェット気流とも呼ばれるが、その風に押されて、天気が西から東に移動する。そやから天気は西からということになるのやな」

ぼくの拙《つたな》い講釈に、立ったままで阿部蔵が頷いた。久保がメモしている。新名は窓の外に目を向けている。あえてぼくの話を聞いていないとアピールしているようだ。確かに水産大学に在籍していたのなら、これくらいのことは常識だろう。

「そやけど、いつもいつもそうなるわけやない。高気圧や。これが流れをじゃまする。太平洋高気圧。聞いたことあるやろ」

　阿部蔵がまた頷いた。

「特に夏場は、この勢力が強うなるんで、偏西風は太平洋高気圧の北に押しやられる」

　ぼくの知識はそれまでだった。しかしもう少し講釈を垂れたかった。

「そやから高気圧、低気圧の所在を押さえることは重要になる。そやけど天気が移り変わるということを知っているのは大事や。この島の明日の天気も、今の時間に、どこかで現れとる。ぼくたちが、毎日気象通報を欠かさず聴くのもそのためや。天気の繋がりを押さえて、明日、明後日の天気を予報するんや」

　限界だった。これ以上喋るとボロが出てしまう。

「明日からきみらも毎日、気象通報を聴くようにしてくれ。もちろん天気図も書くんやで。答え合わせは、次の日の天気でするんや。ええか忘れなや。天気はぼくら漁師にとって、命に係わることや。疎《おろそ》かにはでけへん。ほな今日は、これで終わりや。お疲れさん」

　立ったままで聞いていた阿部蔵が起立の姿勢になった。その姿勢で「ありがとうございました」と声を張り上げて頭を下げた。久保も立ち上がって阿部蔵に倣った。新名は座ったままで、首を前に突き出して無言で小さく頭を下げた。

8

サウナに泊まった翌日、大鋸権座らは、いつもより早い時間に船を出して島に向かった。船頭の権座が、あえて急《せ》かせたわけではない。全員がそうしたいと願った。永年の付き合いで、互いの気持ちを確かめるまでもなかった。全員が水軒新一の不在に物足りなさを感じていた。前夜の居酒屋でもそうだった。酔った勢いで盛り上がりかけても、結局は話題が新一に戻ってしまう。そして酔いが醒める。酔い切れない。

浜の格安スーパーで食料品を調達するときもだ。新一の好みはなんだっただろう。そんなことを話し合いながら、全員で売り場をウロウロした。結局、新一の好みを明確に断言できる者はおらず、新一が食い物の好き嫌いを言ったのを聞いたことがないという、気の抜けるような結論で全員が一致した。

「こんなんどうや」

南風次が選んだのはニュージーランド産とラベルが貼られたステーキ肉だった。格安スーパーとはいえ、それはグラム三百八十円の値がついていた。一キロの肉を買ったので三千八百円もした。普段なら考えられない散財だ。しかし値段がどうこうより、新一が一人で食うには大き過ぎないかと権座は思った。その思いを敏感に察した南風次に「若いんやから一キロくらいペロリやろ」と押し切られて買ってしまった。

「牛肉にはワインやろ」

留蔵の一言でワインまで買った。皆の分も合わせて十本も買った。一本が千円しないワインだったが、それでも一万円近い買い物だった。新一と飲みたい。留蔵だけでなく皆がそう思っていた。

島に着くなり、レジ袋を手にした南風次と留蔵の二人が、小屋に向けて走り出した。権座は苦笑しながら寅吉と船を舫った。

「俺らも、そろそろ引退を考えなあかん歳やな」

新設された波止に下りて、繋船柱《ボーラード》に舫綱を結びながら寅吉が語り掛けてきた。

「そやな。すぐにとは言わんが、考えてもええ歳やな」

船の上から権座も同意した。初めての話題ではなかった。近頃二人きりになると、どちらからともなく出る話題だった。

恵子が姐さんで自分が頭領――。

ふとその思いが脳裏をよぎった権座だった。しかし漁業研修生は三人しか集まらなかった。それでは恵子が望んでいる『海の雑賀衆』の本格的な再興は難しい。そのあたりを恵子がどう考えているのか、昨日恵子に確認したかったができなかった。新一の代役で南風次が同行していた。言えるはずがなかった。

「そうなると、次の船頭を誰にするかやな」

腰を伸ばして寅吉が言った。初めての踏み込んだ話だった。

「歳の順では、イヌかトメやけど――」

権座は言い淀んだ。

「やけど、どうした。その続きが聞きたいわ」

「シンイチかなと思わんでもない」

「やっぱりそうか」

「反対なんか？」

「いや、俺もそう思わんでもない」

寅吉が微妙な言い回しをした。

次の船頭を考えたときに、水軒新一の顔が浮かぶのは、決して消去法による結論ではない。次の船団を率いるのは誰か、それを考えると、自然に新一の顔が浮かぶのだ。

そろそろあいつに操船を教えるか――。

そんなことを思ったりする。しかし思考はそこで止まる。

次の船団の目処がまるで立たない。船団を持たない船頭では画に描いた餅だ。船頭どうこうよりも、船団の存続自体が問われているのかもしれない。

アンジの言によれば、事業計画とやらを検討するためには、二年で結果を出す必要があるらしい。短すぎる。二年では無理だ。三十人とは言わない。せめて十人でも、それが無理なら五人でも、新一が率いる船団員を確保できないものかと権座は思うのだった。

研修生が一人前になるのに十年。五人を育てるとして、そして研修生に十五万円の報酬を支払うとして、九千万円の金が必要になる。とてつもない金だ。それを工面するなど、考える前から諦めてしまう。

「どないしたんや、あいつら戻って来よったで」

寅吉の声に顔を上げた。

南風次と留蔵が船に向かってくる。なにかを探す素振りで歩いてくる。

「シンイチがおらんかったんか」

片付けの手を止めて権座が二人に声をかけた。

「研修生のところやないか」

肩透かしをくらって不機嫌さを隠さない南風次に言った。

「俺らが、あっこに行って構わんのか」

南風次が船頭に確認した。

「中国から来た娘さんらが居るんやろ。アンジさん、立ち入り禁止て、言うてたやないか」

留蔵が口を尖《とが》らせた。

そう言えば小屋を訪れたアンジが、そんなことを言っていた。しかしアンジが立ち入りを禁止したのは、五人の娘たちとアンジが居室にしている二階部分だけで、それも立ち入り禁止という強い言葉ではなく、立ち入りをご遠慮くださいと、柔らかく言っただけだ。

「そう言うたら、おまえらに娘ら紹介してなかったな」

男子研修生は来島初日に歓迎会と称して顔合わせを済ませている。

「興味ないわ」

南風次がそっぽを向いた。

「興味のあるないやないやろ。狭い島でこれから一緒に暮らすんや。お互い挨拶くらいはしとかなあかんやろ」

早速行こうかと、権座は三人を連れて研修生の宿泊施設に向かった。

研修生の宿泊施設――。

なんとも長ったらしい言い様だと感じた。

「名前を付けるか」

三人を引き連れながら独白した。

「誰の名前を付けるんや」

隣を歩いていた寅吉に訊かれた。

「誰やない。研修生の宿泊施設や」

少し考えた。

「雑賀寮でどうや」

我ながらなかなか洒落たネーミングだと思った。寅吉は興味がないのか、なんの反応も示さなかった。仕方なく背後を歩く二人に声をかけた。

「ええか。あの宿泊施設を『雑賀寮』とするからな。皆もこれからそう呼んでくれや」

寅吉と同様、二人も興味を示さなかった。

「それにしても景色が変わったな」

気を取り直して目線を上げた。『雑賀寮』はすぐそこだった。

入り江から『雑賀寮』までのなだらかな登りの通路は、インターロッキング・ブロックとか呼ばれる着色されたコンクリートブロックで、舗装されていた。ブロックは焦茶と白の組み合わせで、描く模様も計算されたものだ。

権座ら一行が『雑賀寮』に到着する前に、アンジが姿を現した。上下とも、昨夜と同じ白いジャージ姿だった。だが、おろしたてと思える真新しいジャージだった。同じものを何着か持っているのだろうと推測した。けっしてラフな格好というのではない。むしろアンジのスタイルの良さを引き立てていた。

「アンジさん、娘らに船団員を紹介しようと思うて、連れて来ました」

船頭の挨拶に南風次が割り込んだ。

「シンイチはどこですかいな。俺たちを出迎えもせんで、失礼なやつやで」

「シンイチなら食堂で講義しています」

「講義？　あいつにそんなことができるんかいな」

アンジの話によれば、アンジがネットで見つけた気象通報の録音素材で、天気図の作成研修中らしい。それを聞いて食堂に向かおうとした南風次を引き止めた。

「研修のじゃまをするな。

権座に言われたアンジが、娘たちを階下に呼んで『雑賀寮』の前に整列させた。全員がアンジと同じ、お揃いの白いジャージ姿だった。権座を除く一党は、緊張に身を固くした。

「可愛い。可愛い過ぎやないか」

寅吉が誰にともなく囁《ささや》いた。

「無理や。この子らに、島の暮らしは無理や」

留蔵が小声で呟いた。

「新一のやつ、鼻の下伸ばしよって。この子ら相手に研修かい」

南風次が毒づいた。

「容姿が研修生の資質とどう関係するのか、理解に苦しみますが、この娘たちは漁業研修生ではありません。ですからシンイチの研修も受けていません」

アンジがきっぱりとした口調で言った。

「この娘たちは、水産加工業の研修生です。『割烹恵』さんの指導を得て、ヘシコの生産に携わってもらいます。基本的な手順は、島に来る前に教わりましたが、実際にヘシコの仕込みが始まったら、あらためて実地指導に来てもらうことになっています」

「と言うことは、恵子さんが来島するんですか？」

思わず権座は身を乗り出した。あと一週間もしないうちに月が替わる。十二月の初日から本格的に寒鯖を釣ることになっていた。仕込みはその日から始まる。

恵子が来島するなら、あのこと、これからの『海の雑賀衆』をどう考えるか、質さねばならない。店では話しにくいことも、島でなら話せる気がする。それは船団だけでなく、いやむしろ船団のことは別にしても、権座の将来に関わるかもしれない問題なのだ。

「ヘシコを仕込んでいるのは、中貝達也さんです。配下の板前さんを使って仕込んでいます。ですから仕込みは彼に指導してもらいます」

権座の淡い想いは一蹴《いっしゅう》された。

「なんや、水産加工研修生かいな。やったら俺らが挨拶することもないやんけ」

南風次だった。呼びつけておいて、整列までさせて、挨拶する必要がないとはなんという身勝手な言い分だ。権座は落胆した気持ちを立て直して叱責した。

「アホか。これからこの島で暮らすご近所さんや。挨拶くらいすんのは当たり前やろ」

「では娘たちを紹介します」

アンジが順に紹介した。

「メイヨウ」

左端の少女が一歩前に進んでお辞儀した。長い黒髪を後ろに束ねていた。

「リンリイ」

右隣の少女も一歩前に進んでお辞儀した。大きな黒目が印象的だった。

「メイファン」

真ん中に立った少女が前に並んでお辞儀した。長身で手足が長い。

「ホンファ」

四人目の少女も前列に並んでお辞儀した。ややぽっちゃりとした丸顔だった。

「チュンイエイ」

最後の少女が前に出てお辞儀した。切れ長の涼しげな眼をしていた。そろって可愛らしい娘らの中でも、飛び切りの美人だった。

それからアンジは、船団員らを一人ずつ紹介した。フルネームではなかった。船頭が普段くちにする呼び名だった。

「トラさん」

高身長の寅吉を娘たちが眩しそうに見上げた。

「トラや。よろしゅう頼むわ」

まだ緊張が解けていない寅吉だった。微笑むと娘たちも微笑みを返した。

「トメさん」

娘たちが声を出さずに唇を微かに動かしている。名前を覚えようとしているようだった。

「トメや。よろしくな」

留蔵が軽く会釈すると、娘たちは深々と頭を下げて応えた。

「イヌさん」

「ちょっと、それは勘弁してくれんか」

南風次が苦言を垂れた。

「年長の船頭とかトラやったらともかく、他人に、イヌ呼ばわりされんのは気に入らんな。せめてハエジと言うてくれや」

アンジが頷いて言い直した。

「ハエジさん、ね」

それが挨拶代わりのつもりか、ジャンパーを脱いで歩道に置いた南風次が、シャツの袖を肩口まで捲り上げて、これ見よがしに力瘤《ちからこぶ》を誇示した。

南風次の異形の力瘤に、どの娘も目を丸くして、感嘆の悲鳴を漏らした。満足そうに南風次が無言で口角を上げた。続いてシャツの裾に交叉《こうさ》させた手をかけた。シャツまで脱ぐつもりだ。胸筋を誇るつもりか、それとも腹筋か。

「そのくらいで挨拶はいいでしょ」

アンジが止めた。娘たちに部屋へ戻るよう指示した。

自己顕示欲が充たされなかった南風次が、不満そうに口を尖らせて、歩道に置いたジャンパーを手に取り着用した。急に寒さを思い出したのか、派手なくしゃみを放った。

「外で話し込む季節ではありませんね。さあ、中に入りましょう」

初めて『雑賀寮』を訪れた権座らを、アンジが食堂に案内した。食堂には気象通報の録音が流れていた。音源はテーブルに置かれたノートパソコンだった。

新名、久保、阿部蔵の三人が天気図の書き込みに集中している。新一は食堂の奥の壁際の椅子に深く座り、腕を組んで、どうやら眠っているようだ。起こすなと、ほかの船団員らに目で合図して権座は食堂の入口で待機した。

気象通報が終わった。研修生らは手を止めない。一心に天気図に取り込んでいる。

「もうええやろ」

南風次が権座の耳元で囁いた。権座が答える前に先頭を切って食堂に踏み入れた。気配に新名が顔をあげた。黒縁眼鏡の位置を中指で直した。続いて久保が、そして阿部蔵が船団員らに気付いた。

「お疲れっす」

飛び上がるように席から立った阿部蔵が、大きな声で挨拶した。初対面のときの不貞腐《ふてくさ》れたような態度とずいぶん違うなと権座は驚いた。

初対面の日、だいぶ南風次と話し込んでいた阿部蔵だった。南風次からどんな話を聞かされたのか、おおかた大物釣りの話か、ローカル極道を壊滅寸前にまで追い込んだ話か、そんなところだろう。それに感化されたということか。そういえば、南風次に指示されて、寸分の迷いもなく、新一を蹴り倒した阿部蔵だった。ただそれは、南風次の話によると阿部蔵の優しさだったそうだ。

「あいつは、顔面を防御しているシンイチの腕を巻き込んで蹴りを入れた。あれだけの鋭い蹴りを入れられるんやったら、シンイチの腕を横に飛ばして、顔面を直接蹴ることもできたはずや。だがそうはしなかった。包むみたいな蹴りで、シンイチの脳を揺らして、一瞬で眠らせた。あいつはシンイチを庇ったんや」

そんなことを南風次は言った。確かにそうかもしれないが、権座には、そこまで冷静な分析はできない。しかしまあ新一に外傷らしきものは見えず、当の本人が今は呑気に眠っているのだから、それが正しいのかもしれない。

阿部蔵の声に新一が目覚めた。

「あっ、お帰りでしたか」

「おいおい、先生が居眠りとはどういうことや。それでは生徒に示しがつかんやろ」

南風次が新一に意見した。

「すみません」

新一が素直に頭を下げる。

「でも、ハエジさんが言うとおりです。ぼく、人に教えるのん向いてないですわ。代わってくださいよ」

弱音を吐いた。しかも南風次に交代を求めるなど、いくらなんでも無謀過ぎる。短気な南風次が人をまともに教えられるはずがない。

「まあ、どんなことでも未経験から始まるんや。もう少し気長うに先生やってみいや。人を教えたら、そのぶん自分も成長すると言うやないか」

南風次がもっともらしい言葉ではぐらかした。

権座は新名の書いた天気図を手にして眺めてみた。まあまあの出来だった。視力矯正していて、気質も體も線が細く、漁師としての可能性をまるで感じない新名ではあるが、そんな研修生でも、一人前に育てなければ、いよいよ『海の雑賀衆』の再興は遠くなる。

阿部蔵の天気図は中途だった。等高線が書けていないのは当然として、もっとも重要な漁業気象の欄が、半分も書き取れていなかった。漁業者だから漁業気象が重要というのではない。高気圧や低気圧の中心がどこにあって、どちらの方向へ、どれだけの速さで進んでいるのか、他にも得られる情報はあるが、せめてそれくらいは押さえておかないと、自分のいる場所が、海であろうが山であろうが、天気の目安もつけられない。しかしまだ二日目なのだ。こんなもんだろうと苦笑した。

それにしても研修生らの顔に疲労の色が濃い。新一もかなり疲れて見える。気象通報を聞くだけで、こんなに疲れるものか。訝《いぶか》って質問した。

「水軒先生に訊くんやけど、何時から勉強しとんや」

「今朝は朝食前の五時から始めました。七時から朝食休みを三十分とって、十二時まで。昼食休みも三十分とりました」

「それ以外は通しでやっとんかいな。まあ、それはええとしても、ようそれだけやることがあったなあ」

「ずっと天気図やっていました」

「天気図だけかいな」

そりゃ疲れるだろう。

「水軒先生、ええかな」

気分転換も必要だと考えて提案した。

「本格的な鯖漁が始まる前に、新造船を動かしてみようと思うんや。試運転や。せっかく買うてもろたのに、今のままでは宝の持ち腐れやからな」

休漁日に新造船を動かして操船に慣れておこうと考えていた。

昨日『割烹恵』に漁獲を卸した。次の漁は三日後だ。明日、明後日と新造船を動かせる。

それに研修生らも乗せてやろう。海上に出れば気分転換にもなるはずだ。

「もちろんかまいません。いや、むしろお願いします」

新一が助かったという顔をした。

次の日の朝食後、午前九時に出船ということになった。乗員は八名だ。八名という数字に、権座は、船団の再興の灯りを垣間見たような気持になった。

ステーキ肉を一口サイズに切り分け、それを八人で分けた。ワインも空けた。さすがに肉だけでは足りなかったが、研修生の久保が良型のアイナメを何匹か確保していたので、空揚げにして食べた。決められた夕食時間よりも早い時間に、五人の娘らの分まで食べてしまって、後でアンジに叱られた。その日は早めに就寝した。

9

新造船の船体には幅五十センチ長さ二メートルほどの保護シールが貼られていた。

「なんやねん、こんなもん貼りよって」

南風次が力任せに保護シールを剝ぎ取った。ぼくたちは、思わず「オオ」と感嘆の声を揃えてしまった。船首から船尾に向けて、先頭に描かれていたのは広げた羽で風を切る八咫烏だった。そして船尾にかけて流れるような毛筆の書体で『雑賀丸』と記されていた。

ぼくは改めて、自分が最強漁師軍団『海の雑賀衆』の一員なのだと自覚した。うっすらと涙さえ浮かべてしまった。ぼくだけじゃない。船頭も寅吉も留蔵も南風次でさえも――、目頭を潤ませていた。

船頭が操船席に座り、寅吉がその後ろのトモに、南風次がミヨシに陣取って、留蔵とぼくがドウに釣座を決めた。慣れ親しんだ布陣で、ぼくたち全員が異常なほど高揚していた。久保がぼくの隣に座った。阿部蔵が南風次の後ろに控えた。新名はなにを思ったのか、操船席に座る船頭の横に立った。

「立っていると危ないぞ」

権座が新名に注意した。

「平気です。慣れていますから」

生意気な口を利いた。

高揚しているぼくたちは、暴言を聞き逃してやった。いずれ入り江を出て船が波を切り始めたら、堪らずにしゃがみ込むだろう。

ブルルンと小気味よく船体を震わせてエンジンが始動した。そのまま『雑賀丸』は入り江を出た。すぐにトップスピードになった。一番揺れるミヨシに陣取った南風次が、ロデオでも楽しんでいるかのように燥《はしゃ》いだ。阿部蔵は口を固く締めて、緊張の面持ちで船縁にしがみ付いている。

『雑賀丸』は軽快に海上を進んだ。滑るような走りだった。

最初はその軽快さを楽しんでいたぼくだが、徐々に違和感を抱き始めた。

巡航中にぼくたちは、前方の波を目視して衝撃を予測する。そして衝撃に身構える。永年の習性だ。頭で考えなくても身体が勝手に反応する。そうすることで船の揺れによる疲労が軽減されるのだ。ところが、それがどうも巧く機能していない。違和感の正体だ。予測する衝撃が予測通りに来ないのだ。

凌波性《りょうなみせい》――。

ふとそんな言葉が浮かんだ。普段使う言葉ではない。知識として知っているだけの言葉だ。波を切る性能とでも言えばいいのだろうか。『雑賀丸』はぼくたちのオンボロ船とは比較できないほどの高い凌波性を備えていた。だから頭が予測し身体が身構えるよりも、小さな衝撃しか伝わってこないのだ。

船底構造に違いがあるんやろうな。

ぼくは推測した。もちろん走行中の船上でそれを確認することはできない。

船が減速した――。

その日もうねりが強かった。日本海はすでに冬を迎えていた。

新造船は大きく上下しながら、緩慢にローリングとピッチングを繰り返した。隣の久保は大丈夫だろうか。船酔いを心配して目をやると、不思議そうに首を傾げて、船の後方を見ていた。どうしたのだろと振り返ったぼくは、操船席、風防ガラスの向こうで操船している人物に目を剝いた。

どういうことや――。

操船しているのは船頭ではなかった。新名だった。新名はぼくと目が合うと、余裕の表情で軽く敬礼の真似ごとまでした。中指で眼鏡をクイッと上げた。その後ろで、呆れた顔をして突っ立っている寅吉が、ぼくに右手を広げて、落ちつけ落ちつけと宥めるような仕草をした。

「どうして新名さんが操船しているんですか」

風に負けないよう、ぼくの耳元で久保が声を張り上げた。

「知るかあ」

ぼくも久保の耳元で、風に負けない声を張り上げた。

マイクを通して新名の声が響いた。

「はい、四十メートル下に鯖の群れね。誰か、釣りをする人は？」

おずおずと久保がビニールバッグから取り出した手釣りの道具を「どうですか」みたいな顔でぼくに差し出した。どこにでもありそうな、ありふれた仕掛けだった。ピンクの蓋のタッパーに入れた、小さな短冊状の魚の切り身まで餌として用意していた。茶色の皮目でアイナメの切り身だとしれた。

「要らんわ」

そっぽを向いた。

「釣りたかったら、おまえが釣ればええやないか」

久保がいそいそと仕掛けを解き始めた。

「加羅門さん、スパンカーお願いしますね」

またスピーカーから新名の声が響いた。トモの寅吉に対する指示だ。寅吉がスパンカーを張っている。初心者の新名指示に、六十年の超ベテランが従っている。

久保が仕掛けを投げ入れた。

潮が速いのだ。そうそう簡単に四十メートルのタナをとれるはずがない。そう侮った。ところが久保は、簡単に一匹目の鯖をヒットさせた。

「阿部蔵くん、お願い」

久保が嬉々としてテグスを手繰りながら、阿部蔵に声をかけた。

「そこのバケツに海水を汲んでもらえんやろか」

それは下船後の洗船用にと、ぼくがオンボロ船から移した大型バケツだった。

阿部蔵がバケツを海面に投じ、海水が溜まったそれを、結わえ付けていたロープで引き揚げた。久保の隣に置いた。

まさか、あれをやるのか——。

久保が鯖を釣り上げた。良型だ。首を無造作にへし折った。阿部蔵が海水を汲んだバケツに頭から差し込んだ。まるで普段、ぼくたちがやっていることを、見ていたかのように、だ。

「その血抜きのやりかた、どこで習うた」

思わず訊いてしまった。

「どこて……釣り雑誌かな。テレビの釣り番組かもしれません」

別にぼくたちの秘儀というわけでもないし、漁師なら、誰でも知っている処理の仕方だろうが、スーパーの鮮魚コーナーの販売員にまで、それが伝わっているのか。背中を脅かされたような気持ちにさせられた。

久保はその後も順調に釣り続け、久保が何尾か処理しているうちに、これなら自分でもできると思ったのだろう、首折りと血抜きを、阿部蔵が買って出た。わずか一時間足らずのことだったが、操船を新名、釣りを久保、処理を阿部蔵、この三人の素人コンビで釣り上げた寒鯖は十尾を越えた。

「久保くん。いい魚群に当たったね。ビギナーズラックというやつだね」

新名が余裕の声でマイクを通して言った。船中に不穏な空気が流れた。その空気を発散しているのはぼくたち元々の船団員だった。

帰港したぼくたちは船頭を囲んだ。研修生らを『雑賀寮』に帰してからのことだ。舫った『雑賀丸』の傍らで船頭を詰問した。糾弾だった。

「なんであの眼鏡が操船してたんや」

南風次が唾を飛ばして声を荒らげた。操船だけではない。途中新名は『雑賀丸』を潮に乗せて久保に流し釣りまでさせたのだ。

「トラはあの眼鏡に指示されたんやぞ」

嚙み付かんばかりだった。そう、新名は指示した。大声ではない。マイクを通したスピーカーで、だ。寅吉にスパンカーを張らせ久保に釣りをさせた。

「船頭が舵を部外者に預けたらあかんわな。それも素人にや」

留蔵の間延びした口調だった。しかし逆にそれだけに、船頭を容赦なく責めているようにも聞こえた。

「なあ、なんとか言うたらどないやねん。いつまでこんなとこで、俺ら立っとらなあかんねや。ほんまやったら、今日は休みやねんぞ。今ごろ小屋で寝転がって、酒でも飲んでたはずなんやぞ」

南風次は執拗だった。なんとか言えと迫りながら、途切れなく言葉を浴びせかけ、喋る隙を与えていないようにさえ思えた。

「頼むわ。俺らを納得させてくれや。ああそうやったんか。そう言わせてくれや」

船頭は押し黙ったままだった。石みたいに黙り込んで俯いていた。

「日が暮れるやないか。風も冷とうなってきた。なあ、ええかげんでダンマリ止めようや」

南風次の追及が終わらない。

「もうええやろ」

呻くような声だった。掠れた声が寅吉の声だと気付くのに少し間がいった。帰港してから寅吉は一言も発していなかった。

「もうええとはどういうことや。なにがもうええんじゃ」

南風次が噛み付いた。

「こんな場所で、一人を取り囲んで、やいのやいの言うても埒《らち》が明かんやろ」

寅吉が凄味のある声で南風次を睨み付けた。南風次も負けてはいなかった。

「埒が明かんとはどういうことじゃ。ダンマリを決めこんどるオッサンが悪いんやろ。それを言うならオッサンに言わんかい」

遂に南風次は、船頭である権座のことをオッサン呼ばわりした。

いきなり、予備動作もなく、寅吉の拳が南風次の顎に打ち込まれた。齢《とし》を喰っているとはいえ身長百九十センチの寅吉の一撃は強烈だった。南風次が体を半回転させて波止に片膝をついた。殴られた顎を右の掌で押さえた。やがて顎から手を離し、その掌にべっとり付いた鼻血に、不思議なものでも見るかのように呆然とした。

歯を食いしばった南風次の口から声が漏れた。

「いてもうたる」

言うや否や、弾かれたように、南風次が寅吉に向かって突進した。寅吉の腰に摑みかかろうとした。

「止めろ」

船頭が身を挺して南風次を止めた。南風次が権座の腰を抱えたまま強引に押し込んだ。

二人が団子になって、波止の手摺を越えた。空中で反転して海に落ちた。

はでな水飛沫を上げた二人は、団子になったまま、いったん水中に没し、別々に離れて浮かび上がった。厳寒の海で立ち泳ぎした。

「ぼさっとすな。シンイチ」

留蔵に怒鳴られて我に返った。留蔵は波止の手摺に設置してある救命浮き輪を手にしていた。リードロープのついた浮き輪だ。赤白で色分けされたそれを、波止のデコレーション程度にしか考えていなかったが、確かに今必要なのはそのデコレーションだ。

留蔵が一瞬迷ったあとで船頭に向かって浮き輪を投げた。だからぼくは、少し離れたところに飾ってあった浮き輪を手にして南風次に投げた。

腕を通して浮き輪に摑まった南風次が、勢いよく空に向かって海水を噴き出した。

10

権座はパンツ一枚で毛布に包まり、使い捨てのプラコップに残っていた三杯目の湯割り焼酎を一口飲んだ。同じように、パンツ一枚で毛布に包まっている南風次が、無言で、空になったプラコップを差し出した。お代わりだ。留蔵が七分目くらいまで焼酎を注ぎいれ、気持ちばかりペットボトルの水を足して掻き混ぜ、それを電子レンジにセットした。

一分後――。

レンジがチンと鳴って、留蔵が取り出したプラコップからは湯気が立っていた。受け取った南風次が、ズズズ、ズズズと、音を立てながら啜った。焼酎の湯割りを啜《すす》りながら、ずっと南風次は権座を睨み付けている。

言うか――。

権座は迷っていた。

言うべきか。自分がその日、操舵席で見てしまったとんでもない光景を――。

いや、言うかどうか迷っているのは、そのことではない。もっと深刻なことだ。

船頭の座を降りる。引退宣言。それを口にするかどうか、大鋸権座は、船団員たちに囲まれた波止場からずっと考えていた。

おそらく寅吉は、自分の気持ちに気付いているに違いない。歳は一歳違いで、同じ時期に船団に入って、四十年以上付き合ってきた寅吉だ。気付いていないはずはない。思いつきで引退の話をしたのは、前の日の午前中だった。思いつきで口にしただけだ。いつかはそんな日も来るだろうというくらいにしか考えていなかった。まさかその次の日に、決断を迫られるとは夢にも思わなかった。

船頭としての自負があった。釣技もそうだが、操船なら船団員の誰にも負けないという自負だ。魚群を追う操船、ポイント上に船を留める操船。船は風や波や潮で流される。自在に船を制御し、魚群の鼻先、ポイント直上に船を固定するためには、風と潮と波を読んだ、頻繁で微妙な操船が要求される。それが可能なのは、船団で唯一自分だけだという自信が権座にはあった。それが船頭としての背骨でもあった。

新名に操船を任せたのは権座自身だった。新造船の操舵席には、あれこれとレバーがあり、どれがなにと連動しているのか、俄《にわ》かには判断できなかった。納船に訪れたメーカーの担当者に聞いておくべきだったかと後悔した。

「一通りの説明をしたいので、一時間くらい、お時間大丈夫ですか」

そう申し出た担当者を邪険に扱った。こちらは船団の頭、あちらは一社員、そんな驕《おご》りもあった。

「なに言うてるねん。俺は海で暮らして六十年やで。船の操作なんぞ、説明されんでも見たら判るがな」

そう悠然と答えてしまった。

いざ出船しようとして、レバーの多さに戸惑った。戸惑っていると新名が囁きかけてきた。「ぼく、やりましょうか」と。今思えば、あれは悪魔の囁きだった。大学時代に乗った実習船で経験があるとのことだった。軽い気持ちで「ほな頼むわ」と答えてしまった。慣れない操船で、新品の船体に傷でもつけたらことだと判断した。

入り江を出たところで交代するつもりだった。しかし入り江を出ると同時に、船がトップスピードで疾走を始めた。その時点でも、まだ余裕はあった。遊園地でアトラクションを楽しんでいるくらいのつもりだった。

沖に出た船が減速した。

操舵を代わるかと立ち上がった。

新名が慣れた手つきで操舵席の前面にあるモニター画面のスイッチを入れた。モニター画面は全部で五つもあった。次々にスイッチを入れた。向かって右から二番目のモニターが魚群探知機だと理解できた。その魚探が魚群を捉えた。新名がどう操作するのか、もう少し静観することにした。

新名が画面に直接触れた。魚探モニターの左隣のモニターに魚が現れた。鯖のアニメーションだった。新名が操舵席の右前に手を伸ばした。マイクを握った。

「はい、四十メートル下に鯖の群れね。誰か釣りする人は?」

スピーカーから新名の声が船上に流れた。

「加羅門さん、スパンカーお願いします」

新名の指示に寅吉がスパンカーを張った。

そこからだ——。

権座は信じられない光景を目の当たりにした。

久保が仕掛けを海中に投じる前に、新名が魚探の画面に再度触れた。画面上の魚群の先頭辺りに指先で触れた。魚探の画面が一瞬消えて、すぐに表れた画面に、赤色の一円玉より小さい円が現れた。赤い円は脈打っていた。

「ロックオン完了」

新名が船頭に不敵な笑いを投げかけた。エンジン音が変わった。

クラッチがスリップしている——。

プロペラの回転数をアイドリング以下で調整している。超低速走行時のテクニックだ。それをやっているのは新名ではない。新名は悠然とモニターを眺めているだけだ。

船だ——。

船自身が、魚群にぴったりと照準を定めて追尾している。

「風流れしとらんな」

トモの持ち場から離れた寅吉が権座の耳元で囁いた。

「しとらん」

認めた。確かに風流れしていなかった。

通常船は風を受けると風下に船首を向ける。船尾に波を受けることになる。波あたりを緩和するためには、船首を風上に向ける必要がある。それを助けているのが、寅吉が張るスパンカーだ。『雑賀丸』もスパンカーを張ってはいるが、それだけではない。明らかにスパンカーの効果だけではない力で、『雑賀丸』は風流れを躱《かわ》し船首を風上に向けている。

船が意思を持っている——。

寒気を覚えた。

船が、船自身の意思で、船の姿勢を保ち、クラッチを滑らせ、プロペラの回転数を調整しながら魚群を追尾している。

これなら魚群を形成する魚だけでなく、単独で根や瀬に着く大型魚も狙えるに違いない。狙うポイントを画面タッチで指示するだけで、船はその真上に留まるだろう。

オンボロ船ではそうはいかない。

ゆっくりとだがポイントの上を通過する。その通過の短いチャンスに、船団員は全神経を集中して獲物の喰い付きに備える。船がポイントの上を通過してしまえば、いったん仕掛けをあげて仕切り直すことになる。

意思を持った船は釣りに精通していた。権座と同じくらいに、だ。

11

船頭が自信をなくしていた。新名に負けたのではない。船に、自分が操船すべき船に負けたのだ。船頭の手を借りなくても『雑賀丸』は、漁場を駆けて魚群を追うことができる。負けたという言い方が不適切なら、否定されたと言ってもいい。船頭は『雑賀丸』に否定された。もうおまえは要らないと言われた。『雑賀丸』に、だ。

船頭の自信喪失を慰める言葉を捜したが、適切な言葉が浮かんでこなかった。もちろん操船だけが船頭の役割ではない。船団員の生活を守り、人生を守り、ひいては命を守るのが、船頭の役割だ。しかしそれらのすべては、自分が舵輪を握っているという責任感から生まれる。舵輪を握っているのは俺だという自負だ。

「俺は『雑賀丸』には乗りとうない。乗る自信がない。そんなもんが、船頭として、これからのことを、全うできるはずがないやないか」

船頭が誰にともなく吐き捨てた。

ぼくは、誰かなにか言えよという気持ちで、先輩船団員らの顔に目をやった。全員が俯いていた。たった今聞かされた船頭の話にショックを受けていた。

『雑賀丸』が意思を持っている――。

そりゃあショックも受けるだろう。しかし問題はそこじゃない。自信を無くした船頭が船頭職を降りるといっているのだ。それを引き留める人間はいないのか。

長い沈黙があった。そして船頭が、か細い声で呟いた。

「老兵は死なず、ただ消え去るのみ――か」

ぼくは居た堪れなくなって小屋を出た。誰もぼくを止めなかった。

足早に入り江に向かった。新造船を、『雑賀丸』を、叩き壊そうかと、できるはずのないことまで考えていた。波止に設置された外灯の白い明かりの輪の下で、二艘の船が、息を潜めて浮いていた。

オンボロ船に歩み寄った。懐かしい臭いがした。船体はどこもかしこも傷だらけだ。この船がぼくたちの手足だった。そしてそれに意思を通わせたのは船頭だった。

隣に浮かぶ『雑賀丸』に目をやった。意思を持つ船だ。この船が船頭の誇りを奪った。

「どうした、シンイチ。こんな時間に」

名前を呼ばれて振り返るとアンジだった。

「二階の窓から星を見ていたら、波止に人影が見えた。どうやらシンイチらしいとわかった。この寒い中で、なにをしているんだ。心配になってきた」

両腕で自分の胸を抱えるようにして、アンジが寒そうに肩を窄めた。いつもの白いジャージの上下に、赤いダウンコートを羽織っていた。

「晩御飯は食べたのか？」

言われてみれば未《ま》だだった。首を横に振った。

「それなら『雑賀寮』の食堂で食べよう。私もまだなんだ。ビジネスの急ぎのメールが溜まっていてね。明日は一度、東京に戻らなくちゃならない」

晩飯は鯖の味噌煮だった。レンジで温め直したそれを、アンジと二人で分けた。二人で分けても十分な大きさだった。脂が乗って肉厚だった。汁物が欲しかったが贅沢は言えない。温かい緑茶があるだけ小屋の飯よりはるかにましだ。

「どうした？　あんまり箸が進んでないようだけど」

食べている途中で余計なことに気付いてしまった。この鯖は、久保が釣った鯖だ。新名が操船する船で、だ。

「そんなことないです。美味しいですよ」

無理して笑顔を作って白飯に鯖をのせて掻き込んだ。

「なにか隠しているな」

アンジが鋭い目つきでぼくを睨んだ。

「なにを隠しているのか、正直に話せ」

箸と茶碗をテーブルに置いた。ぼくを睨んだままだ。

「個人的なことなら無理には聞かない。だがビジネスに関することなら、無理にでも話してもらう。私には、それを聞く権利がある。悪いことなら、余計に聞かせてもらう」

迫力に負けてぼくも箸と茶碗を置いた。

確かにこれはビジネスに関する問題かもしれない。船団の解散危機なのだ。ぼくはその日あったことを、包み隠さずアンジに話した。アンジなら解決してくれるかもしれない。そんな密かな期待もあった。

話を聞き終えたアンジが少し考えて穏やかな笑顔を見せた。

箸と茶碗を手に取って食べ始めた。てきぱきと食べて、最後に煮汁を白飯にかけて平らげた。そして緑茶を茶碗に注ぎ、箸で茶碗をきれいにしながら飲み干した。

「それほど深刻な問題じゃないね」あっさりと言った。

船団の船頭が引退すると言っているのだ。それのどこが、それほど深刻な問題じゃないということになるのだろう。

「整理して考えよう。ひとつめ。大鋸さんは船頭を辞めたいと言っている。漁師を辞めたいわけじゃない。それでいいか？」

「いや、船頭を辞めたいと言うているんやから、漁師も廃業するでしょう」

「確認したのか？」

「していませんけど、常識で考えて、そうやないですか」

「私はそうは思わない。あの人は責任感の強い人だ。違うか?」

船頭の顔を思い描いた。

確かに——。

この島を船団の拠点にしてしまったこと。それは船頭の先走った判断ミスだったかもしれない。しかし結果論だ。長い目で見れば、過った判断とさえ言えない。その独断がなければ、とっくに船団は消滅していたのかもしれないのだ。

船頭が島のことで弁解するのをぼくは聞いたことがない。漁師を廃業して島を去る船団員らから腹立ちまぎれに罵倒されたときも、船頭は、黙って頭を下げるだけだった。言い返す言葉がなかったわけではないだろう。あれは自分の判断に責任を感じていたからなのだ。よくよく考えればそう思える。

「自分が漁師を辞めたら、私のヘシコ事業がとん挫する。だから辞めない。彼はそう考えると思う。なんでシンイチは思えないんだ?」

言われてみれば、ここ二年ほどの間に船頭を軽く見るようになっていた気がする。思い当たることがあるとすれば、恵子だ。『割烹恵』に通うようになった二年前から、恵子に懐かれるようになって、船頭は軟弱になった。

そうなのか——。

ぼくは恵子が苦手だった。はっきり言えば嫌っていた。そんな恵子に懐かれて喜ぶ船頭を、軽んじてしまった。そういうことではないか。

恵子はきな臭い女なんだろうか？

無邪気なだけの女ではないのか。自分のコンプレックスを裏返して恵子にぶつけ、その恵子に懐かれて喜んでいる船頭を軽んじていたのではないか。だとすれば原因はぼくにある。コンプレックスに歪んだ目で船頭を見ていた。

ヘシコ事業の金を預かることを無邪気に喜んだ恵子だった。あの無邪気さに恵子を見るぼくの目が変わった。男に対する支配欲。子供のように無邪気な支配欲だ。それが恵子の本性だった。恵子が美人だというだけでぼくは恵子を疎んじていた。コンプレックスの裏返し。

「もし漁師を辞めるといっても、私が辞めさせない。絶対に」

アンジが強い口調で言って現実に引き戻された。眼力が半端ではなかった。慰留するというより、どんな手段に訴えてでも辞めさせない。アンジの強い意志を感じた。

アンジが話を続けた。

「ふたつ目は簡単だ。誰が操船するかという問題。さっきのシンイチの話だと、新名くんでもできるということだな」

そんな簡単な問題ではない。ただ船頭が引退を考えるほど、新造船『雑賀丸』の機能は凄いのだ。それを考えると、あながちアンジの言うことも否定できない。

「船が動いて、釣りをする人がいて――」

ちょっとだけアンジが考え込んだ。

「なんだ、もう解決じゃないか。なにをこんなことに深刻ぶっていたんだ」

混じりけのない笑顔を見せた。ぼくは同意できなかった。

「解決ではありません」

強い口調で言い返した。

「ほかに問題があるのか？」

「誰が船頭を継ぐかという問題です。船に船頭は絶対に必要です。船長でもかまいません。いやむしろ、今は船団ではないので、船長のほうが呼び名としてはいいかもしれません。でも船頭と呼ぶにしろ、船長と呼ぶにしろ、トップに立つ者が必要です。会社に社長が必要で、チームにキャプテンが必要なように、です」

アンジはまだ笑顔だ。問題の深刻さが判っていないのだろうか。

「リーダーなんか、誰がやったって一緒だろ。力自慢のハエジにでもやらせればいいじゃないか。あいつは上に立てる人間ではないかもしれないが、逆の見方をすれば、あいつの上に立つのは、大変だぞ」

確かに。今の船頭の大鋸権座でさえ、南風次をようやくのことで抑えているのだ。南風次が下では、上は苦労するに違いない。しかし、だ……。

アンジはまだ笑っていた。


午後九時過ぎ――。

小屋に戻った。全員で飯を喰っていた。飯と言ってもレンチンの焼きソバだ。それに溶いた生卵というのがその夜のメニューだった。ズルズルと音を立てて、全員が焼きそばを啜っていた。もちろん汁物も温かい緑茶もない。代わりに缶酎ハイの缶が転がっていた。

「ようシンイチ。腹が減っただろ。おまえも喰えや」

声をかけてきたのは留蔵だった。口の周りが焼きそばソースで汚れていた。

「いや、あんまり腹減ってないんで」

アンジのところで食べたと言うのは拙いと判断した。あれこれチクリやがってと皆に思われたくなかった。

「やったら飲め」

船頭が缶酎ハイを差し出した。受け取って船頭の隣に胡坐を掻いた。

「なんか、皆、明るいですね」

さっき小屋を出るときの重たい空気が消し飛んでいた。

「船頭、辞めないんですね」

「ん？　俺？　辞めるの止《や》めへんよ」

ややこしい言い方に、瞬間どっちなのかわからなかった。辞めるのを止めないということは、辞めるということか。

「いやな、前々から潮時を考えてたんや。ほしたら今日のことがあって、ええ切っ掛けになったわ。俺も人生の第四コーナー回ったちゅうことやな」

「えっ、でも――」

だったら、この緩んだ空気はなんなんだ。

「漁師は続けるんですか」

アンジに確認しろと言われたことを、確認した。

「続けるよ。続けんかったら、三万尾やったっけ？　それだけの鯖を確保すんのんが難しくなるやないか。『ヘシコ小屋』までできとんのに、ここで投げ出したら悪いやんか」

責任感の強さもアンジが見込んだ通りだった。

水産加工場は『ヘシコ小屋』と呼ばれるのか。

『雑賀寮』『雑賀丸』そして『ヘシコ小屋』。島は確実にどこかに向かっている。しかしその行先を見据えるリーダーが必要だ。

「けどそうなったら、誰が船頭の跡目を継ぐんですか」

アンジの言うように、まさかぼくだとは思わないが、やっぱり誰なのかが気になった。

「その件な。それは『雑賀寮』の三人にも関係することやろ。今晩ゆっくり考えて、明日ここの連中とあの三人と、それからスポンサーのアンジさんを含めて、明日の朝発表しようと思とんや。それまで待ってくれへんか」
船頭が缶酎ハイを傾けた。旨そうに、ゴクゴクと喉を鳴らして飲んだ。ぼくの向かいで焼きそばを啜りながら南風次が企む顔でニヤリと笑った。

12

『雑賀寮』の食堂に全員が揃った。窓側の長テーブルには、寅吉、留蔵、南風次、そしてぼく。四人が窓を背にしてテーブルの片側に並んで座った。それに対面する形で、入口側の長テーブルに、新名、久保、阿部蔵が並んだ。上座にあたる壁にホワイトボードが置かれ、その脇に船頭の椅子が置かれ、船頭の隣にアンジが座るという席の配置だった。ホワイトボードには、船頭の手による『式次第』なるタイトルが書かれ議題が列記されていた。
一、今後の船団の方向性
一、船団の新体制
一、質疑応答
さらに「出席者」として全員の名前が書かれ、「オブザーバー／アンジェラ・リン氏」とあった。ずいぶん気合の入った設営に船頭の本気を感じた。船頭はぼくたちより一時間早く会場入りし一人でこの設営を担当したのだ。

船頭が腕時計を確認して椅子を立った。

「定刻になりましたので、船団会議を始めさせていただきます」

物々しく言った。午前八時だった。

「最初の議題は今後の船団の方向性についてです」

作業ズボンのサイドポケットからメモ用紙を取り出した。一本釣り漁師が置かれている窮状などについて話を始めた。特に目新しい話ではなかったが、全員が神妙に耳を傾けていた。

「――このように非常に厳しい状況ではありますが、それだけに私たちは、新しい発想を持って、時代に求められる船団として生まれ変わらなければなりません」

なんか当たり障りのないことだけを言っているようにしか聞こえないのだが――。

寅吉が「うんうん」と頷いている。

「そこで昨夜、私たち幹部が協議した結果、結論に至ったのが、二つ目の議題であります船団の新体制です。それを今から発表します」

私たち幹部って誰のことだろう。少なくともぼくではない。だってぼくは協議とやらに加わっていないのだ。前の晩、生卵ぶっかけレンチン焼そばを啜りながら、幹部会とやらが開催されたということか。

南風次がニヤニヤと笑っている。嫌な予感がした。昨夜も南風次はニヤついていた。ぼくを嘲る目でニヤニヤしていた。

「まず船団を二つに分けます」

船頭が新体制について語り始めた。

「トラ、トメ、イヌ」

三人の呼び名をあげた。ぼくは呼ばれなかった。

「これに不肖わたくし大鋸を加えた四人をシニアチームとします。シニアチームは雑賀衆らしく『大鴉《おおがらす》』と仮称します」

ぼくは？

「このシニアチームに対抗するのが、新名くん、久保くん、阿部蔵くん、そしてその三人にシンイチを加えたジュニアチームです。仮称、『小鴉《こがらす》』です」

なんだそれは――。

シニアチーム？　ジュニアチーム？

大鴉と小鴉――。

つくづく名前を付けるのが好きな船頭だ。『雑賀寮』もそうだが、『ヘシコ小屋』も大方船頭の命名だろう。呆れているぼくを置き去りにして、船頭が話を進めた。

「それぞれのチームリーダーですが、『大鴉』のリーダーは、今までの流れで、自分が務めさせてもらいます。『小鴉』のリーダーは――」

ぼくだろう。嫌だとは言わないが、そもそもそんなチーム分け自体に、なんの意味があるというのだ。

「――新名くんに務めてもらいたいと思います」

えっ、新名――。

椅子から転げ落ちそうになった。

「問題は船団を統括するリーダー、すなわち船頭をどうするかということです」

南風次のニヤケ顔が最大になった。声を上げて笑い出すのではないかと思うくらいのニヤケ顔だった。なるほど次期船頭は南風次ということか――。

だがぼくにとっての問題は、ジュニアチームのリーダーが新名ということだ。

どうしてぼくが、素人の風下なんだ――。

「代々船頭は、その時点の船頭の指名で決められてきました。選挙などは行われませんでした。その伝統に従い、今回も、船頭の跡目は私が指名したいと思います」

船頭が間を置いて一同を見渡した。おもむろに口を開いた。

「水軒新一くん」

ぼくの名前が呼ばれた。

「きみを次の船頭に指名します」

えっ、ぼく？　ぼくが船頭――。

呆然とした。世界が無音になった。

拍手の音がした。アンジが笑みを浮かべて拍手している。その拍手が全員に伝播《でんぱ》した。

食堂にいる全員が、ぼくの船頭就任を祝って盛大な拍手を送ってくれていた。

南風次が腹を抱えて笑っていた。

13

十二月三十一日、午前七時――。

オンボロ船のエンジンを始動した。永年の相棒を労わるように権座はスロットルレバーを倒した。魚を卸す日ではない。ほかに乗船しているのは南風次だけだ。

寅吉と留蔵は、昨夜の深酒に掘立小屋で寝入っている。どうしても二ノ瀬のクエを釣りたいという南風次の要望に応えて船を出した権座だった。船頭の跡目問題では、譲歩を見せてくれた南風次だった。その見返りが二ノ瀬のクエ狙いだ。

水軒新一の船頭就任を、素直に認めた南風次ではなかった。自分が船頭を継ぎたいということではなく、後輩の風下に置かれることに難色を示した。折衷案を提案してくれたのは寅吉だった。

「それなら別々の船に乗ればええやないか」

シニアチームとジュニアチームに船団を二分する。新一をジュニアチームに配属して、南風次と新一を分断する。それだけで気が済まないのなら、ジュニアチームのリーダーを新一ではなく新名にする。さらに新一には小屋を出てもらう。『雑賀寮』で新人らと寝食を共にさせる。そこまで言われて譲歩した南風次だった。

譲歩した後は、むしろ積極的に船頭水軒新一を後押しさえした。

大方それは、慣れない船頭職に、新一がまごつくのを笑いたいという、拗ねた気持ちもあるのだろうが、それとは別に、南風次は南風次なりに、船団の存続を真剣に考えている節も見られる。南風次が望んだクエ釣りは、その現れだろうと権座は感じていた。

船がどれだけ優秀でも、クエなどそうそう釣れるものではない。食わすまではできるかもしれないが、釣り上げるためには、それなりの腕と経験が必要となる。

クエを一尾仕留めるより、型のいい中鯛の数を稼いだほうが、年間を通せば、実益に繋がる。しかし一本釣り漁師は、それだけではない。

浪漫を口にする柄ではないが、それがなければ、ただの漁師と変わりない。漁師は勤め人ではないのだ。ましてや一本釣り漁師は、一人ひとりが独立する存在だ。自分の存在を一本のテグスに賭ける。銭金がすべてではない。クエを狙って仕留める。狗巻南風次は、その姿を新一らに見せつけたいのだろう。一本釣り漁師の魂を忘れるな、と。

船が二ノ瀬に至った。

スパンカーを張った。

最徐行にして二ノ瀬の上を流す。スロット操作一本で、どれだけ二ノ瀬の海上に船を留めておけるのか、権座の腕が試される。

二ノ瀬は潮通りのいい場所にある。そのぶん潮が速いということだ。船は波や風にも押される。潮と波と風と、それらは刻々と変化する。その変化を肌で感じて操船する。あの『雑賀丸』なら、そんなことも必要ないのだろうが。

二ノ瀬にクエがいると言ったのは南風次だった。南風次の勘がそれを言わせている。

勘か――。

権座は苦笑する。しかし勘で動くのも漁師だ。『雑賀丸』がどれだけ優れていても、漁師の勘までは持ち得ない。

空を見上げた。淡い青の冬空に凍雲《いてくも》が貼り付いている。

大きく鼻で息を吸い込んだ。固い空気だった。

大気が安定している。とうぶん強い風も吹かないだろう。

「いいぞ」

言葉短く指示した。南風次が海中に仕掛けを投じた。

今ごろ――。

船を流しながら権座は考える。

新一ら『小鴉』の連中はヘシコ鯖を釣っているのだろう。十二月の目標一万尾は、一週間も前に達成している。それどころか、年末の段階で、確保した鯖は、天候にも恵まれ、一万五千尾を超えている。その八割がたが『大鴉』の釣果だ。大晦日くらいは休めと言ったが、『小鴉』の全員が漁に出たいと意欲を見せた。

『割烹恵』の中貝の指導を受けた中国人研修生の娘たちは、日々大量に運び込まれる寒鯖を相手にヘシコを仕込んでいる。鯖の劣化を防ぐために小屋には暖房もない。幼い手を真っ赤に腫らした娘たちが、寒鯖と格闘している。ゴム手袋を支給すればという加羅門寅吉の提案を、アンジはにべもなく却下した。

「パンフレットに載せるから」

アンジが却下した理由だった。可憐な娘らが、寒風の中で、幼い手を赤く腫らしてヘシコを仕込んでいる。

「そのほうが値打ちを感じるでしょう」

真顔でそう言った。

まったく中国人というやつは――。

商売となると徹底しているなと権座は呆れた。いやアンジは中華系カナダ人か。

「パンフレットに載せるためやったら、そのときだけ素手でやればええやんか」

娘たちに入れ込んでいる寅吉が食い下がった。

「それは違います」

アンジが首を横に振った。

「私はこの娘たちが作ったヘシコを持って中国に売りに行きます。中国で営業しながら、私はこの娘たちの赤く腫らした手を思い出すでしょう。それを心に置いて営業をします。口で言わなくても、写真で見せなくても、私の心の奥に赤く腫れた幼い手があることは、相手に必ず伝わります」

そう言われて寅吉は退いた。

手を真っ赤に腫らした娘たちは、それでも笑顔を絶やさない。目を輝かせて、辛いはずの作業を続けている。権座らが漁獲の鯖を運び込むと、歓声を上げて迎えてくれる。あの様を見れば、寅吉が、あれ以上言えなかったのも頷ける。

新一らの乗る『雑賀丸』の水揚げは、今のところはまだ、中国人研修生らの手に余るほどの量ではないが、権座らの漁獲を含め、娘らは必死に付いてきている。どんなに遅くなっても、その日のうちに仕込みを終わらせている。

ポンコツ船は『割烹恵』へ卸す漁獲を得る漁を最優先とし、それ以外の漁を、すべて鯖釣りに充てている。目標の三万尾は軽く達成できそうだが、獲れるものならジャンジャン獲ってくれとアンジに言われている。

の別行動だ。新船頭の新一が、以前のように『割烹恵』に付き合うことはない。権座らとはまったく

一日の漁を終えてから『雑賀丸』を駆って、夜の海を浜に向かったりしている。主には買い出しのためらしい。もちろん別会計だ。金はヘシコ事業の前金を預けている恵子から受け取っているらしい。浜で買い出しをして夜明け前に帰港する。荷を下ろして、そのまま漁に出かける。無理はするなと言ってやりたいが、新一の人生で、今が無理をしなくてはいけない時期なのだろう。

オンボロ船が二ノ瀬を離れた。

いったん戻して流し直しだ。それを敏感に察した南風次が仕掛けを上げた。

「どうや?」

声をかけてみた。

「気配はあった」

短い答えが返ってきた。

「次だ」

仕掛けを上げた南風次がショートピースを吸いつけた。次の意味は言わない。次こそ釣るのか、次には釣れそうなのか、次を早く流せ、なのか。

船を位置に戻した。

「流すで」

それだけ言ってスロットルレバーを摑んだ。

「船頭よ」

海中に沈んでいく仕掛けに目を向けたまま南風次が言った。

「なんや、イヌ」

「俺たち、時代遅れやないで。まだまだ俺たちの時代を諦めへんで」

南風次の言葉に権座は苦笑した。

「判っとるわい。けどな、俺はもう船頭やないで。今の船団の船頭は――」

南風次が権座の言葉を遮った。

手のひらをいっぱいに広げた左腕を背後に突き出した。

息を止めている。

目が虚空に向けられている。海底に、か。

これ以上は無理というくらいプロペラの回転速度を絞った。

まだか――。

問いかけたくなる言葉を我慢した。いつの間にか息を忘れていた。

南風次の上体が反り返った。

糸弛《イトフケ》をとって右腕が跳ね上がった。

「クエや」

南風次が叫んだ。

14

夕方南風次から連絡があったとき、ぼくは『ヘシコ小屋』に鯖を運び込んでいた。

——はい、シンイチです。

——おお、船頭か。

南風次の声に顔を顰めた。

——船頭は、なにしてるんや？

——鯖を『ヘシコ小屋』に運び入れています。

——どうやった？　今日の漁獲は。六束くらいはいったか、船頭よ。

——二束に足りないくらいです。

——二束にも足りんて、船頭よ。四人で二束に足りんのか？　ええ、船頭よ。

船頭、船頭と五月蠅《うるさ》いわ。

チームが二つになって、お互いの連絡を密にするためにということで、ぼくも南風次らも携帯を持たされたが、密にするどころか、南風次から頻繁に電話が掛かってくるので、じゃまになるばかりだった。

――そんなことより、船頭。船頭の就任祝い、まだやったな。

――いいすよ。気を使わんでください。

――遠慮するなやな、船頭。明日は正月や、正月くらいは漁を休めるんやろ。船頭よ。

――ええ、そのつもりですけど。

――ほな明日は船頭の就任祝い兼ねて新年会や。そのつもりにしとけや、船頭よ。

飲み物はシニアチームで用意すると言う。就任祝いだと恩着せがましく言われたが、それも好意と思い素直に受けることにした。

そんなことより、今夜は、ほぼ一か月ぶりにアンジが島に戻ってくる。ぼくが船頭に指名された次の日から、島を留守にしているアンジだった。アンジに対する気持ちに聊《いささ》かの揺れはあったが、やはり会えるとなると胸が高鳴る。素直に嬉しい。

明日は『雑賀寮』だけで、アンジも含め、水入らずの新年を過ごす気でいたが、これも仕方がないことだろう。今のところ形だけという気もするが、曲がりなりにもぼくは船頭なのだ。ジュニアチームとヘシコチームだけで、新年を祝いますとは言えなかった。

すでに日が暮れかかっている時間だった。ぼくの足取りは重たかった。さっきの南風次からの電話のこともあるが、それ以上に、ぼくの足取りを重くしていたのは、その日の漁も不本意だったということだ。

操船を担当している新名は別として、久保、阿部蔵、ぼくの三人で釣った鯖が二百尾にも届かなかった。潮が速かったせいもあって久保と阿部蔵のお祭りが酷かった。仕掛けが絡まることをお祭りという。

お互いの仕掛けを絡ませあって、釣りをしていた時間の半分以上は二人でその始末に掛かり切りだった。鯖にも好き勝手、縦横無尽に走り回られる二人だった。仕掛けが絡まるのも当然だ。

「鯖が掛かるわな。すぐにこっちに鯖の顔を向けさせるんや。下や横に向けさせたらあかん。向けさせるから勝手に走られるんや」

言葉というものが、これほどもどかしいものだと、ぼくはこの歳まで知らなかった。自分なりに懸命に説明しているつもりなのだが、それがどうも伝わらない。そのうえ船上の人間関係も最悪だ。

「ちゃんと釣れよなあ。操船しているぼくの身にもなってくれよ」

新名が始終文句を言う。肉声ならまだしも、マイクを通してだ。操船している身になれと言うが、船が自動で制御されているのは全員が知っている。

新名の遠慮のない愚痴に阿部蔵がキレる。それがいつものパターンだ。阿部蔵が凶暴な貌をして立ち上がると、新名がマイクで騒ぎ出す。

「なにそれ。なんなの。殴る気。ぼく、リーダーだよね。知っているよね。リーダー殴るの。意味わかんねえ。おい、おい、マジじゃん。こいつマジで殴る気じゃん。船頭助けてよ。船頭でしょう。ぼくリーダーだよね。船頭、なんとか言ってよ」

矢継ぎ早の言葉をマイクでまき散らす。賑やかなんてものじゃない。騒音だ。

船酔いにも悩まされた。もちろんぼくは船酔いなどしない。ぼくを悩ませたのは久保と阿部蔵の船酔いだ。なにもなければ船酔いなどしない二人だが、絡まった仕掛けを解《ほぐ》そうと視点を手元に集中すると、てきめんに酔ってしまう。酔ってしまったら使い物にならない。

船酔いの解消方法で一番効果的なのは陸に上がることだ。嘘みたいに治ってしまう。しかし釣りをしている最中に、船酔いしたからといって、その都度、船を島に戻すわけにはいかない。

次善の策は海に浸かることだ。しかしまさか冬の海に二人を浮かべることもできない。結局のところ、できるだけ接地面を広くして船上で横になるという方法しかない。

朝釣りに出て、昼前には、瀕死のマグロが二つ、船上に転がっているという情けない事態も再々だった。

次に南風次から連絡があったのは同じ日の夜の十一時過ぎだった。

陸では初詣が始まっている時間だ。除夜の鐘も鳴っているかもしれない。岩礁の島を住処にして十一回目の新年だった。初詣の賑わいも除夜の鐘の響きも、遠い過去の記憶だ。

島に棲みついて以来無縁だった。

南風次はかなり酔っていた。呂律の怪しい口調で、渡したいものがあるからオンボロ船に来いと言われた。

釣りをして、昼から浜に船を向けて酒などを買い込んで来たと言う。GPSを装備しないオンボロ船は夜間航行ができない。だとすれば、もっと早い時間に帰島していたはずなのに、わざわざこんな時間に呼び出しをかけるなど、悪意を覚える。帰島してから今まで小屋で飲んでいたのか。一人では持てないだろうから、ほかの三人も連れて四人で来いと、通話を切る前に付け加えた。

四人で担ぐ物――。

菰樽《こもだる》だろうか。訊ねたが、来てのお楽しみだと通話を切られた。仕方なく三人に声をかけて入り江に向かった。

四人で担ぐ物とは、その日の昼間、南風次が二ノ瀬で釣ったクエだった。

クエはオンボロ船に横たえられ、海水をたっぷりと含んだ毛布に包まれていた。毛布はうっすらと凍っていた。それはぼくが小屋にいたころに使っていた毛布だった。『雑賀寮』には各部屋分、新品の寝具一式の用意があったので、毛布や蒲団は小屋に置いたままにしていた。それを海水で濡らして、しかも深夜に近い時間に呼び出すなど、そうは思いたくはないが南風次の悪意を疑いたくもなる。

「クエやないですか」

毛布を捲るなり久保が驚愕の声を上げた。切り身なら何度か扱ったが、丸ごとのクエを目にしたのは初めてだと興奮して南風次を喜ばせた。上機嫌の南風次が乱暴に久保の首に腕を絡めて耳元で言った。

「おまえ、これを捌けるか」

酒臭い息から逃れるように久保が顔を背けた。南風次が腕に力を入れて引き戻した。

「どないやねん。これを捌いて、明日の新年会に出せるか？」

「たぶん――」

顔面を充血させながら掠れ声で答えた。

「――丸のクエを捌いたことはないですけんど、これより、大きめの鮪《まぐろ》の解体はしたことありますけん。たぶん捌けると思います」

これより大きいという言葉が、南風次の癇に障った。南風次は久保を突き飛ばし、フンと鼻を鳴らして挨拶もなく小屋に帰ってしまった。

クエを四人で運んで『雑賀寮』に戻った。

南風次の去り際の横暴さに白けていたぼくたちだったが、クエの重みを腕で実感して、寮に戻るころには、かなりのハイテンションになっていた。

騒ぎを聞きつけて二階から五人の娘たちも降りてきた。メイヨウ、リンリイ、メイファン、ホンファ、チュンイエイ。名札を見るまでもなく、五人の名前と顔が一致するようになっていた。毛布の担架に乗せて運び込まれたクエを見て、長身のメイファンが目を丸くした。

「なんて大きなアイナメでしょうか」

確かにクエの皮目はアイナメに似ている。形もだ。それにしても大きさが違い過ぎる。ぼくたちはメイファンの勘違いに爆笑した。ぼくたちが腹を抱えて笑っている理由が判らずにメイファンがぽかんとした。それがおかしくて、さらにぼくたちは笑い転げた。

「使えそうな道具がないか倉庫、見てきますけん」

そう言い残して久保が阿部蔵を誘って寮裏の倉庫に向かった。そこにはマリコンが去る時に置いて行った建築道具がある。そんなものから使えそうなものを探そうとは、さすがはクエだと感心した。

ぼくたちはぼくたちで、台所の俎板《まないた》では役に立たないだろうと、食堂の長テーブルの天板にクエを運んできた毛布を絞って広げたりした。

久保と阿部蔵が持ち帰ったもの。

塩ビの握りのノコギリ。滑り止めの付いた軍手。ロールに巻かれた透明の養生シート。金槌。角型スコップ。六十リットルのゴミ袋。大型ポリバケツ。

「毛布助かります。その上にこの養生シートを広げます。捌くのは、ぼくの出刃でなんとかなると思うんですけど、頭を落とすとき、骨が切れないかもしれません。刃こぼれしても困ります。で、このノコギリですね。それでもダメなら角スコのエッジを当てて金槌でゴンです。ゴンゴンゴンかな。クエは内臓も食べられるので、とりあえず、こっちのポリバケツにキープします。食い物ですからゴミ袋で養生します」

説明を受けてぼくたちは分担で用意を始めた。五人の娘たちも積極的に手伝ってくれた。透明の養生シートを敷き終わった長テーブルに、キッチンカウンターに寝かせておいたクエが運ばれた。その威容に再び娘たちが感嘆の声を上げた。

「先ずは頭を落とします」

手術を始める医者みたいに滑り止め軍手を手に嵌めた久保が言った。その作業はなかなかの見物だったが、やっぱり首の骨が、簡単には断ち切れなかった。久保が出刃をノコギリに持ち替えた。少し時間がかかった。なんとか頸骨を断ち切った。

次に久保は、クエの頭の皮を削ぎ始めた。皮を削いで頬肉を出刃で抉り取った。目玉も刳《く》り抜いた。クエの頭部は、かなりグロテスクな見栄えになった。

「これ食べたい人」

ビリヤードの球ほどもある目玉を差し上げた。娘たちが先を争って手を挙げた。ぼくたちは苦笑するしかなかった。

「じゃ、後で煮付けにするね」

娘たちに微笑みかけた。

それから久保は二時間くらいかけて、悪戦苦闘しながら、クエの解体を終えた。娘たちは終始歓声を上げて見物していた。ときどき久保が、薄く引いた身や内臓を指で摘まんで差し出すと、醤油もつけず、躊躇もせずに、娘たちは口に運んで「好吃《ハオツー》」「好吃《ハオツー》」と美味しそうに食べた。こんな細い体の、どこに入るのだと不思議になるくらい、出されただけ、いくらでも食べる娘たちだった。ホンファは丸顔のぽっちゃりさんだが、それは他の娘と比べてのことで、彼女を肥満と評するのであれば、この世に痩せている女の子など一人もいないことになる。

「もうダメだ。限界ですけん。調理は一眠りしてからにします」

ついにギブアップを宣言した。ぼくは納得したが娘たちから一斉にブーイングの声が上がった。リンリイが大きな黒目を剝いて詰め寄った。

「少し食べる。全部食べない。私たち眠れない。タカアキいじわる」

片言の日本語で抗議した。

「どうしましょう、船頭」

困った顔で助けを求められた。

「リーダーに訊いてみれば？」

親指をヒッチハイクするみたいにして、自分の背中、壁際を指した。リーダーの新名は、だいぶ前から床に足を投げ出し壁に凭れて熟睡している。その隣の窓の下で阿部蔵も床に寝崩れている。朝の六時過ぎに出船して、もうすぐ夜中の三時なのだ。一日船に揺られるだけで慣れてない人間は疲れる。それに加えて久保は一人でクエを解体したのだ。

娘たちも判ってくれたようだった。無言でクエ肉を冷蔵庫に仕舞ったり、道具を片付けたりし始めた。

「助かりました」

久保がぼくに頭を下げてラップしたクエ肉を台所に持って消えた。暫くして香ばしい香りが流れてきた。

「なにか焦げてないか」

声をかけると、大皿と、重ねた塗椀を手にした久保孝明が食堂に戻ってきた。大皿には解体したばかりのクエの骨が、こんがりと焼かれて盛られていた。

「どうするんや、それ？」

「このまま、あの娘らを帰すのも心苦しくて」

久保がこんがり焼けた骨を出刃で小分けにした。それを並べた椀に入れた。食堂から二十リットルのヤカンを重そうに両手で持ったリンリイが現れた。さっき久保に抗議したリンリイだ。久保がヤカンを受け取って熱湯を塗椀に注ぎいれた。潮の香りが食堂に充ちた。

「即席の潮椀《うしおわん》です。お腹が温まったら空腹も紛れます」

食堂に戻った娘たちが塗椀を並べたテーブルを囲んだ。立ったまま手にそれを取って、静かな音を立てて啜り始めた。久保に目で促されてぼくも塗椀に口をつけた。ほっとする味だった。一日の疲れが心地よく全身に広がった。熟睡の予感がした。

娘たちが器を片付けた。台所から戻った順に、久保に柔らかく「謝謝《シェイシェイ》」とハグをして食堂を立ち去った。クエを釣った南風次ではなく、ここでは久保が主役だった。

「もうこんな時間かあ」

久保の目線の先に食堂の壁掛け時計があった。久保が改まった。

「船頭」

「ん？」

「あけましておめでとうございます。今年もよろしくお願いします」

ぼくも姿勢を改めて新年の挨拶を返した。

第三章　脱皮

1

快晴の元旦だった。午後二時――。

『雑賀《さいか》寮』の食堂に島の人間が会した。四つの長テーブルには、久保が調理したクエ鍋が用意されている。

あれから一年――。

万感胸に迫るとは、こういうことを言うのだろう。去年の正月のことを思い出していた。爆弾低気圧に封じ込められていたぼくたちだった。

頭領から新年の挨拶があった。前の年の末に船頭の座を降りた権座《ごんざ》は、頭領を名乗るようになっていた。

船頭が頭領で私が姐――。

まだ恵子《けいこ》の言葉を諦められないでいるのか。

事情を知らないほかの船団員らに頭領は言った。

「会社もそうや。社長は辞めたら会長になるやろ。やくざもや。組長を引退したら最高顧問になるやないか」

そんな風に説明した。

「会社はともかく、やくざは違うで」

南風次《はえじ》が口を挟んだ。

「やくざには乾分《こぶん》と舎弟《しゃてい》があってやな、その違いは継承権のあるなしで――」

そこから十分近く南風次の講釈を聞かされた。さすがに詳しいなとは感心したが、参考になる話ではなかった。

「頭領、ありがとうございました。では、乾杯に移りたいと思います。乾杯の発声は新船頭にお願いします」

司会の寅吉《とらきち》の進行に全員が拍手して、その拍手に促されたぼくは席から立ち上がった。会場を見渡して、全員の手にグラスが握られているのを確認した。いや全員ではない。アンジが不在だった。

大晦日の前日に浜のホテルに入り、大晦日の昼までには、島に戻ると連絡があったアンジだった。迎えは断られた。またボートをチャーターする。そんな暇があるなら鯖を釣れと叱られた。連絡があったのはクリスマス前だ。以後アンジとは連絡を取り合っていなかった。来るものだという前提でいた。

最後に電話で話をした時のアンジは、かなり仕事に追われているようだった。声にいつも張りを感じなかったので、それを心配すると、「ほとんど眠れていないからな」と電話の向こうで小さく笑った。そのアンジが、まだ島に姿を見せていない。

アンジのことが気懸りで宴席を離れた。『雑賀寮』の玄関に立つと、なだらかに海まで下る歩道の向こう、波の静かな入り江に、オンボロ船と『雑賀丸』が浮かんでいる。水平線を見渡したが島に向かってくる船影は見えなかった。

「どないした、船頭」

背中から声を掛けられた。頭領だった。

「いえ、アンジが――」

「まだ来いへんのか」

大晦日の昼までには来島するという、アンジの予定を伝えていた。

「ええ、まだみたいですね」

食堂を出る前に確認した壁時計の針は十四時半を指していた。

「遅刻するやなんて、あの人らしゅうないな」

「遅刻やったらいいんですけど――」

「さっき掛けてみましたけど、留守電でした。いちおうメッセージは残しました」

「電話は？」

「そうか」

「ちょっと気になることがあって」

「どないかしたんか」

「はっきりとは聞いていないんですけど、アンジが前に島を離れる前に、東京のほうがややこしいことになっているみたいなこと、言うてましたから」

「そら、心配やなあ」

「ええ」

あの時は、頭領が船頭を下りると急に言い出して、さらにその翌日、思いもかけなかった船頭就任を言われ、ぼくにも余裕がなかったが、もう少し事情を聞いておけば良かったと、いまさらながら後悔する。

頭領が額に手をかざして沖合を見渡した。

「どしたんやろ、二人とも」

「二人？」

「ああ、四日ほど前にな、恵子さんから電話があってな、元旦の朝いちに、港を出ると言うとったんやけどな。元旦だけは店を閉めるんで、ヘシコ小屋を見たいらしいわ」

「連絡は？」

「さっきした。恵子さんも留守電やった」

頭領が小さく溜息を吐いた。ぼくの溜息がそれに混じった。

「なんや二人して。背中が煤《すす》けとんぞ」

頭上から声がした。寅吉だった。酒が入ってご機嫌だった。

「頭二人がおらんでは、鍋を始められんやないか。なにを難しい話をしとるか知らんが、早う中に入れや」

ぼくと頭領は食堂に戻った。

カセットコンロに掛けられた土鍋が湯気を上げていた。ぼくたち二人の戻りを待ってクエ鍋のパーティーが始まった。

食堂のテーブルと椅子が並び替えられていた。まだ誰も着席していない。

寅吉の指示で、上座の頭領を先頭に、加羅門《からもん》寅吉、鴉森留蔵《からすもりとめぞう》、狗巻《いぬまき》南風次の順に、『大鴉』の面々が並んだ。それに向き合うかたちで、ぼく、新名貞行《にいなさだゆき》、久保孝明《くぼたかあき》、阿部蔵修《あべくらしゅう》馬《ま》と、『小鴉』のメンバーが着席した。『ヘシコチーム』の娘らは、一塊になって、別の席だった。

テーブル越しに、寅吉がぼくに囁いた。小さい声で聴き取れなかった。

「えっ、トラさん、なにか言いました？」

「いや、可愛いなと思てな」

寅吉の目線が離れた席の、五人の娘らに向けられていた。確かに可愛い。見ている者をホッと和ませる娘たちだ。

「ずいぶん女遊びもしたけど、あの子ら見てたら、もう卒業やなと思うわ」

「へえ、そんなもんなんや」

「シンイチらが感じる可愛さと、俺が感じる可愛さとでは、可愛さが違うんやろうな」

しみじみとした口調だった。

「誰が見ても、可愛いものは可愛いですよ」

「いや、可愛さの質が違うんや。親の目から見て娘が可愛いというんと、お爺ちゃんの目から見て孫娘が可愛いというんの違いやな」

「孫て、トラさん子供もおらんやないですか」

「それでもな、この歳になると、自分の孫を見る目であんな子らを見てしまうんや。それでな、煩悩も消えるんやな。もう女の尻を追い回す歳でもないちゅうことや」

「勘弁してくださいよ。今、トラさんに引退されたら困りますからね」

「引退するとは言うとらん。むしろ逆や。あの子らのためにも、いっぱい鯖釣らなあかんと、今はそれが生甲斐《いきがい》やねん」

目を細める寅吉は好々爺《こうこうや》そのものだった。

「シンイチよ。いや、船頭よ」

「なんでしょ」

「おまえ、あの子らが岩場で唄《うと》てんの知ってるか？」

「岩場で？」

「そや五人で寄って、岩場で唄うてんねん」

夜明け前に出漁して、日が暮れるまで海の上にいる『小鴉』だった。十二月は一日も漁を休んでいない。だから岩場のことは知らなかった。

でも岩場ではないが、五人の娘の歌声を耳にしたことは度々あった。夕食が終わった後で、誰かの部屋に集まって小さな声で唄う五人だった。階上から聴こえるそれを子守歌に眠ったことも何度かあった。

「無垢というのは、なにものにも代え難いのう」

寅吉の目にうっすらと涙が浮かんでいた。ぼくはリンリイを手招きした。

「どうしましたか、センドウさん」

まだ日本語は拙いが、五人の中では一番喋れるリンリイだった。リンリイはよく久保と言葉を交わしている。朝、出漁前に二人が岩陰で話している姿も、二度ほど見かけた。どこまで進んでいるのか、詮索する気はないが、リンリイが日本語の上達が速いのも、そういうことだろう。

「トラのお爺ちゃんが、娘たちの歌を聴きたいって。冥途の土産に、なにか唄ってもらえんやろか」

リンリイに言ってみた。理解したようだった。

「こら、シンイチ、勝手なこと言うな」

寅吉が顔を赤くした。リンリイがぼくと寅吉の顔を見比べてニッコリ笑った。

リンリイが娘たちに声をかけた。寅吉を指さしながら話をしている。娘たちが恥ずかしげに微笑んだ。そして席を立ち寅吉の横に整列した留蔵と南風次が椅子をずらしてスペースを開けた。

娘たちが、笑顔を消して真剣な眼差しになった。息を整えた。

誰が合図したわけでもないのに、見事に息を揃えて静かに歌い始めた。童謡なのか、民謡なのか、とてもゆっくりとした、心に沁み込むような高音の歌声だった。寅吉の目から涙が溢れた。うんうんと頷きながら、涙を拭きもせず、娘たちの歌に聞き入っていた。

――歌が終わった。

余韻に包まれた食堂がシンと静かになった。娘たちが瞬きもせず寅吉を見つめている。寅吉が大きな手でゆっくりと拍手した。次第に拍手が大きくなって、泣き顔のままで破顔した。寅吉と娘たちの様子を、息を詰めて見守っていた船団員らが拍手に加わった。娘らが頬を手で挟んで、照れるようにお互いを見交わした。

寅吉がコップのビールを飲み干した。よほど喉が渇いていたのか、馬のようにごくごくと飲み干した。メイヨウが寅吉のテーブルに駆け寄った。長い黒髪が後ろに流れた。ビール瓶を両手に持って差し出した。寅吉が傾けたコップにビールを注いだ。勢い余ってビールが盛大に泡立った。

コップがビールの泡で白くなった。泡はますます膨らんでコップから溢れ出た。メイヨウが慌てて、手でテーブルに零れた泡を拭き取ろうとした。中国語の早口で、意味はわからないが、明らかに詫びの言葉と思える言葉をまくし立てた。

「大丈夫や、大丈夫、大丈夫、爺さんは泡が好きなんや」

メイヨウを宥《なだ》めながら美味そうに泡を飲み干した。左右からビール瓶が差し出された。リンリイとメイファン。その後ろには、同じようにビール瓶を構えたホンファとチュンイエイが控えていた。

「あかん。俺はもうあかん。極楽往生や。もう、いつお迎えが来ても、ええぞう」

天井に向いて寅吉が嘶《いなな》いた。その滑稽な仕草に食堂が笑いの渦に包まれた。

2

権座の携帯が鳴動した。ディスプレイに『恵子』の文字が浮かんだ。権座は隠れるように食堂を出た。食堂の時計は午後八時を回っていた。

出口付近の壁を背にして、足を抛《ほう》り出した阿部蔵が倒れていた。酔い潰れている。

チュンイエイとかいう、切れ長の目が印象的なヘシコチームの研修生が、この宴会に『紅星二鍋頭酒』を持ち込んだ。「アンジおねえさん、言った。わたし、みなさんのお相手する」そう言って、権座と新一を除く全員に白酒を振る舞った。

なにしろ美人揃いの五人の娘の中でも、とびぬけて美人のチュンイエイだ。酒を差し出されたら、男としてはグラスを出してしまう。しかも差し出すだけでなく、自らも酒を受けて乾してしまう。断れるはずがない。

最初に標的になったのは、阿部蔵と南風次だった。船団員の中でも、酒に強いと思える二人が捕まった。度数五十六度の白酒で「ガンペイ」「ガンペイ」と、阿部蔵と南風次は、チュンイエイと盛り上がった。三人で三本を空にして、阿部蔵はこのありさまだ。南風次もテーブルに突っ伏して涎を垂らしている。

チュンイエイは、飲み相手を新名貞行に代えて、芋焼酎をストレートで飲んでいる。水のように、だ。それに新名も付き合わされている。チュンイエイの美貌に脂下《やにさ》がって、楽しそうに飲んでいる様子からして、新名が討ち死にするのも時間の問題だろう。

――もしもし、待たせてすまん。

玄関を出たところで携帯を耳にあてた。

――今、どこ？

――寮の前や。大丈夫や。皆からは離れてきた。

別にそうしろと言われたわけではないが、内密な話だと恵子の気配に感じていた。

――そう。新年会の途中なのね。だったら船は出せないか、もう暗いしね。

――迎えがいるんか？

――そうじゃなくて、こっちに来てほしいの。若い船頭も。

――急な話やな。そや、船頭言うたら、アンジさん、どっか知っとるか。船頭が朝から首を長うして待っとったで。

――アンジも一緒。まあ、厳密には一緒じゃないけど。

――なんか話が見えへんな。トラブルでもあったんか？

――アンジが監禁されている。監禁というより、軟禁かな。

――なんやねん、それ。判るように話してくれや。

――電話で話せるようなことではないの。朝いちばんで、来れる？

――いや、今からでも行くで、シンイチも連れて行く。

――今から来ても遅くなるでしょ。それに意味ないし。その代り、明日は、できるだけ早い時間に来て欲しいの。

いつもと違う。恵子らしくない。得体の知れない違和感を権座はもどかしく持て余した。

そんな権座を急かすように恵子が言った。

——ねえ、どうなの？　明日来てもらえるの？

——もちろん行く。朝一番で船を出す。

明日も晴天だ。宴会をしながら、十六時の気象通報を食堂に流した。明日の天気図は権座の頭の中にある。漁業研修生三人が、なにも今日みたいな日に気象通報を流さなくてもと顔を顰《しか》めたが、その点まだ、漁師としての自覚が足りていないようだ。

——約束したわよ。着いたら電話して。水軒《みずのき》くんも連れて来て。必ずよ。

通話が切れた。

恵子との通話を反芻《はんすう》して違和感の正体に気が付いた。

あの恵子が京都言葉を喋っていなかった。気付いてみると、それが事態の深刻さを物語っているように思えた。焦燥感が胸に迫った。

新一《しんいち》を外に呼び出して、恵子と交わしたばかりの会話の内容を伝えた。アンジが軟禁されていることを告げると、新一が顔を真っ赤にした。もっと詳しくと迫られたが、電話で話せるようなことではないと恵子が言ったと答えるしかなかった。

「他に何か情報はないんですか」

詰め寄られて、恵子が京都言葉を喋っていなかったことを、何の気なしに言った。新一が眉間に皺を寄せて黙り込んだ。明日の朝いちばんで出られるかと訊いたら、無言のまま、真剣な顔で頷いた。明日の日の出は七時前だ。六時半ごろの出船を提案した。

「それやと遅いでしょ。五時には出ましょう。夜明け前に浜に着けます」

「まだ暗いで。それに夜明け前に着こう思うたら、もっと早う出なあかんやろ」

「『雑賀丸』の船足なら着けます。それに暗くてもGPSがあるから大丈夫です」

新一の鼻息が荒い。

「おまえ、あの船、動かせるんか？」

新一が、買い出しなどで、ひとりで島と浜を往復しているのは知っているが、暗闇の航行となるとどうなのだろう。

「浜に行くくらいわけないです。基本的な操船は新名くんに教えてもらいました」

その一言で翌朝五時の出船が決まった。

「飲み過ぎるなよ」

席に戻る新一に声を掛けた。

「頭領こそ」

振り返りもしないで新一が言った。

3

出船を約束した時間の一時間前、午前四時に、ぼくは『雑賀寮』を出た。もちろん一睡もしていない。できるわけがなかった。

正月二日の早朝の空気は冷たかったが、それが苦にならないほど、ぼくは興奮していた。全身が熱かった。もっと早く出ることにすればよかったと後悔したくらいだ。

入り江では、やはり眠れなかったのだろう、頭領がぼくを待っていた。『雑賀丸』のミヨシで煙草を吸っていた。ぼくを見つけて無言で手を挙げた。ぼくも無言で手を挙げて、舫《もや》いを解いて『雑賀丸』に乗り込んだ。

エンジンを始動した。GPSで行先を浜の漁港にセットした。微速前進で入り江を出た。入り江を出てすぐに速力を全速にした。

その間も頭領はずっと無言だった。ミヨシに腰を下ろしたまま船の進行方向を見つめていた。ぼくも操船席で、頭領の背中を見つめていた。話し掛ける言葉が見つからなかった。

アンジのことばかり考えた。

恵子が京都言葉を喋っていなかった。なんでもない事のようにも思えるが、それはかなり深刻な事態を意味するのではないか。

それとアンジ――。

恵子の話では、浜の町までは来ているらしい。しかしぼくに連絡はなかった。携帯も不通のままだ。

気になっていることがあった。

昨夜の宴会の席に、チュンイエイは『紅星二鍋頭酒』を持ち込んだ。そしてアンジから、船団員の相手をするよう言われたと、酒を酌み交わした。あの時は聞き流していたが、チュンイエイが、アンジにそれを指示されたのは、どのタイミングなのだろう。ずっと前か、それともアンジが浜の町に帰って来てからなのか。あの時ぼくは、もし宴会の機会があれば、そうするよう、ずっと前に、アンジがチュンイエイに指示したのだと、漠然と理解していた。五人の娘の中でも、とびきり美人のチュンイエイなのだから、そういうこともあるかと思った。

しかしアンジからの指示が、浜の町に帰って来た後のことだとすれば、それを指示した段階で、アンジには、宴会に参加できないことが判っていたということになる。だったら電話の一本くらい、ぼくにあってもよかったのではないか。

軟禁されている――。

恵子はそう言ったようだ。言葉の意味を測り兼ねた。だがアンジの身に、好ましくない事態が起こっているのは間違いなかった。軟禁されているのであれば、ぼくに連絡できなかった事態もあり得たのかもしれない。ともかく、こまごまとしたことを考え悩むより、アンジに直接会うことが最優先だと、ぼくは考えた。だがアンジの身に、好ましくない事態が起こっているのは間違いなかった。

浜の漁港に到着した。まだ漁港は暗かった。正月二日ということもあるのだろう、人影もなかった。頭領が、ミヨシからぼくが投げた舫綱を受け取って『雑賀丸』を係留した。

「店に行くか」

その朝初めて頭領が口を開いた。ぼくはただ頷いて、頭領と肩を並べて、通い慣れた『割烹恵』に足を向けた。

頭領が胸ポケットから携帯を出して操作した。耳に当てた携帯から留守電の応答メッセージが微かに漏れてきた。録音も残さずに頭領が通話を切った。

いくつ目かの街灯の明かりを通り過ぎ、いつもの路地に至った。『割烹恵』の灯りは消えていた。戸を叩いたが応答はなかった。住み込み板前の中貝は里帰りなのだろうか。いや今日からの営業のはずだ。食材の仕入れにでも出ているのか。店前にしゃがみ込んで待つことにした。時間は五時三十八分だった。遠くでサイレンの音がした。

一時間くらい待たされた。路地に人影が現れた。辺りはまだ暗かった。人影は恵子だった。黒のロングスカートに白のダウンジャケットという出で立ちだった。最初の出会いの夏の日以来、私服姿の恵子を目にするのは初めてだった。

「入って」

店の鍵を開けて恵子がぼくたちを招きいれた。二人が入ったのを確認し鍵を下ろして照明のスイッチを入れた。店の奥の照明だった。ぼくたちの周囲が薄明るくなった。ダウンジャケットの下は黒のセーターだった。

「恵子さん、アンジは？　なにが、あったんですか」

立ったまま恵子に詰め寄った。路地に恵子が現れてから、ずっと我慢していたセリフだった。考え事をするように恵子が目を伏せた。

「アンジはどこにいるんです。無事なんですか」

声を張り上げてしまった。

「無事よ。さっきまで一緒にいた。心配することはないわ。無事。今のところはね」

さらに追及しようとしたぼくを、頭領が制した。

「落ち着け。込み入った話みたいやないか。一から聞かせてもらおうやないか」

背中を押されて四人掛けのテーブルに座った。ぼくの隣に頭領が、向かい合って恵子が腰を下ろした。

「村越さんの会社が倒産したの」

アンジのビジネスパートナーの村越か――。

いずれ破綻するとアンジが予告していたが思った以上に早い破綻だった。

「派手に稼いでいた分、負債も莫大な額だったみたい」

　破綻したのは前年の年末で、アンジはその尻拭いに奔走したらしい。村越本人は腑抜《ふぬ》けの状態で、アンジだけでなく、ほかの幹部社員も後始末に忙殺された。銀行など筋のいい債権者はなんとかなったが、村越は、あまり筋の良くないところからも金を摘まんでいた。

「乗せられたのね。あいつら裏社会の人間は、煽《おだ》てるのが上手だから」

　AV女優を村越に世話したのもその筋の人間だった。そうやって村越の会社の株を手に入れて、計画倒産に持ち込んだ。

「その筋の良くないほうの債権をね、うちの旦那に買い取ってもらったの。筋者同士の話し合いでね。でないと、『海の雑賀衆』が終わっちゃうから。船も加工所も全部取られてジ・エンドってやつ。それじゃ私が困るから、旦那に無理をきいてもらったの」

「け、け、恵子さん、けっ、けっ、結婚してはったですか」

　頭領が言葉を詰まらせた。

　なにをいまさら――。

「そういう意味の旦那じゃないわよ」

　恵子が苦笑した。

「マイルドに言えばスポンサーね。あけすけな言い方をすれば、愛人かしら。加藤さんっていうの。頭領は気付いていなかったみたいだけど、船頭――」

恵子が頭領に向けた顔を動かさず、流し目だけをぼくに送った。

「船頭は気付いていたわね」

「ええ、まぁ。なんとなく」

人の顔色を窺うのがぼくの習い性だ。頭領はそれをしないから、気が付かなかったのだ。しかしむしろ、人から好ましいと思われるのは、頭領の性格だろう。恵子の流し目に、ぼくは、ぼくに対する恵子の侮蔑《ぶべつ》を感じた。またぼくの僻《ひが》みが始まった。

「その旦那とやらも、そちらの筋のお方でんの？」

「昔はね。今は引退しているわ。以前は、この浜でなかなかの顔だったのよ」

「そんなことはどうでもいいです。恵子さん、アンジはどこにいるんです」

ぼくの頭の中にアンジの姿が浮かんだ。監禁と軟禁の違いなど、それまで考えたこともないが、ぼくは、荒縄で緊縛されているアンジの姿を妄想していた。ＡＶなら間違いなくそういうことになる。そしてぼくにはＡＶの知識しかなかった。それもコンビニの大人の雑誌のグラビア記事で見るＡＶのダイジェスト記事だけだ。

ジュニアチームに配属されて、『雑賀寮』に移り住んで、ぼくの自慰環境は飛躍的に改善された。毎晩のようにシコっていた。十四インチのテレビしかないので、ネタは大人の雑誌だが、モデルの顔をアンジに置き換えて、時には浮気して恵子のお世話にもなって、シコりまくっていた。だから当然のように、アンジが緊縛されている妄想が画像として、ぼくの脳に浮かんだ。

「船頭の考えているようにはなっていないわよ」

恵子がクスッと笑った。自分の頭の中を見透かされたみたいに思えて顔が熱くなった。

「あの人は、熟女には興味がないの。私もずいぶんご無沙汰よ」

頭領におもねる声で言った。だから中貝なのか。着流しのおっさんだけではない。ぼくはあんたと中貝の、きな臭さも感知しているんやで。そう言ってやりたかったが、落ち込んでいる頭領の手前、我慢した。どちらにしても、それは現状をややこしくするだけの事で、今はアンジの身を案じる時だ。

「で、加藤さんとやらは、なにをどうしたいんや」

先を促した。

「アンジのヘシコを狙っているの」

ヘシコ？　頭をフル回転させた。

アンジのヘシコ——。

ぼくの知る限り、ヘシコと呼ばれるのは、魚の糠漬《ぬかづ》けだけだ。女性器を呼ぶ言葉ではない。少し安心した。少し、だ。

「でもアンジは首を縦に振らない。そりゃそうよね。アンジが自分で開拓した事業だもの。それを譲り受けたとしても、加藤じゃ、中国でヘシコビジネスを展開するなんてノウハウはないわ」

「それやったら、無視すればええんと違うか。なんで軟禁までされなあかんねん。アンジさんが全部握っとんやないか。そのおっさん、アホと違うか」

頭領が言った。アンジの身を案じるというより、加藤というあの着流しに対抗意識を剥き出しにしていた。

「そうはいかないし、アンジが、全部握っているというのでもないわ。あの人は、村越の債務を買い取ったの。『雑賀丸』も『雑賀寮』も『ヘシコ小屋』だって、村越の会社の資産だったわけでしょ。加藤がその気になれば、加藤のものになってしまうわ。まあ、たとえ転売したとしても、『雑賀丸』以外は、大したお金にはならないでしょうけどね。それでもアンジの事業は立ち行かなくなるでしょ」

一息ついて恵子が話を続けた。

「でも、アンジの弱みは、それだけではないの。むしろもうひとつの弱みのほうが、アンジの弱点でしょうね」

「弱点？」

あの切れ者のアンジが、元ヤクザに付け込まれるような弱点があるとは思えなかった。それにアンジなら、ヘシコ事業が頓挫しても、ほかのビジネスで回復できるはずだ。要はアンジがヘシコを諦めたら済むだけの話ではないか。

ぼくは足りない頭をフル回転させた。

アンジのもうひとつの弱み——。

ハッとした。それはぼくたちではないか。

たとえ『雑賀丸』を取られても、ぼくたちにはオンボロ船がある。それまでの漁を続けるだけだ。しかしアンジはそうは思わず、ぼくたちに遠慮して、それが弱みになっているのではないか。だとすれば、すぐにでもアンジに会って心配するなと伝えたい。ヘシコ事業が頓挫しても、『海の雑賀衆』が朽ちるわけではないと、伝えなければならない。

「恵子さん、アンジのところに連れて行ってくれ。ぼくたちは大丈夫やと伝えなあかん」

ぼくの申し出に「ン？」と鼻の奥を鳴らして恵子が眉を上げた。そしてそのままの表情でしばらく考え込んで、なにを思ったのか、表情を弛緩《しかん》させてクスッと笑った。その日二度目のクスッだった。

「船頭、なにか勘違いしているみたいですけど、船頭がそれを伝えたところで、アンジの重荷が下りるわけじゃないわよ」

冷たい目線をぼくに向けた。

「アンジの弱みは、ヘシコの加工を担当している研修生なの。アンジは彼女らに一年間の研修報酬全額を前払いした。加藤は村越の会社の帳簿でそれを知ったの。前払いを受けた研修生は、借用書を巻いている。その借用書が加藤の手元にあるのよ」

話を聞きながら、どんどん体温が低下している錯覚を覚えた。ぼくの体温ではない。喋っている恵子の体温だ。その不思議な感覚に小さな警戒心が芽生えた。

「つまりヘシコ事業が頓挫したら、あの子らは、加藤への直接的な債務を背負うことになるのよね」

それがアンジの重荷なのか？　どうして？　ヘシコ事業が頓挫しても、例えば『割烹恵』で働いて返せばいいではないか。詳しいことは判らないが、『割烹恵』の陰のオーナーは加藤ではないのか。

「アンジが支払った一年分の報酬は、とても彼女らが働いて返せるものではないわ」

ぼくの疑問を見透かしたかのように、恵子が言った。瞳が凍っていた。「普通の仕事では、ね」冷たい目で付け加えた。恵子の体温の低下が伝染した。ぼくの全身が寒気に粟立った。

普通でない仕事がどんなものか容易に想像できた。どの温泉地でもそうかもしれないが、浜から少し山に入ったこの土地の温泉街にも、春を売る女性はたくさんいる。これも大人の雑誌の記事を読んでの知識だが。普通でない仕事とは、たぶんそういう関係の仕事なんだろう。

「そのうえさっきも言ったように、加藤はロリコンなの。若い子しかダメなのよね。ほんとまいっちゃうわ」

五人の娘たちを思い浮かべた。どの娘も女子高生のように清純な娘らだった。

「どうやらアンジは、あの娘らに特別の思い入れがあるみたいなの。それに加藤は目をつけて、アンジに付け込んでいるのね」

姉のように慕っていつもアンジを取り囲む五人の娘たちの姿が目に浮かんだ。アンジも妹のように、娘たちを可愛がっていた。

そしてあの朝のこと――。

アンジは言ったのだ。あの娘たちは昔の自分と同じ境遇だ、と。

しかしそれをなぜ、加藤が知っている。娘たちがずば抜けて可愛いこと。アンジが、あの娘たちに並々ならない思いを抱いていること。誰が加藤に教えた。

枝垂《しだれ》恵子――。

あんたしか、いないではないか。

「ほんで俺ら、なんで、今朝呼ばれましたんや」

頭領が訊ねた。確かに、今の話を聞く限りでは、ぼくたちの出番がどこにあるのか、今ひとつピンとこない。ただ頭領が、まだ恵子を疑っていないことにぼくは呆れた。

村越の債権を買い取った加藤と企んで恵子は絵を画いている。確信した。加藤一人で画ける絵ではない。こちら側に精通した情報提供者が必要だ。ヘシコ鯖漁の前金七百万円に欲を露骨にする恵子ではなかった。しかしヘシコ事業の売り上げ見込みは、七百万円とは桁が違う。その売り上げを狙っているのか。

「二人には、アンジの説得をお願いしたいの。一年よ。一年の我慢でアンジとあの子たちは、加藤の呪縛から逃れられるのよ。船団も無傷で済むし」

なるほど。一年分の売り上げを寄越せということか。三万尾のヘシコの売り上げは、一億を超える。三万尾どころか、現状では、一万尾の上乗せも目処が付いている。四万尾なら一億三千六百万円だ。その売り上げを譲れというのか。

「それに私も――」

粘ついた眼を頭領に送った。

「恵子さんも？」

頭領が前のめりになった。恵子の話に引き込まれている。

「もういい加減、あのロリコンジジイに束縛されるのが嫌なの。と言って、女が独りで生きていくのは辛《つら》いわ。だから――」

「だから？」

「もう、頭領ったら、そんなん、女の口から言わすやなんて、イケズやおへんか」

恵子が膨れて頭領が脂下がった。

気付けよ、オイ――。

ぼくは呆れるしかなかった。

そもそもいきなり恵子が、京都言葉になったのを、おかしいとは思わないのか。目の前の女は、京都言葉と平素の喋り言葉を使い分けているのだ。それがいよいよとなれば、つい営業用の京都言葉が出る。京都言葉は、恵子の、男を誑《たら》し込む飛び道具なのだ。どうして、そのことに気が付かない。

「とにかく案内してもらいましょう。ここで、女将の話を聞いているだけでは、それこそ埒が明きません。まずはアンジに、会うことです。彼女の無事も確かめたいし」

二人の返事を待たずに立ち上がった。今まで「恵子さん」と呼んでいたぼくが、「女将」と言い換えたことを察した恵子が、ぼくを睨みながら立ち上がって、向かいに座った頭領に笑顔を見せた。

「そらそうですなあ。ほな頭領、水軒くんの言わはるように、アンジさんに会いに行きましょうか」

思わず鼻を鳴らした。「船頭」から「水軒くん」か。判りやすい女だ。おそらく「シンイチ」とでも呼び捨てにしたかったのだろうが、それではいくら鈍感な頭領でも感づくと踏んだのか。先頭を切って出口に向かった。自分で鍵を外して二人より先に店を出た。こんなところには一秒たりとも居たくなかった。

頭領が出てきて、店の照明を落とした恵子がその後に続いた。鍵を掛けた恵子が「おお寒ぶ」と、大袈裟に身を震わせ、頭領の腕に自分の腕を絡ませた。瞬間戸惑った頭領だったが、あえてそれを拒否はせず、それればかりか、ますます脂下がった。

ぼくは二人を、自分の視界から消した。

4

加藤の家は古民家を思わす構えだった。家というより屋敷というべき広さだ。大袈裟な玄関だった。恵子がチャイムを押すと、一分ほど待たされて、門扉を開けた男に仰天した。

中貝達也——。

「なんで、あんたがここにいるんや」

思わず声を荒らげてしまった。

「通いのお手伝いが正月休みやから、手伝いに来ているのよ」

中貝の代わりに恵子が答えた。

「アンジを軟禁する手伝いかいな」

「アホなこと言わんといて。ホテルとここを往復する足とか、食事の世話よ」

「ホテルとの往復？」

「まさか、アンジさんが、ここに泊まるわけにもいかないでしょ。老人とは言っても、男の一人暮らしなんだから」

「軟禁されとるて言わんかったか」

「ホテルとここの往復だけなんだから、言わば軟禁みたいなもんでしょ」

「もうええわ。はよ、案内せいや」

黙って、ぼくと恵子のやり取りを聞いていた中貝に怒鳴り付けた。頭領は思わぬ人物の登場におろおろしている。

「ご案内するのは新一さんだけです」

冷静な声で中貝が言った。

「俺はええんかいな」

頭領が惚けた声で訊ねた。

「アンジさんのご希望です。大鋸《おおのこ》さんと恵子さんは、玄関脇の個室でお待ちください」

「あら、せっかく来てもうたのに、失礼な話やな」

恵子が頬を膨らました。小芝居にしか見えなかった。

「まあ、よろしいわ。うちも頭領と話したいことあるしな。勝手知ったる他人の家や。うちはええから、中貝、新一くんを案内してあげて」

戸惑い顔の頭領の腕を引っ張って、恵子が玄関に向かった。

「では、こちらにどうぞ」

中貝に案内されて、ぼくも玄関に向かい、長い廊下の突き当たり、洋風のリビングに通された。玄関脇の部屋は、しっかりとドアが閉ざされていた。

リビングの応接セットのソファーにアンジが座っていた。アンジの前のテーブルにはコーヒーとケーキが置かれていた。コーヒーもケーキも、まったくの手付かずだった。

「遅いよ、シンイチ。いつまで待たすんだよ」

ぼくの顔を見るなりアンジが言った。いつもと変わらないアンジの様子に、ぼくは思わず頰を緩めた。アンジの隣に腰を下ろした。

「いらっしゃい」

加藤が部屋に入ってきた。冬だというのに、いつもの着流し姿だった。外出するときには和装のコートでも羽織るのだろう。

「お互い、おめでとうございますという状況でもないだろうから、新年の挨拶は省略させてもらうよ」

向かいのソファーに腰を沈めた。

「なんだ、コーヒーもケーキも手を付けていないのか。冷めただろう。新しいのに変えさせるよ。連れのお兄さんも、同じものでよろしいかな」

「要らないよ」「遠慮します」

アンジとぼくの声がダブった。

「それよりアンジを連れて帰ります」

加藤に宣言した。加藤の目がスッと細くなった。

「まだ話が終わっていない」

ぼくの宣言を潰したのは、加藤ではなくアンジだった。真っ直ぐに加藤を睨みつけていた。一歩も引かない。そんな覚悟が感じ取れた。

「どこまで話したかな」

ゆったりとした加藤の口調だった。ソファーの背凭れに身体を預けて脚を組んだ。着流しなので、足のほぼ全体が露わになった。歳の割には意外に長い脚だった。だが貧弱だ。ほとんど肉がない脹脛《ふくらはぎ》が痛々しいほどだ。

「あなたへの債務は、この秋のヘシコの売り上げで清算する。そしてあなたは、以後、私たちのヘシコに手出しをしない」

「そう。それはずっと私が提案していることだがね。昨夜からずっと。ただしそれには条件がある」

「娘たちを『割烹恵』で、ヘシコが商品となる梅雨明けまで預かるという条件か」

「せめて、それくらいの条件は呑んでくれてもいいでしょう」

「バカバカしい。私が娘たちを人質に出すわけがないだろう」

「だったら逆に訊くよ、アンジさん。あんたは三万尾のヘシコを売ると言っている。確かに、一万尾の買い付け証明は見せてもらった。残り二万尾が売れなかったらどうする。もっと言えば、その二万尾でさえ、確保できるかどうか、不透明だ」

「ビジネスは上手くいくときもあれば、いかないときもある。そのリスクを背負うのが、実業家の宿命だ。あなたは実業家じゃない。都落ちしたやくざだ。だからリスクは私が背負う。もし売れ残ったら、その分、あなたは来年のヘシコを押さえればいい」

「それも何度も聞いた。しかし現実はどうだ。来年の話どころか、今年の分、三万尾のヘシコの原料となる鯖さえ、まだ手当できてないじゃないか」

「それは私のマターではない。だから船団の責任者を呼んだ。私は信じている」

「船頭――」

加藤がアンジに目をやったまま呟くように言った。

「――水軒新一さん」

名指しされた。

「寒のうち、二月末までに三万尾の鯖を確保できると、私を納得させてもらえませんか。納得したら、娘たちを預かる話は取り下げます」

「どうすれば、納得してもらえるんですか」

「さあ。私は漁師じゃありませんから、思いつかないですね」

加藤が駆け引きしている。十二月いっぱいで、すでに一万五千尾確保できているのだ。三万尾の確保はそれほど困難なことではない。しかし迂闊に約束などしたら、次の矢が飛んでくるに違いない。

「漁は水物です。天候不順もあります。魚群の動きが変わるかもしれない。漁獲を絶対と確約する人間がいたら、そいつは漁師ではありません」

加藤の目がぼくに向けられた。

「なるほど。確約できない、ですか。だったら私も条件を変えられない。島にいる娘たちを、連れて来てもらうことになります」

「いやだと言ったら？」

「私が連れに行きます。若いものを連れて、ね。これでも、前の組に声を掛ければ、若いものを集めるくらいの力は残っています」

「島には狗巻南風次という男がいます」

「はて？」

「あなたもその筋の方なら、調べてみてください。かれこれ三十数年前、紀州雑賀崎でなにがあったのか。あのころ南風次は、まだ高校生のガキでした。それから三十数年、板子一枚下は地獄と言われる海で暮らしてきたんです。それなりに仕上がっています」

ハッタリをかました。

「もしあなたが、娘たちを強奪しようとすれば、ぼくは、躊躇《ちゅうちょ》なく、狗巻南風次を放ちます。阿部蔵修馬という男もいます。岡山県津山の出身です。彼も放ちます」

加藤が考え込んだ。ぼくに向けていた視線を自身の内面に向けている。

「調べてみましょう。いぬまきはえじ――さんですね。それとあべくらしゅうまさん。とはいえ松の内だ。しばらく時間を頂きましょうか」

「では、アンジは連れて帰ります」

「まあ、そう言わずに私の話も聞いてください」

腰を上げかけたが、加藤に引き留められた。

「実際、私は頭を抱えているんです」

「頭を抱えている？」

「ええ、今回のことで、私は、老後の資金と思って貯めていたお金を、ほとんど吐き出してしまいました。ヤクザとはいえ、畳の上で死にたい。そのために引退したんですからね。それを保証する金を注ぎ込んでしまった」

「それは、あなたの都合でしょ」

「そう。私の都合です。だからどうだと言うのではありません。でも、話だけでも聞いてください」

「こんな奴の戯言を聞くことはないよ」

激しているアンジを手で制した。聞くべきだと、ぼくの理性が訴えていた。

「ありがとうございます」

アンジとぼくを見比べた加藤が、神妙な表情で、ぼくに頭を下げた。

「もともとそちらさまの債権を買うように勧めてくれたのは、恵子でした。確実な投資だと、言われました。投資に確実なんて、素人の考えることですが、私は、あなた方の力量を信じていました」

「ぼくたちの力量？」

「あなた方と取引を始めてから、恵子の店は、経営が劇的に好転した。それまでは、辛うじて赤字を出さない程度の店だったのが、月々、私の出資金を分割で返済するようになった。だから今回、恵子から持ちかけられた債権の買い取りにも私は乗った」

「だから、ぼくたちに責任をとれというのですか。それは身勝手過ぎるでしょ」

「そうじゃない。責任をとれとは言ってない。ただね、微妙に話が違うんですよ」

「話が違う？」

「そう。あなた方が、ヘシコでかなりの儲けを見込んでいることは聞いたが、その原材料の鯖を、未だ調達できていないとは知らなかった」

「彼女が、恵子さんが、できていると言ったのですか」

「いや、その点は、私も早とちりをしていましてね」

加藤が自嘲の笑みを浮かべた。

「だったら、やはり責任はあなたにあるんじゃないですか」

「そうなんですが、恵子から、確かな担保を聞かされていました。それで判断を過ってしまったんです」

「確かな担保ですか?」

「五人の娘たちですよ。その借用書も、手に入る。それを押さえておけば、あなた方は、絶対に債権を踏み倒したりしない。そう言われましてね。まあ、一般人なら、五人の娘に担保価値なんて認めないでしょうけど、なにせ、私はこんな稼業に身を染めている人間だ、そのあたりはね、判って頂けるでしょ」

「どうしてぼくたちが踏み倒さないと思ったんでしょう」

「だって、そうじゃないですか。五人の娘さんたちと、そちらの別嬪さんとの関係を考えたら、おたくらが、踏み倒すはずはないでしょ」

隣で不貞腐れているアンジに目を向けた。確認した。

「恵子さんに、娘たちとの関係を喋ったのか?」

ぼくしか知らないはずの関係だった。そしてぼくは、アンジに固く口止めされ、誰にもそれを喋ったことはない。そんな重要な秘密を、アンジは恵子に打ち明けていたのか。

「喋るわけないだろ」

「そりゃおかしいな。私は恵子から聞きましたよ。もう少し言うと、恵子に債権を買うように勧めたのはアンジさんでしょ。その時に、アンジさんは、恵子に自分の娘たちの秘密を話して、恵子を納得させた。そうじゃなかったですか？」

「知らない。私は、なにも喋っていない」

加藤の目線を避けるように、アンジがそっぽを向いた。加藤が溜息を吐いた。

「この通りなんです。判るでしょ、水軒さん。私は娘たちが欲しいんじゃない。自分の債権を保全したいだけなんです。せめてあなたが、三万尾の鯖の確保を確約してくれて、念書の一本も入れてくれたら、私は安心できるんですよ」

「それだったら――」

「止めろ、シンイチ」

念書を入れてもいいと言いかけたぼくを、アンジが止めた。

「おまえはビジネスの素人だ。軽々しく念書を入れるなんて言うな。それが後々、どんな使われ方をするのか、判ったもんじゃない」

ビジネスのプロのアンジから、素人だと言われて、ぼくは言葉に詰まった。

加藤が諦めたように首を横に振った。

「その筋の債権者から債権を買ったと言っても、私の名義で買ったわけじゃない。あちらはちゃんとね、対策を講じて看板を書き換えています。こちらは由緒正しい田舎ヤクザです。私の名前が出たんじゃ、管財人がうんとは言わない。ですからね、債権は枝垂恵子名義で買っているんですよ。もしこの話が壊れてしまったら、私は一文無しだ。恵子にうまく嵌められた気もしますがね。そちらの別嬪さんも、無関係だったとは思えない。だから私は——」

「無関係だ」

加藤の言葉を遮ってアンジが席を立った。

「力ずくで来るなら来てみろ。私は闘う」

加藤に宣言して、応接室を後にした。ぼくは慌ててアンジの後を追いかけた。

「勘弁してくれよお」

悲痛とも思える加藤の嘆き声が聞こえた。

5

通りかかったタクシーに手を挙げた。アンジ、ぼく、頭領の順で、タクシーに乗り込んだ。

タクシーが走り出して、隣に座る権座に訊かれた。

加藤の家を後にする前に、先に行くアンジを気にしながら、玄関脇の部屋のドアを開けると、恵子にしな垂れかかられて、とろりとしていた権座だった。頭領と呼ぶのも馬鹿らしく思えた。

「加藤は娘たちを自分の手許で働かすよう、要求してきました」

運転手の耳があるので、言葉を選んで説明した。

「それで、どない答えたんや」

「もちろん拒否しました」

「相手は納得したんか」

「さあ、どうでしょ。けど、南風次と阿部蔵を放つとハッタリをかましたら、考えさせてくれと言うてました」

ずいぶん端折った説明だったが、タクシーの車内でそれ以上、詳しく言えるはずがなかった。

「この辺りに、土産物屋ありませんでしたっけ？」

思い付きで口にした。

「島への土産か？　いつものスーパーに行ったらええやないか。スーパーなら正月二日からでも営業しとるやろ」

「いや、そういうんじゃなくて、観光地にあるような土産物屋ですよ」

「観光に来たわけじゃないだろう」

「そうなんですけど――」

「なにが欲しいねん」

「木刀とか」

「イヌに持たすのか？」

南風次が木刀一本で、敵対する組事務所に乗り込んだ話をしてくれたのは権座だ。しばらく考えて権座が運転手に言った。

「運ちゃん。行先変更や」

行先は漁港と告げていた。

「町外れの、ショッピングモールに、行ってくれへんか。あのショッピングモールに、ホームセンターもあったやろ」

タクシーの運転手が「ありますね」と頷いた。

「なんですの、それ？」

ホームセンターに木刀があるのかと、訝《いぶか》った。

「まさか、手作りするつもりですか」

「そんなことするかいな。まあ、ええ。行ってからのお楽しみや。亀の甲より年の功や。昔から言うやろ」

首を傾げたぼくに権座が付け加えた。

「ほれにやで、威嚇《いかく》や殴る目的で木刀持ってたら、たぶん法に触れるんやないか」

物騒なことをいう権座に、タクシーの運転手が反応した。肩を緊張させた。

十五分ほどでショッピングモールに到着した。正月だというのに広い駐車場には結構な台数の車があった。初売りセールの真最中だった。閑散として、軒並みシャッターを下ろした浜の商店街とは段違いの賑わいだった。

権座が併設されているホームセンターに足を向けた。暇そうにしている茶髪の若い店員を摑まえて、「斧《おの》の売り場はどこや」と訊いた。

「斧はまずいんと違いますか？　それこそ法に触れるでしょ」

権座の耳元で囁いた。

「誰が斧を買う言うたんや」

飄々《ひょうひょう》と応えた。

「ワシは斧の売り場を訊いただけやで」

権座の目当ては斧の柄だった。寸法九百ミリの柄の材質は樫《かし》の木だった。

「これでどないや」

言われてぼくはそれを手に取った。右手で振って、左手の手のひらに叩き付けてみた。適度な重量と、手のひらに感じた硬質さに満足した。

「確かに、木刀替わりにはなりそうですね」

それに決めて、ぼくはレジに向かおうとした。振り向くと、アンジがいなかった。

「アンジさんはどないしたんやろ」

権座があたりを見回した。

「いや、さっきまでいたんやけど……。あっ、いました」

ぼくが指差す方向、広めの通路に、大型のショッピングカートを押しているアンジがいた。カートには、あれこれ積まれているようだった。

「なにを買いましたんや」

近付いて覗き込んで権座が仰天した。

チェーンソー。鉈《なた》、刺身包丁と肉切包丁。鉄製ハンマー。発煙筒。

「これ、なんですの？」

横文字が書かれているオレンジの工具箱を指差して、権座がアンジに訊ねた。

「ネイルガンです。圧縮ガスで釘を打つやつ。電動は、使える場所や持ち運びに難があります、これならどこでも使えるし、持ち運びにも便利です。ちょっと高めの四十万円ですけど、性能で考えればこれが一番です。安全装置も付いています」

アンジが冷静に説明した。際どいことを口にしているという自覚が感じられなかった。気負いもなかった。加藤と事を構えるために万全の備えをしたいという冷徹な意思は理解できた。命のやり取りも辞さない構えだった。

「安全装置？」

「先端を、対象物に当ててないと、釘が発射できないんだ」

それが安全装置か――。

「釘を飛ばすことはできへんのか」

「いや大丈夫だ。改造すればいい。三十メートルくらいは余裕で飛ばせるらしい。購入した後で、店員が安全装置を外してくれる」

店員が？　俄《にわ》かに信じられず問い質した。

「誰がそんなことを？」

「さっきの店員だ。なかなか親切なヤツだった」

ぼくらを案内した茶髪の若い店員か。

「ほかにもいろいろ買《こ》うてはるけど、その親切なニイちゃんに、なんて頼みましたん？」

権座が二人の会話に割って入った。

「近々、ヤクザと抗争がある。命のやり取りだ。武器になるものを教えてくれ。そう頼んだら、あれこれと案内してくれた」

権座がぼくの耳元で囁いた。

「通報されているかも知れんで」

「シンイチが持っているその棒切れはなんだ？」

今度はアンジが質問した。

「斧の柄です」

「ヘッドが付いていないじゃないか」

「これは木刀替わりです」

「そうか。南風次なら、それで相手を殴り殺せるというわけだな」

呆れている権座の足もとにアンジが目線を留めた。

「これも良さそうじゃないか」

ぼくたちの脇をすり抜けて、アンジが手に取ったのは手斧だった。

「接近戦で役に立ちそうだな」

それから権座は、アンジを宥めながら売り場を回って、商品を元に戻した。途中、さっきの茶髪の店員が「これなんかどうでしょ」と、満面の笑みで歩み寄ってきた。彼が差し出したのは、オモチャのボウガンだった。手のひらに乗るほどの大きさだった。

「中国製の爪楊枝ボウガンです」

顔が誇らしげだった。

「とは言っても、爪楊枝を矢にするわけではありません。ちゃんとこのサイズに合わせた矢もあります。なかなかクールです」

エプロンの前ポケットから箱を取り出し開けた。箱の中には、整然とステンレス製の矢が収められていた。

「一時中国で大流行して、その時に、うちの売り場でも取り寄せました。でも、あの中国でさえ発売が規制されて、結局うちの売り場には並ばず在庫になってしまったものです。打ち出しの初速は百四十キロで殺傷能力には疑問がありますけど、相手を無力化するのには十分です。失明させるくらいだったら余裕です」

あの中国でさえという言い様にアンジが反応した。伸ばしかけたアンジの手を権座が止めて店員を追い払おうとした。それをぼくは引き留めた。

「買いましょう」

「なにを言うとんや。そんな危ないおもちゃ買うてどうするんや」

「おもちゃでも牽制《けんせい》にはなるでしょう。目に当たれば失明するわけだし」

「眼鏡くらいだったら、レンズを破壊します」

調子に乗った店員がぼくに加勢した。

権座がぼくと店員の間に割り込んだ。店員の胸元を突きながら言った。

「あんたさんは、人を傷つけることに現実感がないんやろ。ゲームのやり過ぎや。人にこのおもちゃを向けるというのは、ゲームやないんやで。そんな判別もつかんとは、えらい世の中になったもんや」

厳しく言って店員を追い払った。

それは店員にではなく、ぼくとアンジに言い聞かせたい言葉にも思えた。しかしぼくはアンジに同調し始めていた。若い店員が知らない、本気の殺意を、身に宿し始めていた。

人付き合いが苦手で、船団の中だけで暮らしてきたぼくの人生を思った。人目を気にしてばかりいた。しかしぼくは漁師なのだ。漁師は日々が闘いだ。漁は殺生を生業とする。生業とは、生きるための業と書く。アンジがここまで、生きるための闘いに激しているのに、船頭のぼくが臆してどうする。

権座がぼくたち二人を置き去りにしたまま、売り場を回り、斧の柄を二本だけ買って、そそくさとホームセンターを後にした。

「トイレに行ってくる」

ぼくと権座をタクシー乗り場に待たせ、再び現れたアンジの手には、ネイルガンのオレンジ色の工具箱があった。

「改造してもろたんですか」

権座が確認した。

「売り場主任とかいうオヤジに叱られた」

アンジが憮然《ぶぜん》と答えた。

「まあ、ええか」

渋々権座が納得した。ネイルガンを手に入れはしたが、改造には至らなかったので、購入を承諾した。アンジは不満を顕《あら》わにしていた。

「二人はどこまで本気なんだ」

漁港についてタクシーを降りるなり、アンジが言った。腕組みをして、広げた脚を踏ん張ってぼくたちを睨んだ。

「どこまでって？」

権座が問い返した。

「命がけで闘う意思はあるのかと訊いているんだ」

「ヘシコのために？」

「ヘシコのためじゃない。あの娘らのために、だ」

アンジの額に青筋が浮かんでいた。

「指一本触れさせないという覚悟はあるのか」

なおもアンジが問い詰めた。

「アンジさん、その覚悟は、ワシにもシンイチにもありますけど、まさか命のやり取りにはなりまへんやろ」

権座が宥めるように言った。

「相手はマフィアだぞ」

アンジが反論した。

「マフィアと違いますやん、ヤクザですがな。それも元が付く。今は一応堅気ですがな」

阿《おもね》るような口調だった。

「なんだそれ。一応堅気？　買い取った債権の担保に、娘たちを差し出せと言う加藤が、堅気だと思うのか」

馬鹿にするようにアンジが鼻を鳴らした。

ぼくは加藤のことを思い出していた。確かに加藤が身に纏っている空気は、堅気のそれではなかった。だからと言って、武器を用意する必要がある相手なのかという迷いはあった。しかしその迷いこそが、相手に付け入る隙を与えるのではないか。現にぼくが南風次と阿部蔵をネタにハッタリを噛ましたとき、加藤は動揺した。気弱は徒《あだ》になる。

覚悟が足りなかったかもしれない――。

ぼくの気持ちに悔悟の念が芽生えていた。アンジは、女だてらにチェーンソーを振り回す覚悟を決めていたのだ。相手に向けて、改造したネイルガンの引き金を引くつもりだったのだ。ぼくにそこまでの覚悟があっただろうか。

「こちらが武器を用意すれば、向こうも武器を用意しますやん。武器を持たせたら、扱いは向こうが上や。用意できる武器の内容も、違うと思いまっせ」

権座が困ったように頭を掻いた。

ぼくは別のことを考えていた。権座は言ったのだ。あの若い茶髪の店員に。あんたは人を傷付けることに現実感がないんだろう、と。ゲームのやり過ぎや。そう決めつけた。

確かにそうかもしれない。ぼくより、ひとまわりも若い店員は、ヤクザと事を構えるといったアンジの言葉を、ゲーム感覚で受け止めたのかもしれない。そんな店員を権座はゲームと現実の区別もつかんのかと叱りつけた。しかし現実を現実として受け止めてないのは、むしろ権座やぼくのほうではなかったのか。

「剣を持つ者は剣によって滅びる、か」

アンジが呟いた。

「なんですの、それ？」

「白人の戯言だ。最初に言ったのはイエス・キリストだ」

「キリストさんの言うたことが戯言ですか？」

「だってそうじゃないか。核保有国のほとんどが白人の国だ。そしてヤツらは、非保有国が核開発に着手するのを、ヒステリックに監視している。いよいよとなれば、躊躇わずに戦争を仕掛ける。しかも戦争の再発防止を目的に組織された国連を巻き込んで、だ」

「ちょっと話が大袈裟すぎやしませんか？」

権座が呆れた。

「大袈裟なものか。私には、あの娘らを守る使命があるんだ。命がけでだ」

覚悟がまだ足りない――。

二人のやり取りを聞きながら、ぼくは、ぼく自身を叱りつけた。

6

　島に着いたアンジは、権座が舫綱を結ぶのも待ちきれない様子で船を飛び下り『雑賀寮』に足を向けた。下船をサポートしようと差し出したぼくの手は、無視された。

　アンジが『雑賀寮』に至る前に、寮の二階の窓から、アンジの姿を認めた研修生のひとりが窓を全開にしてアンジに手を振った。メイファン。長身の手足がすらりと伸びた娘だ。アンジも手を高く挙げてメイファンに応えた。メイファンの姿が窓から消え、程なくして、五人の娘たちが先を争ってアンジのもとに駆け寄った。アンジを包んで歓声を上げた。冬の寒空に響き渡る歓声だった。

　その様子を、舫綱を手にしたまま眺めていた権座が、船上のぼくに笑いかけた。

「ええ景色やな、船頭よ。なんか胸が洗われる気になれへんか」

　硬い表情を崩せなかった。

「頭領――」

「ん？　どないしたん？」

「アンジは本気ですよ」

　なにが、ええ景色や――。

能天気な権座にムカついた。自分に対する怒りもあった。

「アンジがあれほど本気になる理由が、ただの責任感みたいなものだけやと思いますか」

語調がきつくなった。アンジに口止めされたことを言ってやろうかと思った。

「船頭は考えすぎる。まあ、それが船頭の長所なんやろうけどな。ただ、他人の心の裏を考え過ぎたら、表が見えんようになるんと違うか。誰でも秘めた想いはあるもんや。いつか必要になれば、打ち明けてくれるやろう。そう大きく構えるのも大事やで」

「――はあ」

口止めされたことは言えない。アンジとの約束だ。

「納得してへん返事やな。まあ、かまへん。老いぼれの戯言や。時間があるときにでも考えといてくれ」

権座が言い残して『雑賀丸』を後にした。手には木刀替わりの斧の柄を、予備として買ったものを含めて二本、南風次の土産として携えていた。あれを使うことがあるのだろうか。

しばらくぼんやりした。これからのことを考えようとしたが、なにから考えていいのか、糸口を探しあぐねた。

莫大な債務――。

具体的な金額は知らされていないが、知ったところで、ぼくなんかにどうこうできる金額ではないのだろう。それにアンジが搦《から》め捕られている。相手は浜の元ヤクザ。元とはいえヤクザだ。

ヘシコ事業の担保に、娘たちを差し出せと言った。さらに加藤は、三万尾の鯖の漁獲を確約しろと、ぼくに迫った。確約などできるわけがない。いや、確約していい相手ではない。

確約しろというのは脅しだろう。確約しなくとも、おそらく漁はさせるだろう。そして漁の成果が上がらなければ、その時には、容赦なく強硬な手段に訴えるに違いない。確約しろというのは、不漁の負い目を負わせるための布石に違いない。

枝垂恵子——。

あの女のことも気になる。どこまでこちら側なのか、まったく測れない。話しているうちに、黒幕はあの女ではないかという疑いも芽生えた。加藤にしろ中貝にしろ、危ない男に色気を覚える女だ。頭領に言った。八咫烏《やたがらす》の墨を入れようかと。そういう女だ。ワンポイントのタトゥーではない。墨を入れると言ったのだ。素人の女の発想ではない。

そしてアンジ——。

アンジが娘たちに寄せる想いを加藤は承知していた。恵子から聞いたと言った。アンジは喋ってないと否定したが、間接的にでも聞かされない限り、それを知ることは不可能だろう。アンジと娘たちの抜き差しならない関係を知ったからこそ、加藤は蓄えを吐き出す賭けに出たのだ。この点に関しては、アンジより、加藤の言葉のほうが信用できる。しかしだとしたら、アンジはどうして、そんな危うい餌を投げて、加藤をヘシコ事業に巻き込んだのか。加藤は言った。債権の買い取りは、恵子に勧められたものだったと。自分は表に出られないので、恵子名義で買ったとも言った。恵子を通じて債権の買い取りを勧めたのが、アンジだという言葉も、ぼくの胸に閊《つか》えていた。

視界の端に動くものがあった。『雑賀丸』に向かってくる。

狗巻南風次――。

土煙を上げてと言いたくなるほどの勢いだ。両手に一本ずつ、木刀代わりの斧の柄を握りしめている。血相を変えていた。

「おい、船頭ッ」

息を切らしながら怒鳴り声をあげた。膝に手をついて、ゼイゼイと息を整えている。ぼくの思考が中断された。ぼくは身構えて次の言葉を待った。

権座から斧の柄の目的を聞いたに違いない。怒っているのか。

背筋がうそ寒くなった。

勝手に名前を使われたことに怒っているのだとしたら、この後の展開は考えたくもない。

加藤に言った。「狗巻南風次を放ちますよ」と啖呵《たんか》を切った。まるで南風次が、自分の駒であるかのように、だ。その一部始終を、権座が伝えたのだとしたら、南風次が怒ったとしても不思議ではない。いちおうぼくのことを「船頭」とは呼ぶが、明らかに嘲りの混じった口調で呼ぶ南風次だった。そのぼくから、駒として扱われたと知ったら、怒るくらいでは済まないのではないか。

「船頭よ」

ようやく息を整えた南風次が、船上のぼくに目を向けて口を開いた。向けられた目に狂気に似たものが宿っていた。眼球が本人の意思とは無関係に、左右に激しく振動していた。意識して、あんな風に眼球を動かせるわけがない。不気味に揺れる眼球は南風次の心の振動と同調しているように思えた。

「船頭よ」

南風次が念を押すように繰り返した。

「なんだ」

覚悟を決めて丹田に気合を込めた。

「さすがだ」

「えっ？」

「さすが『海の雑賀衆』の船頭だ」

感無量の体で南風次が力強く頷いた。

「全部聞いた。浜のヤクザの組事務所に乗り込んで、船頭は、ヤクザらに囲まれても微動だにしないで、相手の親分とナシをつけて、アンジさんを貰い受けてきた」

かなり屈折して情報が伝わったようだ。それとも南風次の思い込みなのか。乗り込んだのは組事務所ではないし、ヤクザらにも囲まれていない。相手は親分ではなく引退した元ヤクザだ。

「いつでもかかって来いと宣戦を布告した」

していない。

「先兵として狗巻南風次、俺だ、それと阿部蔵修馬を、お前らにぶつける。そう言った」

言ったか？

「おのれらなど、狗巻南風次が、木刀一本で蹴散らしてくれるわ。そう啖呵を切った」

権座はどれだけ、話を盛ったのだ。

「いや――――。見直した」

全身を撓《たわ》めて南風次が感服の意を表した。

「俺が船団に入ったのは、十九のときやった。その時の船頭、三代目船頭に喧嘩を止められ、三十年以上、俺は雌伏《しふく》してきた。大義のない喧嘩はするなと言われた。俺かて狂犬やない。分別も思慮もある。その俺に、六代目船頭、あんたが大義をくれた。心いくまで、本能のままに、極道らを叩き潰せと言うてくれた」

南風次が唾を飛ばした。興奮で口角に泡を吹いていた。

「任しといてくれ。期待にきっちり応えたる」

右手の斧の柄を高く掲げて走り出そうとした。目線が『雑賀寮』に向けられている。アンジに会いに行くつもりなのか。それは拙いような気がする。チェーンソーやネイルガンをショッピングカートに放り込んだアンジなのだ。南風次と合わせるのは拙くはないか。お互いに触発されて、どれだけ暴走するか。そう考える気持ちがぼくの中にあった。しかしその一方で、それはそれで構わないのではないかと思う気持ちも、あった。

「ちょ、ちょ、ちょっと待って。どこに行くんですか」

南風次が振り返った。肩越しに不敵に笑った。

「阿部蔵んとこに決まってますやろ」

左手に握った斧の柄を目の高さに挙げた。

「あいつのぶん、この木刀を渡してやらんと」

それは予備なのだが。

「けど船頭、さすがやねえ。あいつの本性を見抜くやなんて」

「阿部蔵くんの本性？」

「そうですがな。あいつ、俺以上の筋金入りや。あいつのやったことからしたら、田舎ヤクザの組を潰しかけた俺なんて、小さいもんやで」

唖然としているぼくを置き去りにして南風次が走り去った。

土煙を上げんばかりに――。

南風次がやったことが小さいだなんて、阿部蔵修馬、いったいなにをやったんだ。あいつは何者なんだ――。

十六時前に『雑賀寮』に戻った。

ジュニアチームの研修生には、毎日十六時の気象通報を聴くよう申しつけてある。漁に出た時も、『雑賀丸』に備えられているラジオから、気象通報を流している。揺れる船上で気象図は書かないが、聴くだけでも意味がある。明日の天気をイメージしろ。答え合わせは次の日に身体でしろ。愚直に一年続ければ、風の流れ、陽の光、波のうねりが、目に浮かぶようになる。それを信じて毎日聴け。そう指導している。

無性に気象通報が聴きたかった。

親しみ慣れた日常に逃げたかった。気象通報に耳を傾ける二十分だけは無になれる。

十六時五分前――。

食堂に研修生の三人が揃った。テーブルの上には『ラジオ用地上天気図用紙』とシャーペン、黒ペン、赤青紫のペンが並べられている。ぼくがコンビニで買って支給したものだ。

無意識に視線を阿部蔵に向けた。真直ぐにぼくを見つめていた。背筋を伸ばし正しい姿勢で控えた阿部蔵が、固く口を結んで、小さくぼくに頷いた。目を細めて微笑んだ。南風次からなにを聞かされたのか。この男も、間違いなく勘違いしているようだった。

十六時――。

気象通報が流れ始めた。ぼくは目を閉じて自分の世界に埋没した。

7

ぼくの携帯が振動した。限られた人間からしか着信のない携帯だ。ディスプレイに『恵子』と表示された。

――もしもし。

――船頭？

――昼間はどうも。

――ううん、こっちゃこそ、難儀させて堪忍え。

京都言葉。要警戒だ。

――あれから大丈夫やったですか？

――おおきに。心配してくれてはったんやね。ほんまに優しいお人やなあ。

――まあ、恵子さん残して帰ってしまいましたんで。

――うちなら大丈夫。そこらへんの小娘とは違いまっさかい。

電話の向こうで小さく笑った。

――ほんでな、船頭。ちょっと状況が変わりましてん。

――はあ、変わった？

――うん。加藤がな、とりあえず二月末まで待ったる言うてんねん。

――恵子さんの口添えですか。

――それもないことはないけど。船頭、船頭の船団、えらい人を抱えてはるんやね。今までうち知らんかって、今日びっくりしたわ。

――えらい人？　皆ただの漁師ですけど。

――よう言うわ。ほれ、今日の昼間、船頭が加藤に名前を伝えはったらしいやん。

――ああ、狗巻南風次ですか。あいつがなにか？

南風次を放つと脅したことを思い出した。雑賀崎の筋者に訊いてみろと啖呵を切った。あれが功を奏したのか。

――違う違う。もう一人のほうや。岡山の津山の人。

――阿部蔵修馬？

――そうそう、その阿部蔵とかいう人。

――阿部蔵がなにか？

恵子の言うことには、加藤はあの後、狗巻南風次と阿部蔵修馬の素性を調べさせてみたらしい。南風次のことは、ぼくが頭領から聞かされていた通りのことだったが、阿部蔵の素性が突出していた。

――その子、津山で極道ばっかり、三人も手にかけているらしいな。

――手にかけたということは……。

まさかと思って確認した。

――殺《あや》めたということやんか。

歌うような声だった。

――そんなアホな。いくら未成年でも、三人もいてもうたら、今ごろ塀の中でしょうが。

死体が見つからなかったのだと言った。だから事件にならなかったと。

――なんで死体が消えたんやと思う？

――さあ、それは……。津山は山の中やから、埋めたということですかね。

微妙な間が空いた。生唾を呑み込む気配がした。

――食べてん。

――はあ？　食べた？

――そやから山の中で、死体を切り刻んで、しまいには骨まで食べ尽くしてん。

――そんなアホな。

思わず噴き出しそうになった。荒唐無稽にもほどがある。

――焼いたら煙も立つし、臭いもするじゃないですか。いくら山の中言うても、富士の樹海でもあるまいし。

——生で食べてん。

——えっ、生?

——活造りや。

ちょっと言葉が違うと思ったが、それは流した。

——岡山の業界の人が、加藤に言うたらしいわ。あいつには手え出すな、いうてな。

——三人も人死にが出るやなんて、よほどのもめごとがありましたんか?

——それがそやないねん。どれもちょっと肩が触れ合うたくらいのことやったらしいねん。そこから喧嘩になって、挙句の果てに、活造りやねん。

——いや活造りいうのは……。

——信じられへんやろ。うちかてや。けどな、岡山の業界の人が言うたらしいわ。加藤が阿部蔵と構えるんやったら、縁を切らしてもらいたい、とな。西の業界団体では、あの阿部蔵とかいう子、タブーらしいで。

あくまで噂《うわさ》やけどなと付け加えた。

加藤もすべてを本気にしたわけではないが、あえて地雷を踏むような真似をしなくてもいいだろうと、様子を見ることにしたらしい。

——まあ、二月末まで猶予してもろうたんは、助かりますけど。

釈然としないまま猶予を受け入れた。

——それはええねんけどな。ちょっと困ったことにもなってんねん。

——困ったこと？

——そやねん。二月の末までな、船団から『割烹恵』が、魚を買い上げることは相成らんとな、あの老いぼれがぬかすねん。

——えっ、それは。

——いや、うちかて辛いねんで。船団あってこその『割烹恵』やんか。

作った涙声になった。ぼくは息巻いた。

——なにを言うとんですか。たかだか三万尾の鯖くらい、今までの漁を続けながらでも。

——船頭。

恵子がぼくの言葉を遮った。

——それは判るけど、万にひとつでも三万尾揃わんかったら、加藤が、どんな無理難題を言うか、うちはそれが心配やねん。ほんまに辛いけど、ここは船団員の人らのためにも耐えなあかん。うちそない思いましてん。

——けど……油代とか……。

言い淀んだ。触れたくない話題だった。

——あの、預けてもろた七百万円、まだありますよ。

――いくらくらい？

――毎回、残高書いて渡しているやないですか。

――いや、今、手元にないんで。

――せやな、前の分で、残り二百万、切ったかな。

足元に穴が開いた。

電話を終えて、ぼくがまず思ったのは、恵子が兵糧攻めに入ったなということだった。加藤がではない。恵子が、だ。

ぼくはヘシコ鯖の前金七百万円を使い込んでいた。きっかけは恵子に渡された二万円だ。その金で、ぼくは浜のトンカツ屋でカツカレーを食べた。病み付きになった。カツカレーがではない。金を使うことが、だ。金を使う自由にぼくは嵌《はま》った。

ぼくは週に二度、『雑賀丸』で浜に買い出しに行く。予算は三万円。それで研修生の食材とかを買い付ける。漁が終わってから夜の海に『雑賀丸』を駆り、夜明け前に島に戻るという生活を送ってきた。

恵子から受け取っていたのは、買い付け予算の三万円だけではない。上乗せして受け取っていた。上乗せ分でホテルに泊まることを覚えた。夕方島を離れ、日の出前に戻るのだから、それくらいの贅沢は許されるだろうと考えた。しかしそれで終わらなかった。ぼくはナリを整えた。飯を食うにしても作業服では夜の街に出られない。それなりに買い整えて、それをコインロッカーに預けておいて、ホテルで着替えた。

ピンクサロンに嵌った。

店内は暗く、自分の容貌を気にすることもなかった。本番こそないが口で始末してくれるシステムだ。キスもできる。乳も舐められる。

情報はコンビニで買った風俗雑誌で得た。暗い店内という文字にピンときた。ひらめいた。思った通りお互いの顔が識別できないほど暗かった。照明は煩《うるさ》く回るミラーボールの明かりだけだった。ぼくはとことん嵌った。

遅い時間は高くなる。三回転。女が交替で三人ついて一万円だ。それに指名料がかかる。回転あたり二千円で六千円の追加だ。特に気にいった女がいるわけではなく、指名すればサービスが良くなる気がして指名した。場内指名だ。

チップもやった。有料ドリンクもオーダーした。ポイントになると強請《ねだ》られて、言われるままにオーダーした。一本五万円もするシャンペンも躊躇なく頼んだ。

もてた。金の力だとは判っていたが、ぼくは男性従業員からもちやほやされた。やつらにもチップをばらまいた。そろそろ自制しなくてはと思っていたところだ。まさか二百万円を切っているとは思ってもみなかった。

恵子から渡される残高の紙を見る勇気がなかった。誰かの目に触れるとヤバいと思った。

だから破り棄てた。

このままでは一月二月を乗り切れない。せめて『割烹恵』の売り上げがあれば、権座と相談してなんとかなるかもしれないが、その稼ぎもなくなるのだ。

恵子はなにを企んでいる——。

ヘシコの売り上げを狙っているのは、加藤ではなく恵子ではないのか。

そんな気がした。

ぼくを追い込んで——。

しかし、そこから先が続かない。

考えられる可能性を考えてみたが、恵子の意図が判らない。今回の件でぼくが追い込まれるのは間違いないが、ぼくを追い込むのが恵子の目論見なのだろうか。本当の狙いはどこにある。いくら考えても判らなかった。

8

正月三日——。

全員を集めて会議をすると、早朝、出漁前の権座に伝えた。その日も休漁にした。元旦から三日続きの休漁だが、それも仕方がない。事態は逼迫《ひっぱく》しているのだ。ぼくの足元に大きな穴が開いている。朝食の席でアンジにもその旨を伝えた。

「これからの対応を全員で協議したい」

『割烹恵』の納品が止められることも含めてアンジに説明した。

「必要とあれば、加藤と事を構える覚悟だ」

大袈裟に言って七百万円からアンジの目を逸らした。

予定していた時間になったので、小屋に足を運んで中の連中に声をかけた。権座には段取りするまで、会議のことは喋るなと口止めしてあった。小屋には寅吉がいる。ぼくのいないところで話をされて、七百万円の扱いを検討されたのでは困ってしまう。ヘシコ事業を任されているのは寅吉なのだ。ぼくを信じて、金のことに口出しされたことはないが、七百万円の金をどう運用するかの判断権は、事業責任者の寅吉にある。

大事な会議があるから『雑賀寮』に集まってくれと言ったぼくに留蔵が口を尖《とが》らせた。

権座以外の三人は、ノシイカを肴《あて》に缶酎ハイを飲んでいた。

「なんや。そんなことなら先に言うてや。休漁やいうから、酒飲んでしもたやないか」

寅吉が留蔵を制した。

「どうやら大事な会議みたいやな」

酎ハイの缶を握り潰して立ち上がった。

「ひょっとして殴り込みの相談か」

南風次が顔を輝かせて跳ね起きた。

無言で四人を『雑賀寮』に引率した。黙々と肩を怒らせて歩くぼくの迫力に気圧《けお》されたのか、四人の男たちは、大人しく後に続いた。それなのに『雑賀寮』でぼくたちを待っていたのは、久保の手によるクエ鍋だった。アンジの指示だった。

「せっかくの休漁日です。鍋でも突きながら話を聞いてください」

アンジに勧められて全員が食堂のテーブルに着席した。

テーブルは配置が変えられていた。四人掛けのテーブル四卓を一列に並べて、それを全員が囲むような配置だ。並べられたテーブルには、三人の漁業研修生ばかりか、水産加工研修生の娘たちまで着席していた。アンジは入り口から見て一番奥の席、つまり上座だ。隣が空席で、そこに座るようぼくに目で合図した。頭領の大鋸権座はその対角線つまり下座だ。アンジに言われて一番端の席に畏《かしこ》まった。

「さあ、みなさんも空いている席にどうぞ」

アンジに促されて寅吉、留蔵、南風次が上座から順に着席した。先に中国の娘たちが一席ずつ間隔を空けて座っていたので、自然と三人は、娘たちに挟まれる格好になった。

上座から見て、アンジ、ぼく、メイヨウ、寅吉、リンリイ、留蔵。テーブルを挟んで、南風次、ホンファ、新名、チュンイエイ、久保、メイファン、阿部蔵、権座という並びだ。

加藤と構えることに消極的だった権座の席を下座にするなど、やることが徹底しているなと、ぼくは呆れる思いでアンジの横顔を窺った。

　権座は戦いを放棄した。その報いがこれなのか。ぼくもうかうかしていられない。権座に対する同情心より、わが身のことを考えて、身を引き締めた。七百万円の使い込みがばれたら、権座どころではない、厳しい仕打ちが待っているに違いない。

　アンジの発声でグラスを掲げた。『紅星二鍋頭酒』の「ガンペイ」だ。

　権座以外の全員が飲み干して、グラスを逆さにして振った。皆慣れたものだ。権座は口を付けただけだった。そのあたりで寅吉が場の異様さを指摘した。

「頭領の席、間違うてないか」

　無視してアンジが口を開いた。

「今朝の集まりの主旨を、私から説明します。長い話になります。皆さんは、クエ鍋を食べながら聞いてください」

　メイヨウとリンリイが手分けして、全員の席に缶酎ハイを配った。さすがに今日は、『紅星二鍋頭酒』は拙いというアンジの判断なのだろう。確かにあの酒を飲んだのでは、会議にならない。

　アンジが話し始めた内容は、贔屓目《ひいきめ》に聞いても、かなり捻じ曲げた内容だった。もちろん嘘は言っていない。しかしそれが正直に言っていることになるとは限らない。そういう内容だった。

先ずアンジは、ドラゴン村越の破綻について説明した。その結果、『雑賀丸』を始めとする島の資産が差し押さえられてしまうこと。ヘシコビジネスも、差し押えの対象になること。淡々と説明した。そしてその債権を加藤が買い取ったことを説明した。

「しかし債権者となった加藤は、資産以外にも目を付けました。この娘たちです。娘たちは、本国から日本に渡航する費用がありませんでした。また彼女らの親兄弟に、いくらかでもお金を残したいという気持ちもありました。そうでなければ、わざわざ遠い日本の島にやってこようとは思いません」

彼女らが必要とする金を、アンジは二年間の労働対価として前金で支払った。

「もちろん会社と個人の取引ですから、借用書は書いてもらいました。その借用書が今は加藤の手元にあります」

三日前の大晦日、浜の町に着いたアンジは加藤に呼ばれた。

「私はそのままホテルに軟禁されました。監禁ではありません。立ち去ろうと思えば、そうすることも可能でした。しかし私は、この娘たちを人質にとられていました」

そこで加藤は、娘たちの借用書をたてに、娘たちをまともではない仕事に就かせるようアンジに迫った。

「売春です」

アンジが言葉短く言った。その言葉の響きを確かめるかのように、しばらく口を噤《つぐ》んだ。

娘たちにアンジが喋る日本語は伝わっていない。いつものように穏やかな微笑みを浮かべて、クエ鍋を楽しんでいる。しかしだからこそ、一層鮮やかに、アンジの話の内容と娘たちの無邪気さが、残酷な対比となって男たちの胸に沁み込んだ。

バキッと派手な音がした。

いつもより太めの、しかも折れることがないよう、丈夫でしなやかな柳を素材とする祝箸が、南風次の手の中で折れていた。南風次の左隣に座った丸顔のホンファが、自分の箸をポケットから出したティッシュで拭い、南風次に持たせた。南風次の折れた箸を右手に持って、手にした小鉢のクエ肉を自分の口に運んだ。そしてニコリと南風次に微笑みかけた。怒りに震えている頰を歪めた南風次が、歪んだ顔のままで微笑みを返した。

「加えて言うと、加藤はロリコンです。売り飛ばす前に、この娘らを自分の好きにしようと考えています」

バキッ。

今度は寅吉の箸が折れた。隣に座ったリンリイがホンファと同じことをした。そして同じようにニッコリと微笑んだ。寅吉も泣き笑いの表情に顔を歪めた。

「そして昨日、船頭が私を迎えに来ました。船頭は加藤に宣戦を布告しました。無謀を働くなら狗巻南風次を放つと言ってくれました。阿部蔵修馬を差し向けるとも言いました。そして二人に、浜のショッピングモールで買い求めた木刀を与えました」

バキッ。バキッ。

箸が折れる音が重なった。またしても南風次だった。そして阿部蔵の手の中でも、箸が折れていた。南風次には、切れ長の涼しい目が印象的なチュンイエイが、新名の隣の席を離れて対応した。阿部蔵の箸は、隣に座ったメイファンが取り替えた。五人の中国娘も、さすがにもう笑っていなかった。言葉ではなく、肌で、男たちの怒りを捉えて不安そうな眼を泳がせていた。

「さらに昨夜、恵子さんを通じて船頭に、寒鯖漁の終わる二月まで、『割烹恵』への魚の卸しを止めるという通告がありました」

「なんやてえ」

南風次が席を立って怒鳴り声を上げた。

「おのれそれをハイハイと聞いたんかいな」

ぼくに向けられた怒りだった。

「ワシら、飢えてしまうやないか」

席に座ったまま、情けない声を上げたのは留蔵だった。寅吉は腕組みをしたまま、じっと目を閉じている。

「以上が、現在私たちの置かれている状況です」

アンジの長い話が終わった。アンジが頷くと、五人の娘たちが台所に消えた。すぐに出てきた娘たちが手にしていたのは、『紅星二鍋頭酒』だった。一本ずつ手にしていた。その封を切って、さっきガンペイをして全員の手元に置いたままにしていたショットグラスに注ぎ入れた。

ぼくはその時点で理解した。これは会議ではない。会議だったらあの酒は出てこない。これは決起集会だ。体が熱くなった。その一方で、頭の中、冷めた部分で七百万円が議題に上がることはないなと安堵《あんど》した。

「皆さん、ご起立願います」

アンジがショットグラスを手に言った。全員が立ち上がり、それに釣られて権座も渋々立ち上がった。

アンジがグラスを掲げた。

「ここで私は、不退転の誓いを立てます。賛同する方は、盃を干してください」

アンジがグラスを前に突き出した。

「ガンペイ」

食堂を震わせる声で言って一気にグラスを干した。

全員がそれに従った。

9

正月四日。早暁——。

権座はひとりで岩場に座り込み、夜明け前の海を見ていた。

四日続けての休漁だった。二月の末まで『割烹恵』の納品がないのであれば、『大鴉』も鯖漁に専念できる。三万尾は達成したも同然だと、自分を除く全員が、昨夜は気勢をあげた。おかげで全員がお約束の二日酔いだった。

こうやって早朝の海を見ていると、自然と浮かぶ光景がある。どこの漁村や漁港というのではない。どこの漁場でもそうだった。

日の出ごろに、漁村の門々から、老人がひとりふたりと姿を現す。言葉を交わすでもなく、松の根や石に腰を下ろし、それが漁港であれば、係船柱などに腰を下ろして海を眺める。彼らは船を降りた元漁師だ。引退してもなお、彼らの気持ちは波間にある。それを慰めるように、日がな一日、互いに言葉も交わさず、老人たちは海を眺めて過ごすのだ。

そんな漁師たちの気持ちが判る気がした。水平線に続くあの場所は、もはや自分の居場所ではないのかもしれない。そんな感慨に権座は捉われていた。寂しい気もするが、ほっとする気持ちもあった。

毎日のように天気を予報し、潮を読み、魚影を追う六十年だった。初めて漁に出たのは五歳のときだった。初めて釣った魚は小鰺《こあじ》だった。陽の光が届かない海の底から、テグスに魚信が伝わり、無我夢中になってテグスを手繰り、煌《きら》めく銀鱗《ぎんりん》を目の当たりにしたときの感動は、六十年経った今も鮮明に思い出す。

権座の胸で携帯が震えた。恵子か――。

いつもなら飛びつくように応答するが、権座の動作は鈍かった。恵子に遊ばれているかもしれないという気持ちが、今までもなかったわけではない。恵子が発する言葉を、すべて丸呑みにしていたわけでもない。だが華やぐ気持ちもあった。それが今では失せていた。いろいろあり過ぎて疲れてしまった。

携帯はしつこく震え続けた。仕方なく通話ボタンを押した。

――頭領。

切羽詰まった声だった。

――助けて。

――どないしましたん。

――すぐに来て。

――すぐに言われても……。

――お願い。助けて。

絶叫だった。ただならぬ様子に携帯を握り直した。

——どないしましたんや。

——加藤を……。加藤を……。加藤を……。

その先が続かない。嗚咽に声を詰まらせている。

——判りました。できるだけ早う行きますから、待っといてください。

恵子が返事をしない。通話は繋がったままだ。携帯を握りしめて、震えながら頷いている姿が浮かんだ。

——今から船に向かう。待っとんやで。

通話を切った。立ち上がってズボンの尻を叩いた。電話の様子はただごとではなかった。駆け付けるしかないと思った。

船着き場に向かうと、『雑賀丸』に新一の姿があった。一瞬臆したが、目が合ってしまった。引き返すのは不自然だった。

「えらい、早いな。今日の漁は休みやないのか」

「恵子さんから電話がありました」

耳を疑うことを新一が口にした。俺の前に新一に電話したのか？　心外だった。だったら俺が行くまでもないかと、拗《す》ねた気持ちになった。

「アンジの携帯に電話があったんです。アンジから、直ぐに浜に行けと言われました」

「そっか。ワシが行くまでもないか」

「いいえ、頭領も連れて行くよう言われました」

「なんじゃ、それ。俺らはアンジのパシリかいな」

「加藤が、殺されました」

「えっ、なんやて」

「殺したのは恵子さんです」

新一が『雑賀丸』のエンジンを始動した。

「舫いを解いてください」

言われてあたふたと舫綱を解いた。船に飛び乗った。

「全速で向かいます」

『雑賀丸』が舳先《へさき》を入り江の出口に向けた。

プロペラの回転数が上がるにつれて、船首が持ち上がった。さらにスピードが上がり、船首が逆に沈み込んだ。滑走状態に入った。

浜をめざし、海を切り裂いて『雑賀丸』は海上を疾走した。

10

早朝の漁港に赤い車が停まっていた。恵子の車だと一目見て判った。イタリアンレッドと呼ばれる赤らしい。昨年夏に納車したというその車の車種は、聞いたが忘れた。ぼくには無縁な車だ。赤い車のドアが開いて恵子が降り立った。

『雑賀丸』を係留した。恵子は車の傍らに佇《たたず》んだままだ。

歩み寄った。ぼくの後に権座が続いた。

「話はアンジから聞いた」

言葉短く言った。恵子が小さく頷いた。顔面が蒼白だった。微かに身体を震わせていた。無言で赤い車の後部ドアを開けた。ぼくらと目を合わそうともしなかった。ぼくが乗り込み、権座がそれに続いた。

恵子が無言のまま車を発進させた。

「あれは」

ぼくは言った。

「どこにあるんや」

あれとは加藤の死体だ。それを持ち帰るようアンジに指示されていた。恵子も諒解《りょうかい》しているといた。

「家に——」

加藤の家か。ぼくは車の進行方向を見つめていた。

「加藤の家には誰か居《お》るんと違うんか」

怯える声で権座が言った。

「いません」

「そやけど通いのお手伝いさんとか——」

「いません」

恵子が苛立っている。強い声で否定した。恵子の代わりにぼくが言い添えた。

「加藤は一人住まいらしいです。独居老人です。通いの家政婦も松の内は休みを取っています」

恵子がアンジに伝え、アンジから教えられた事情を、ぼくが頭領に伝えた。そんなことも教えられていない権座が哀れに思えた。恵子は権座にではなく、ぼくにでもなく、アンジに助けを求めたのだ。恵子の権座への電話はアンジに指示されたものだった。

「死体を持ち帰るのは拙いのと違うやろうか」

アンジから話を聞かされた時、ぼくは言った。アンジはぼくの目を見て言った。

「これでケイコに恩を売れる。ケイコは、雑賀の魚を買い取らざるを得なくなる。無理な資金調達をする必要もなくなる」

冷たい目でそう言ったのだ。

ぼくにしても、今の状況を納得しているわけではない。しかしどうすればいいのか、それも判らない。だったら、判っている人間の言う通りに動くだけだ。少なくともぼくには、アンジに従うという行動基準がある。それが権座にはない。動揺を抑えきれなくて当然だ。もしぼくが権座の立場なら、パニックになっていたに違いない。

それにしても、権座はどうしたんだ――。

走る車の中で昨日のことを思い出していた。食堂会議でのアンジの説明は、加藤とのやり取りを正確に伝えるものではなかった。その説明に対して、権座は質問さえしなかった。権座が質問して、疑問点を明らかにしていれば、会議の空気も変わったはずだ。決起集会にもならなかったかもしれない。

ぼくにその役割を求めるのは無理だ。ぼくには七百万円の使い込みという足かせがあった。そちらに話が向かないようにするだけで、いっぱいだった。

ぼくが南風次と阿部蔵を差し向けると言ったのは、事実だ。しかしそれは、苦し紛れに言ったことで、勝算があった発言ではない。木刀を買おうと提案もした。結局はホームセンターで買った斧の柄で代用することになったが、あれにしたって、以前、権座に聞かされた高校生だった南風次が、木刀一本で、ヤクザの組に乗り込んだという逸話から連想しただけのことだ。明確に戦うという気持ちが、あの時点であったわけではない。だからアンジが、ショッピングカートに放り込んだチェーンソーやネイルガンを、権座が棚に戻すのを、ぼくは静観した。トイレに行くと偽って、アンジはネイルガンを再び手に入れたが、安全装置はそのままだった。安全装置に細工したネイルガンをアンジが手に入れていたら、ぼくは反対していたかもしれない。

昨夜の会議、それはいつの間にか決起集会ということになったのだが、全員が盛り上がる中で、権座は取り残された。流れに付いてきていなかった。それは疑問があったからだろう。どうして、その疑問を口にしなかったのだ。

加藤の家に着いた――。

恵子の案内で屋内に進んだ。鍵は恵子が持っていた。聞かされていた通り、そこには誰もいなかった。まっすぐ寝室に案内された。ベッドに加藤が横たえられていた。

遮光カーテンが外からの光を遮る寝室で、スモールライトの灯りを頼りに、ぼくと権座は加藤の死体を毛布で包んだ。肩に担ごうとしたが、死後硬直というのだろうか、うまく担ぐことができず、結局はぼくが上半身を、権座が下半身を持って車に運び込んだ。

戻りの車中で恵子は能弁だった。

「なんとか雑賀さんの魚を買わしてほしい、それを交渉しに、加藤の家に行きましてん」

そう切り出した。

「そら店のこともありますえ。うちの店は、雑賀さんの魚が売りの店どっさかい」

懇願する恵子に対して、加藤は店の売り上げが落ちても構わないと言ったらしい。

「あの男には、開店資金を用立ててもうただけやねん。それももう、半分以上返しとるし、後のことは、全部うちの才覚で切り盛りしてきた。それをあの男、偉そうに、俺の店をどうするかは俺が決めることやなんて、能書き垂れよってからに、ああ、今思い出してもむかっ腹が立つわ」

口論の果てに恵子は加藤を絞殺した。

興奮を抑えきれない口調で、唾を飛ばしながら、恵子は延々と吐き出した。喋っていないと不安でしょうがないという印象だった。

しかしぼくは、醒《さ》めた気持ちで恵子の話を聞いていた。

恵子が、京都言葉を喋っている——。

言葉ほど興奮していないということだ。

漁港に着いて辺りを警戒しながら、毛布に包んだ加藤の死体を船に積み込んだ。後始末があると、恵子はそそくさとその場から立ち去った。立ち去る前に言った。

「無理なことをお願いしました。このような状況ですので、今日は店を閉めます。明日に魚を卸してください。せいぜい高値で買い取らせてもらいます」

ずいぶん事務的な口調だった。権座ではなくぼくに頭を下げた。ぼくは無視した。

海は少し波が出ていた。船体が波に煽《あお》られて海面をパンチングするほどではないが、ぼくは慎重に操船した。いつにない荷物を積んでいるのだから慎重になった。権座はなにを考えているのか、加藤の死体の傍らに正座して、時々転がりそうになる死体を宥めるように手で押さえていた。

まだ覚悟を決められないのか――。

権座の様子に苛立ちが募った。しかしその一方で、そんな権座を見ていると、小さな疑問がぼくの胸の奥に湧いてくる。

加藤はなぜ殺されたのだろう。

ずいぶん基本的な疑問に思えるが、よくよく考えれば腑《ふ》に落ちない。恵子の説明によれば、雑賀の漁獲を差し止めようとして、それを店の看板にしている恵子と衝突したということになる。納得できなくはないが動機としては弱くないか。衝動殺人ということか。動機は今までの不満の蓄積で、漁獲の差し止めは切っ掛けに過ぎないのか。

ぼくはどうして死体引取りに同意したのだろう。

いまさら考えるのも、ずいぶんな疑問に思えるが、動揺を隠せない権座と自分を比べると、あまりにも自分が安易にそれに同意したのではないかと思えてしまう。

恩を売れるとアンジに言われた。「恵子は雑賀の魚を買い取らざるを得なくなる」とアンジは言った。だが雑賀の魚を、買う買わさないが口論の発端なのだろう。であれば、弱みを握らなくても、恵子は魚を買うのではないか。

いや違うか。買う買わさないではない。恵子が逮捕されれば、『割烹恵』そのものが閉店に追い込まれる。それでは漁獲を卸す先を失ってしまう。アンジはそこまで考えて死体を引き取れと言ったのか。

しかし見合わない。『割烹恵』が買い取る漁獲は月額で八十万円くらいだ。年額で一千万円にも満たない。アンジはヘシコ鯖漁だけで、千四百万円を負担するのだ。ぼくの使い込みさえなければ、梅雨明けのヘシコの出荷まで、船団は食い繋げた。それ以降は、ヘシコの売り上げでなんとかなっただろう。売り上げ見込みは一億円を超えるのだ。加藤が死んだ今、その売り上げにちょっかいを出す人間はいない。一億円を超える売り上げが、アンジの采配でやりくりできるのであれば、死体処理を請け負うという重大犯罪と引き換えに、『割烹恵』の売り上げを維持するというのは、どう考えても見合わない。

いや違うか。加藤が死んでも加藤が買い取った債権は残る。その名義人は恵子なのだ。だとしたら恵子に恩を売る意義はある。それなら見合うかもしれない。そこまで考えて、アンジは死体を引き取れと言ったのか。

ぼくにはその疑問をアンジにぶつけることができない。七百万円の使い込みがある。今後の船団の運営費を俎上《そじょう》に載せて墓穴を掘りたくはない。

いずれにせよ、死体の引き取りにぼくが同意した理由はそこだ。行動基準がどうかとか自分を誤魔化していたが、七百万円の使い込みを隠したいからだ。今のところ知っているのはぼくと恵子だけだ。恵子の口を封じれば、それが明るみに出ることはない。

死体を島に持ち帰っても大丈夫だと、ぼくはどうして判断したのだろう。アンジに言われた瞬間だけではない。加藤の死体を積んで朝の海に『雑賀丸』を駆る今も、ぼくは大丈夫だと思っている。島で待つ船団員に動揺はないだろうと考えている。

前の日の決起集会の空気だ。加藤に対する怨嗟《えんさ》でぼくたちは盛り上がった。南風次などは殴り込みに行かんばかりの鼻息だった。

しかしあの決起集会で伝えられた情報は微妙に歪曲《わいきょく》されていた。嘘は言っていない。しかし事実のある部分だけを取り出して、意図をもって再構築された情報だった。嘘は言っていないが、アンジに誘導された集会だった。

しかしそれをぼくは聞き流した。理由はやはり七百万円の使い込みだ。『紅星二鍋頭酒』が出されたとき、これで七百万円に話は及ばないとほくそ笑んだ。

なにかが、おかしい――。

ぼくが感じる違和感は、この短期間に、次々起こる出来事が、滑らかな流れで繋がっていないような気がするからだ。置き去りにしている。重要な、なにかを置き去りにしている。そんな気がするのだ。

それがなにか、ぼくには突き詰めることができない。七百万円の使い込み。それがぼくの気持ちを鈍らせる。ぼくに金の管理を一任した寅吉を恨みに思う。逆恨みだ。いや一任を進言したのはアンジか。アンジを逆恨みはできない。むしろ期待に応えられず、申し訳なさでいっぱいになる。申し訳ないと思えばなおさら、アンジの望むままに毅然としてやるべきことをやろうと思う。

加藤の死体を処理する。それがアンジの望んでいることだ。

思考を止めた——。

11

加藤の死体を『大鴉』らが寝起きする小屋の裏に運んだ。そこは『雑賀寮』から死角になる。毛布に包んだまま横たえた死体を、どう始末するか、ゆっくり考える時間がほしかった。運び終わって時刻を確認すると、まだ十一時前だった。

「アンジに報告してきます」

運び込んだ死体を見下ろしたまま、放心している権座に声をかけた。

「先に、小屋の皆に言うといたほうがええんやないか」

死体に視線を落としたまま権座が応えた。

分担しろよと言いたかった。ぼくがアンジに報告に行っている間に、あんたが寅吉らに、このことを伝えたらええのと違うか、と。

「なあ、シンイチ」

権座が蚊の鳴くような声で言った。

「これって……」

後半が聞き取れなかった。

「なんですか。もっと聞こえる声で喋ってもらえませんか」

「これって、犯罪やないか」

「はあ?」

あまりのことに呆れた。声が出なかった。なにをいまさら。犯罪に決まっているではないか。そんなことも判らずに、ここまで死体を運んできたのか。犯罪だったら、どうするというのだ。また『雑賀丸』で運んで、元のベッドに死体を戻すのか。

「ええ加減、腹を括《くく》りましょうや、頭領」

なげやりに言った。ぼくの言葉が権座の耳に届かない。

「殺したんは恵子さんやな。恵子さんは、ワシらのために、殺したんやな」

そうかもしれないし、そうではないのかもしれない。ただ、それでなにが変わるというのだ。あんたは、なにに縋《すが》りたいんだ。ぼくだって、死体を運んでくることには疑問があった。アンジに言われたから、そうした。自分で考えることを放棄してしまった。しかし運ぶと決めてからは腹を括った。当然その先には、運ぶだけではなく、処理の作業も含まれる。それもやるつもりで、運んだ。

あんたには、その覚悟もなかったのか——。

苛立ちが高まりつつあった。これ以上、なにも言わないでほしい。そんなぼくの期待を、権座は裏切った。

「今からでも、恵子さんに、自首を勧めたほうが、ようないか?」

恵子に自首を勧めるだけなのか。あんた自身は、どうするのだ。もうすでに犯罪に手を染めているんだぞ。苛立ちのメーターがレッドゾーンに振り切った。

「ええ加減にせえや。うじうじ考えとっても、なにも解決せえへんやろうが」

思わず怒鳴りつけていた。俯いた権座の鼻から、ツゥーと鼻水が垂れた。驚いたことに泣いていた。大の男が怯えに震えていた。

「怖いんや……。ワシ、ほんまに、怖いんや」

泣き喚き始めた。

「これ死体やぞ。死んでんねんぞ。おまえは怖ないんか。犯罪やねんぞ。警察に捕まるんやぞ。牢屋に入らなあかんのやぞ」

小屋の扉が開いた。南風次だった。

「なに騒いどんや」

南風次と目が合った。

「おう、船頭。もう帰ったんか。アンジに聞いたぞ。土産はどこや」

顎をしゃくって加藤の死体に目線を送った。

「ほう、これかいな」

泣きながら震えている権座を邪険に横に押し退けた南風次が、加藤の死体を包んだ毛布を無造作に剝ぎ取った。しゃがんで遺体を検分した。

「えらいチンマイ爺さんやないけ。これで俺らに喧嘩売ろうやなんて、一万年早いわ」

馬鹿にしたように言って立ち上がった。

「皆、土産届いたで」

小屋に向かって吠《ほ》えた。

長身の寅吉が頭を低くして小屋から歩み出た。留蔵がそれに続いた。久保、新名、阿部蔵、全員が揃っていた。そして最後に姿を現したのは、アンジだった。アンジがぼくと目線を絡ませて小さく頷いた。そして言った。

「経緯はここの全員に説明してある。処理することも、その方法も合意している」

ずいぶん簡単に言ってくれた。

「どう説明したんです？」

「恵子と加藤の仲を説明した。加藤が店を閉めて、自分の世話に専念しろと恵子に言って、それに激した恵子が加藤を絞め殺した」

アンジの説明を寅吉が引き継いだ。

「あのお人も、年寄りに金で縛られて苦労したんやな。その上、店を閉めて自分の世話に専念しろとは、ずいぶん身勝手な言い分やないか」

なるほど、皆はそんな風に納得したのか。

加藤の死体を引き上げた後の車の中で、恵子が興奮気味に話したことを反芻した。どこか微妙に話が違う気がした。店を閉めて自分の世話に専念しろと、加藤は言ったのか。それは恵子が口にしなかったことだ。

死体を前にして、細かいことに気を揉んでいる場合ではないと思い直した。

「処理の仕方は？　やっぱり海底深く沈めるんですか？」

アンジが首を横に振った。

「その案は、うちの鮮魚担当に却下された」

久保に目をやった。久保が半歩前に出た。

「ぼく、島の磯で釣った魚で賄いを作っています。好きでやっていることなので、あれこれ言えることやないかもしれません。そやけんど、死体を沈めたら、それが魚の餌になります。その魚を賄いにするのは、ちょっと抵抗がありますけん」

おずおずと言った。

「まあ、可愛い理由やけどな」

南風次が苦笑した。

「では、ガソリンをぶっかけて焼くというのは？」

考えていた第二案だった。海に沈めるより、手間はかかるだろうが、灰にしてしまえば後腐れがない。腹にガスが溜まって、浮かび上がる心配もなくなる。

「俺が反対した」

寅吉が長い腕を挙げた。指の先が小屋の屋根に届きそうだった。

「こんな狭い島や。どこで焼こうが、あの娘らの知ることになる。あの娘らの、無垢な瞳に惨《むご》い記憶は残しとうない。たとえ目撃されんでも、臭いは届く。あの娘らに、そんなもん嗅がせとうない」

「と言うのが、心優しいお爺ちゃまの意見や」

南風次が再び苦笑した。

「海に沈めるのはあかん、焼くのもあかん、どないせえ言うんですか」

呆れた声を出すと留蔵が半歩前に出た。

「あれに、喰わすということで皆の意見がまとまったんや」

留蔵が遥か水平線を指差した。

「あれって？」

「ほら、あそこ。浮かんどるやんか」

海上で、鷗《かもめ》が風を翼に捉えてホバリングしていた。

「鷗？　――ですか？」

「鳥葬やないで。それやと時間かかるし、綺麗になるかどうかも判らへん。そやから、細こう刻んで投げてやるんや。船頭も船から魚の内臓投げとるから判るやろ」

イメージはできた。確かに鷗は貪欲だ。しかしいくつか問題点がある。

「細かく刻む作業をしなあかんですよね」

「刃物で細こう切り刻むのんは難儀や。せやから刃物で大雑把に解体する。それをミンチにする。そういう段取りや」

「ミンチにするって？」

「ええ、道具があるやんか。最近使うてなかったけどな」

「あれですか？」

「せや、あれや」

「確かにあれなら完全にミンチにするんやない。調整したら、波に浮かんで鷗が食べやすい大きさにもできますわな」

「そやろ。どないや。名案やろ」

鼻の穴を膨らませた。

「けど、そんなうまいこと鷗が集まりますやろか」

「そこも考えとるがな。あいつら集めんのにちょっと時間かかるわな」

「かかりますね」

それまでに潮に乗って肉塊が流れ出したらどうするのか。

「時間稼ぎに、スカイバケツ使うねん。スカイバケツに溜め込んどん見たら、たちまち集まってくるがな」

スカイバケツ――。

水産加工工場で、魚の廃棄部分を、一時的に保管するための四角形のバケツだ。本格的なものは、大人五人が余裕で立って入れるくらいの大きさはあるが、その小型版が島にはあった。リアカーで行商していたころの名残だ。捌いた臓物を仮保管してから海に投棄していた。確かに仮保管中に鷗が寄ってきた。海に投棄すると、たちまちきれいに食ってくれた。小型版だが、大人一人分の肉では五分の一も満たせないくらいの大きさはある。

「なるほど、それでいきますか」

「船頭も諒解なら、さっそく掛かろうな。分担分け頼むわ。指示したってくれや」

全員を見渡した。一人ずつの貌を確認した。寅吉、留蔵、南風次、新名、久保、阿部蔵、男たちに迷いはない。蹲《うずくま》って丸めた背中を向けている権座を除いては。

「もうそれも、話し合っているんやないですか」

「そこまでの時間はなかった」

寅吉が歩み出た。

「けど、俺に腹案がある」

頷いて腹案とやらを促した。

「先ずは死体の解体班や。南風次と阿部蔵。死体から肉を切り取ったり内臓を抜いたりするのは、胆のいる仕事や。そやから南風次と阿部蔵がええやろ」

「まあ、妥当な人選やな」

南風次が言って阿部蔵と頷き合った。ぼくも同じ思いだった。直接死体と接触するのは、研修生らには過酷すぎるだろう。

「次の段階。解体班が切り分けた肉を、あれで小さくする担当や」

「おいおい、トラよ。ちゃんと機械の名称言わんかい。あれでは研修生らに判らんやろ」

留蔵が言った。

「コマセ機や」と寅吉。

それが正式な名称なのかどうかは知らない。コマセとは寄せ餌のことだ。すなわち寄せ餌を作る機械だ。固定刃と回転刃で、対象物を細かく粉砕する。対象物はゴマサバなどで、三十センチくらいのゴマサバなら、骨ごと易々と砕いてしまう。

養殖場などでは飼料作りに使われている機械でもある。それは電動だが、島にあるのは手動式だ。固定刃と回転刃の間隔を調整することで、粉砕の大小を調整できる。

「コマセ機の担当は、久保と新名。左右にハンドルがついとるからな」

寅吉が二人を指名した。

「調整は俺がやるわ」

自らを指名した。

コマセ機は入り江の近くの岩場にある。そこに置いてあるというより、その場所に半ば放置されている。コマセを使う釣り漁が、魚体の質を劣化させると広く喧伝《けんでん》されて、今ではほとんど使われなくなった機械だ。確かに、大量のコマセを使用する海域の魚は、身がずくずくになっている気がする。天然魚でありながら、生産性ばかりを重視して肥満させてしまった養殖魚のようになってしまうのだ。

操作を久保と新名に任せるのも妥当だ。最悪、目を背けて無心にハンドルを回せばいい作業だ。感情を入れる必要はない。

コマセ機は単純な構造で、ブルーシートで養生もしているので、油を差せば動くだろう。機械の調整も寅吉が適任だ。コマセ機全盛期を知るベテランだし、ガタイに似合わず手先も器用だ。

「俺はどないしたらええんや」

まだ名前を呼ばれていない留蔵が唇を尖らせた。

意外なことに、留蔵がやる気になっている。言われたことは確実にこなすが、自分から進んで、あれをやりたい、これをやらせろという性格ではない留蔵だった。

「運搬係や。死体の解体は『雑賀寮』から死角になるここでやる。コマセ機を岩場から動かすのはしんどいし、鷗を集めるとなると、岩場のままのほうがええやろ。そうなると解体したもんを、コマセ機に運ぶ人間がいることになる。それを留蔵にやってもらう」

「船頭は総指揮か？」

確認したのは南風次だった。別に不満を感じさせる声ではなかった。

「そや、全体を仕切ってもらう。もちろん事の次第の全責任も背負ってもらう」

「全責任か」ぼくは口角をあげた。「もとより、そのつもりや。船団のことに船頭が責任を負うのは、当たり前や」

「よし。決まりや。トラの案でいこうな」

そう言って南風次が目線を流した先は、死体の隣でうらぶれている権座だった。つい最近までの船団の長だった人間だ。今では見る影もない。ぼくはちょっと迷ったが権座を除く男たち全員が、やる気になっているのだ。気勢を殺《そ》ぎたくなかった。無視することにした。

「ほな、今の分担で、道具の準備にかかってくれ」

　ぼくの号令で男たちが動き出した。これから死体を解体して、粗ミンチにして、鷗の餌にするというのに、どの男たちの貌にも戸惑いの色はなかった。学士様の新名あたりはどうなのだろうかと心配したが、特に躊躇いは顔に出ていない。

「大丈夫か？」

　念のため新名に声をかけてみた。

「あの子らのためですからね」

　新名が達観したように言った。

「あの子らのためやないやろ」

　南風次が新名の頭を軽く叩いた。「チュンイエイちゃんのためやろ」

　チュンイエイ――。

　五人のなかでも飛びぬけた美人のあの娘か。

　南風次の話によれば、新名はチュンイエイと好い仲らしい。元旦の宴会で、チュンイエイを独占して呑んでいたら、嚙みつきそうな目で、新名が睨んでいたので、後で問い詰めて白状させたと言う。

「新名にはチュンイエイ、久保にはリンリイ、ほんで船頭にはアンジさんかいな。おまえ、とり残されとるやないか」

　南風次が阿部蔵を揶揄った。阿部蔵は苦笑しただけだった。

ぼくは思った。シニアチーム、ジュニアチームと色分けされて、必ずしもそれぞれのチームの関係が、円滑ではない部分もあったが、これでひとつのチームになれる。船団としての結束が育まれる。

丸めたブルーシートを脇に抱えた留蔵が戻ってきた。死体の隣で黄昏《たそが》れている権座の肩を突き飛ばした。

「どけやおっさん。じゃまや。おのれも鷗の餌にすっど」

権座が蹲ったままの姿勢で転がった。驚いた顔をしていた。それはそうだろう。相手はネクラの留蔵なのだ。転がった権座の目が昏《くら》かった。

12

アンジはいつもと同じ白いジャージの上下だった。

「みごとな船頭ぶりだった。九十点あげてもいい」

死体処理の準備をする船団員らを、腕組みをして見つめるぼくの耳元で囁いた。

「百点やないんや」

前を向いたまま応えた。

広げたブルーシートに加藤の死体を転がした南風次が、服を剝ぎ取っている。脱がすのではなく、漁師包丁でボタンを飛ばし、袖を切り裂いている。いまさら気付いたが、加藤はワイシャツにズボン姿だった。着流しではないのか。あれは恰好をつけていただけなのか。卑小な老人に思えた。

「あの人をどう扱うつもりなの？」

アンジの目線が、死体に背を向けて、まだ蹲っている権座に向けられた。

「ほっておくしかないでしょ。自分から動こうとせんのやから」

「一緒に作業をさせないと、裏切るかもしれないわよ」

「それはないでしょ。あの人、恵子にぞっこんやもん。裏切ったら恵子に災禍が及ぶ。そのくらいは心得とるでしょ」

「逆にそれが危ないんだ」

「危ない？　逆に？　どういう意味でしょう？」

「恵子は私に電話で言った。加藤を絞め殺してしまった、と」

「現に死んでいました」

「死体をちゃんと検分したのか？」

「寝室が暗かったので、目では検分してへんけど、抱えたのは間違いなく死体やった」

「あの死体は、絞殺《こうさつ》死体ではない」

「えっ、どういうことでしょ？」

「絞殺ではなく、扼殺《やくさつ》された死体だ」

「薬殺？　薬を盛られたということですか」

「その薬殺じゃない。手で首を絞める扼殺だ」

一目見て判ったとアンジは言った。紐で絞めた痕がないし、なにより加藤の首には、扼殺した人間の指の形が残っていたらしい。

「私は、十四歳になるまで中国に暮らした。政治犯強制収容所で育った。中国ではそうは言わない。労働改造所。日本語にするならそんな名前だ」

改めて聞くアンジの打ち明け話だった。

「幼い私の周りで、たくさんの人が死刑になった。絞殺もたくさん見た。扼殺もだ。看守が面白半分で、女囚の首を絞める。子供だからよく判らなかったが、性的な昂《たか》ぶりを求めるという目的も、あったんだろう」

光景を思い描いて胸が悪くなった。

口中に湧き出した粘着質な唾液を舌で丸めて吐いた。

「止めてくれへんか。気分が悪うなるわ」

「そうだな、今は私の生い立ちの話じゃなかったな」

アンジが、顎で加藤の死体を示した。

「あれは男の人による扼殺よ。犯人はケイコじゃない。残っている指の痕が、女性のそれではないし、たとえ相手が老人であろうと、女が素手で男を絞め殺すなんて無理だ」

「じゃあ、犯人は？」

「心当たりがあるんだろ、シンイチ」

　中貝の顔が浮かんだ。怜悧《れいり》な目をしていた。

「犯人は、『割烹恵』のために、あの男を殺したんじゃない。純粋に、ケイコのために殺したんだ。しかもその心情の裏には、ケイコに対する恋愛感情があった」

「けど、恵子は自分がやったんやと言うてた」

「庇《かば》ったんだ。殺した男もそうだけど、庇った女にも、恋愛感情があったということだ。片想いじゃないということ。あの人と違って、だ」

　あの人。大鋸権座。恵子が自分を慕っているのではないかと勘違いしている哀れな男。

「それが判ったら、あの人はどうする？　自分を慕っていると思った女の心には、別の男が棲んでいた。それだけじゃない。最近まで船団のトップだった自分が、今では邪険にされる存在になってしまった――。裏切らないほうがおかしくないか？」

　確かに――。

　では権座も作業に加えるべきか。共犯に仕立て上げたほうが、いいのだろうか。

　死体の解体は進んでいる。決して楽しそうに浮かれているわけではないが、加藤の腹を裂いて、内臓を掴みだす南風次や阿部蔵に戸惑いは見えない。留蔵だけが顔を弛緩させ、見様によっては、笑っているようにさえ見える。やはり留蔵は壊れている。

いずれにしても、その輪にいまさら権座が加われるとは思えなかった。

コマセ機はどうなのだろう。あれならできるかと思ったぼくにアンジが言った。

「彼を作業に加える気なのか？」

先読みされた。

「遅いな」

鼻を鳴らした。

「彼は作業に加わらない。でも、むしろその方が、いいんじゃないか。不満をぶつける相手が身近にいたほうが、全員の結束は固くなる」

「でも、自棄《やけ》でも起こして裏切られたら……」

「そのときは、殺せばいい」

「えっ」

「裏切りそうな気配が見えたら、殺せ」

「いや、いくらなんでも……」

「それか今のうちに殺せ。あいつを誘い出して殺すのはわけないだろ」

絶句した。反論する言葉が出なかった。

「そうだ、それがいい」

声量は抑えたままだが、アンジの声が明るくなった。声に艶を感じた。

「裏切りの気配が見えたら、なんて曖昧なことを言うより、殺せるときに殺したほうがいい。今なら簡単じゃないか。腑抜けだから。半分死んでいるようなものだ」

ウンウンと自分の言葉に頷いている。

「男はケイコのためにカトウを殺した。あなたは？」

アンジがキラキラと輝く瞳で、試すようにぼくの顔を覗き込んだ。ぼくは必死に考えた。いくらなんでも、かつての船頭を殺せるわけがない。

「あの人が、抜けると……」

ゆっくりと喋りながら考えを巡らせた。

「あの人が抜けると、寒鯖の匹数が、そう、匹数が、目標に届かなくなる」

やっと口実を見つけた。しかしアンジは、ぼくの顔を覗き込んだまま微笑みを浮かべた。

「い、い、わ、よ」

一音一音を区切って言った。ねっとりとした声だった。

「買付証明をもらっているのは、一万尾。もうその数は確保できている。あの人がいなくても大丈夫だ」

ぼくの返事を待たず、アンジがジャージの上着の右ポケットに手を入れた。ポケットの中でごそごそと手を動かした。アンジの携帯の着信音が辺りに響き渡った。アンジが右ポケットに入れた手を抜いた。その手には携帯が握られていた。

「はい、もしもし。あら、ケイコさん」

アンジの甲高い「ケイコさん」という響きに、権座が反応した。反射と思えるような敏感な反応だった。アンジが声を落とした。

「……はい。……ええ。……そうですか。……判りました。……ええ、私からお伝えします。……いえ。……大丈夫です。……はい。……それでは」

一人芝居だ。アンジの携帯は繋がっていない。

携帯の通話を切る真似をして、アンジが権座を手招きした。

「頭領にお誘いのお電話でした。今夜貸切りにして一席設けたいそうです。お泊りになるご予定で、お越しくださいと言ってらっしゃいます」

恵子がとは言っていない。『割烹恵』にとも言っていない。でも今の状況では、誰もがアンジが省略した固有名詞を補完して、アンジの言葉を解釈するだろう。案の定、南風次が顔を歪めた。

「ええで。行ってこいや。自分は、なあんもせんでからに、接待だけ受けてきさらせ。ええ、頭領さんよ」

敵意を隠さない言葉を吐いた。権座がまごついて、ぼくに助けを求める目を向けた。

「この件で、話があるんじゃないですか。後でぼくが浜まで送りますよ」

アンジの策略に乗ってしまった。易々とアンジの一人芝居を引き継いだ。

「どうせ明日は『割烹恵』に魚を卸す日です。ぼくは、今夜中にいったん島に戻りますが、また明日の夕方か明後日の朝にでも、浜の漁港で、合流すればええやないですか」

自分でも驚くほど、即興のセリフが次々に口をついて出てくる。

権座が弱々しく頷いた。

「そうと決まれば、時間まで、小屋でゆっくりしてください。作業が終わったら、声をかけますから」

ぼくの勧めに権座が南風次の顔色を窺った。

「そやそや。役に立たんやつは居るだけでじゃまや。とっとと俺らの視界から消えさらせ」

南風次が加藤の、どれがどれともわからない、血の塊にしか見えない臓器を、留蔵が用意したバケツに放り込みながら、吐き捨てた。

「あんまり言うなや、南風次よ。頭領としても、愛しいおなごはんが招待してくれる今夜の席に、血腥《なまぐさ》い臭いをプンプンさせて行くわけにもいかんやろ。そや、頭領さんよ、いつか買うた消臭スプレーがまだ残っとったのう。あれを頭から被って行けや。ラベンダーの臭いに、相手もフラフラやぞ」

南風次と留蔵の容赦ない口撃に、権座は、背中を丸めて小屋に逃げ込んだ。

ぼくは加藤の死体に歩み寄った。阿部蔵の手から包丁を奪い取った。右手に包丁を握りしめて左手で加藤の陰茎を摘み上げた。

「こんな粗末な道具で、ぼくらの大切な娘に、ちょっかい出そうとしやがって」

憎々しく言って、加藤の死体の股間に、包丁の切っ先を深く突き込んだ。一人芝居を続けていた。

「身の程知らずの老いぼれめが。こうしてくれるわ」

睾丸ごと抉り取った。半分白髪の陰毛が生えた肉塊を、留蔵が用意したバケツに叩き込んだ。留蔵が壊れたようにケタケタと笑い転げた。

13

留蔵に誘われた。バケツ二杯の臓物を、コマセ機に運ぶから付き合わないかと言う。腹を裂いた死体が放つ異臭に辟易《へきえき》としていたぼくは、渡りに船と付き合った。アンジは『雑賀寮』に戻っていた。

二つのバケツを両手に持って「ホイ、ホイ、ホイ」と調子を取って、留蔵は、楽しげに岩場に向かった。コマセ機を置いた場所だけが、岩場ということではなく、もともとが、岩礁の島なのだ。足元は決して平たんではない。テラス状の大きな岩が海に突出しているので、ぼくたちはそこを岩場と呼んでいた。

「権座も終わりやな」

肩を並べたぼくに留蔵が言った。チャプン、チャップンとバケツが鳴った。

「もとを正せば『雑賀丸』の操船から逃げた時点で、終わりやったけどな」

ぼくはなにも応えられずに黙って歩いた。

「死体の始末からも逃げてくさる」

「いや、ぼくが、分担の指名をせんかったからやないですか」

「自分より若い船頭に仕切らせて、なにが頭領やねん。たとえ指名されんでも、自分から名乗り出るのが筋やろ」

寅吉の長身が見えてきた。コマセ機の排出口に、スカイバケツもセットされている。鷗の姿は未だない。

寅吉が右手を挙げた。右手に持ったバケツを下に置いて、留蔵がそれに応えて手を挙げた。再びバケツを手に取って歩き始めた。

「遅いやないけ」

寅吉が声をかけてきた。

「ハエジが楽しんどんじゃ。やっと臓物を取り出したとこじゃ」

留蔵が血だらけのバケツに手を突っ込んだ。腕を血塗れにして屍肉《しにく》の塊を掴み出した。

「ほれ、トラよ。これがなんか判るか」

「なんやそれ、血塗れで判るかいな」

「あの老いぼれの、チンポコとキンタマじゃ。船頭が、俺らの娘に懸想しやがってと、ざっくり抉り取ってくれたわ」

「やるやないか」

寅吉が頼もしそうにぼくを見た。

留蔵がコマセ機の投入口に肉塊を放り込んだ。寅吉が指示して、左右に備えられた丸いハンドルを、久保と新名が回し始めた。回転刃が軋みながらハンドルに連動して回り、固定刃との隙間に肉塊が呑み込まれた。たちまち肉塊は荒ミンチになって、スカイバケツにボタリボタリと落ちた。

「おお、順調やないか」

留蔵が嬉しそうに言った。

「これくらいで、順調もなんもないやろ。問題は骨じゃ。砕けるかどうか、試してみんことにはなんとも言えん」

「心配すなて。どうせ年寄りの骨や。しかも遊び惚けとった極道や。スカスカに決まっとろうが。簡単に粉砕できるわ」

「バケツの中身は内臓か」

「おお、腹から摑み出した臓腑よ」

「どうりで臭いわけや。早う入れてしまえ、とっとと潰したる」

留蔵がバケツのひとつを投入口で逆さにした。流し込んだ後に、バケツの底を叩いて空にした。もうひとつのバケツは、ぼくが持ち上げて留蔵に倣った。

「鷗が集まりませんね」

不安げに言った新名が、眼鏡を指で直して空を見上げた。

「心配すな。鷗は神さんと同じや。高あいとこから見つけて、必ず集まってくれはる」

同じように空を見上げた寅吉が言った。

「ほな、俺、追加貰うてくるわ。せいぜい細こうしとってや」

留蔵がコマセ機を離れた。ぼくは残った。

「あいつはどないしとんや」

寅吉がコマセ機の回転刃に目をやったまま言った。「あいつ」が権座のことを意味しているのは、訊くまでもなかった。

「さっき恵子さんから電話があって、今晩席を設けるから来てくれて。これが終わったら、浜まではぼくが『雑賀丸』で送ります。ほんで明日は漁やし、魚を卸して一晩浜でのんびりして、次の朝に漁港あたりで合流して、島に戻ればええと思いますねん」

ありのままに伝えた。いやありのままではない。恵子からの電話はなかった。あれはアンジの一人芝居だ。普通に考えれば、その内容の電話なら権座に直接するだろう。権座は不自然だとは疑わないか。

疑わないだろうな——。

加藤の死体の引き取りにぼくたちが呼ばれたとき、やはり最初に電話を受けたのはアンジだった。それこそ、アンジにではなく、権座に電話するべき内容ではなかったのか。そのことがあるので、権座はさっきの電話も疑わないだろう。

しかしどうして、恵子は加藤のことを、アンジに連絡したのだろう——。

自分が、何かすごく大切なことに触れた気がした。しかしぼくの思いは、寅吉の問いに霧散した。

「それで、今はどうしとんや」

「今は、小屋で休んでいます」

「指導者として失格ですね」

口を挟んだ久保が冷淡に言った。忌々しげでもあった。

「おいおい、勘違いすなよ。今の船団の指導者は水軒船頭やからな」

寅吉がひとくさり、船頭という言葉の意味を講釈した。

「へえ、そうだったんですか。ぼく船頭いうのは、船を漕ぐ人のことを言うのだと思っていました。船長より偉いなんて初耳です」

「阿部蔵にも伝えとけ。船団におって、船頭を蔑《ないがし》ろにしたあかんど、とな」

久保ばかりか新名までもが憧憬の目線を向けてきた。居心地の悪さを覚えて見上げた空に、鷗が一羽静止していた。

「鷗や」

ぼくの言葉に、三人も上空に目を向けた。一羽だけだと思ったが、頭を巡らせると、二羽、三羽と数えられた。四羽、五羽とその数を増した。

「ほんとうですね。どんどん集まってきますね」

新名が声を弾ませた。

「ちょっと投げてみ」

寅吉に言われた新名が、用意してあったコマセスコップで、スカイバケツのミンチを掬《すく》って海に投げた。足元の海に落ちたそれを波が浚《さら》った。細切れになった屍肉のひとつに生えていた陰毛が海水に花開いた。

一羽の鷗が水面に降下した。屍肉を銜《くわ》えて舞い上がった。ほかの鷗も続いた。撒いた屍肉がコマセスコップ一杯だけだったので、屍肉にありつけない鷗もいた。

「どうしましょう」

コマセスコップを握りしめたまま新名が寅吉に質問した。

「あとで十分やるがな。まだ上の皿に残っとるやろ。ミンチにするのが先や」

久保がハンドルを回し始めた。新名もハンドルに取りついた。

「ほんと、鷗ってすごいですね。こんな海の真ん中で、ぼくたちがやっていること見ているんですね」

久保が心底感心したように言った。

「そやから神さんやて言うたやろ」

寅吉は上機嫌だ。

「この調子だと、全部食べ尽くしてくれそうですね」

新名の声も明るかった。

「アホ言え。まだまだ集まるぞ。ひとり分の肉では足らんくらいや。おまえ、どっかで処分に困っとる死体、誂《あつら》えてこいや」

寅吉が軽口を叩いた。軽口だったが、ぼくはギクリとした。そうだ。ぼくは今夜、新しい死体を誂えるのだ。

「おおい。今度は歯応えあるで」

バケツを抱えた留蔵だった。覗き込むと、ふたつのバケツのひとつに、白髪があった。

頭部を処理したのか。

「頭や。けどな、頭蓋骨は固かろ言うてな。首を落としてから麻袋に詰め込んで、これくらいの」と、頭の二倍ほどの大きさを両手で表現した。「石をな、なんべんか落として小さくしてん。さあ、ガリガリやってもらおうか」

「頭の毛えくらい剃っとけや。気の利かんこっちゃで」

「次からそうするわ」

頭領のゴマシオ頭が目に浮かんだ。

「次もあるんかいな。まあ、かまわんけどな」

寅吉が余裕の笑いを浮かべた。

「考え付いたんは、やっぱりハエジか？」

「いや考え付いたんはクラや。ばっさり首切りよった。あいつ、根性あるわ」

「ほう、ジュニアチームのエースも、頑張っとるやんか」

「ぼくだって、それくらいできます」

いつも漁場で阿部蔵に詰《なじ》られている新名が、対抗意識を剝き出しにした。

「次のときはやらせてやるやんか」

寅吉が苦笑した。

次のとき——。

どうやって殺すか。死体処理はどうするか。自分の頭の中で、今夜、権座を殺すことが既定の事実になっていることに、ぼくは驚いた。

死体を捌いてミンチにして、それを鷗に喰わせるという、異様な事態に脳が混乱しているのだろうか。ぼくの脳が混乱しているのなら、ほかの男たちの脳も混乱しているに違いない。狂気に染まっていないのは、ひとりだけか。

大鋸権座――。

異分子は排除あるのみだ。

14

作業は三時間くらいで終了した。まだ昼過ぎと言える時間だった。

解体作業に使ったブルーシートと加藤の衣服は、発電機用のガソリンを掛けてドラム缶で燃やした。かつては、去った船団員らの小屋を解体し、廃材となったそれを燃やして、冬の朝の暖にしたドラム缶だ。

南風次が阿部蔵を伴ってミンチ班に合流した。留蔵もそれに従った。解体班との間を何度か往復したぼくは、最後の狂宴を待つよう、寅吉に指示していた。

狂宴を待ち望んでいたのは男たちだけではない。そのころには、千羽を超す鷗にコマセ機は取り囲まれていた。

アーアー、アーアー。アーアー。

鷗たちは、岩場を見下ろす崖の窪みに羽を休めて、屍肉のミンチを催促するように騒ぎ立てていた。耳を聾《ろう》さんばかりの、苛立たしげな啼《な》き声だった。中には待ちきれずに、スカイバケツの縁に舞い降りてくるヤツもいた。寅吉がコマセスコップでそれを追い払った。

「ほな、そろそろ宴たけなわといくか」

寅吉が南風次に目で合図した。心得たもので、南風次は寅吉の反対側のスカイバケツに歩み寄って縁を摑んだ。

「せえのお」

寅吉の掛け声でスカイバケツが傾いた。蓄えられた屍肉が一気に海に投棄された。それを波が浚って拡散した。

凄まじい羽音――。

思わず身を屈めてしまうほどだった。風圧さえ感じた。

鷗たちが次々海面に突入した。飛沫《しぶき》をあげた。

浮かび上がって屍肉を貪った。

しばらくの間ぼくたちは、身動きもできず、海面を埋め尽くした鷗らの狂宴に見惚れた。

一時間もかからずに鷗らの宴が終わりに近づいた。鷗は腸が短い。満腹になって体重が増すのを避けるためだ。重たくなると飛び難くなる。次々に白い糞を落としながら、それでも屍肉を貪った。岩場の周りの崖は、小休止した鷗の糞で一面、白くなった。

留蔵が運搬用に使っていたふたつのバケツに、久保と阿部蔵がオレンジロープを結んで海水を汲み上げ、その海水で、新名がスカイバケツを洗った。

「さて、どうしたもんかのう」

寅吉が言った。

「そうやな、これではのう」

留蔵が同意した。

「まさか船頭に浜まで送ってもらうわけにもいかんしのう」

南風次が、催促するようにぼくを横目でチラ見した。

「風呂ですか?」

阿部蔵が三人に声をかけた。三人が顔を顰めて頷いた。全員が汚れていた。鷗の糞と加藤の血に塗れていた。顔を背けたくなるような臭いも発していた。かりに浜まで送ったとしても、銭湯に行ける姿ではなかった。

「風呂なら『雑賀寮』にありますけん」

そう言った阿部蔵がぼくの顔色を窺った。

「そうやな」

笑顔で阿部蔵に同意した。

「寮の風呂を使ってもらおうや。『小鴉』の皆も汚れとる。風呂でさっぱりしたいやろ。幸いぼくも含めて、『雑賀寮』の一階に入居しとるんは四人や。部屋は一階だけで十五部屋もある。どれもエアコン、ベッド、テレビ、冷蔵庫付きや。ええ機会やから、『大鴉』の先輩らも、『雑賀寮』に入寮してもらおうか」

　寅吉、留蔵、南風次の顔がパッと輝いた。

「いや、前々からそうしたかったんや。けど、研修生の寮やし、遠慮があってな――」

　寅吉が照れながら喜んだ。

「そやねん。もっと早う願い出たら良かったんやけど、船頭を小屋から追い出した格好の俺らから、それも言えんかって」

　留蔵も顔を赤くしていた。

「これでトラのアンモニア臭から逃れられるわ」

　南風次が憎まれ口を叩いた。

「アホ言え。俺だけか。おまえらの体臭も、たいがいやぞ。『雑賀寮』に入ったら、ちゃんと毎日風呂入って、こまめに洗濯せいや」

　怒っている風ではなかった。

「洗濯機は六台あります。それから大型乾燥機が三台。ぼくらが使えるのはブルーの洗濯機三台です。ピンクの洗濯機は二階の娘ら専用なんで使用禁止です。大型乾燥機も一台は『女子』の指定があり、その使用はご遠慮ください」

　さっそくチームリーダーの新名が寮の決まりを口にした。

「ピンクの洗濯機の中身を覗くのも禁止か」

寅吉が他愛もない冗談を口にした。

「娘らのパンティー見たいんか」

留蔵が乗った。

「おっさんも、まだまだ色気あんのか」

南風次が茶化した。

「アホ言え。キミら若い者には判らんやろうが、思春期の非行はな、身なりから始まるんや。それをチェックするのは、枯れとるお爺ちゃんの務めやんか」

コホンと、ジュニアチームの久保がわざとらしい咳をした。

「それはアンジさんに言ってください。即刻退寮処分が下されると思います」

「ええ、即刻かいな」

寅吉が大げさに目を剥いた。

「アンジさんはあかんわ。怖いもんなしの俺でも、あの人だけはあかんわ」

南風次が、両腕で胸を抱えて震える真似をした。

笑いの輪が広がった。

権座の名を口にするものは一人もいなかった。

15

加羅門寅吉、鴉森留蔵、狗巻南風次——。

三人の汚れた服は、三人が風呂に入っている間に、五人の娘たちが、洗濯して乾燥機にかけた。乾燥が終わるまで、バスタオルを腰に巻いた三人が、部屋で寛《くつろ》ぐビールも用意された。ぼくたち『小鴉』チームには、そんなサービスはなかったが、それに文句を言うのは違うだろう。そしてアンジから、食事の用意ができていると告げられ、風呂上がりの男たちが食堂に集合した。

食事の前にアンジから簡単な挨拶があった。

「ようこそ『雑賀寮』へ。もともとこの島は、皆さんの島でした。今でもそれは変わりません。私たちは、島の片隅をお借りして、この島を、第二の故郷として生きようとする者です。その私たちの家に、この島の主である皆さんを、お迎えできたことに、突き上げるような喜びが、今、私の胸を震わせています。私だけではありません。遠く中国から、新天地を夢見て海を渡って来たこの五人の娘たちも、同じ思いです。この島の主である皆さまをお迎えするに当たり、簡単な祝宴をご用意させていただきました。五人の娘たちの手料理を、お楽しみください」

アンジの挨拶に続いて、長身のメイファンが料理の説明をした。カンペを見ながらの拙い説明だった。彼女らが用意した料理は五品もあった。

・クエの唐揚げ甘酢あんかけ
・クエの中華蒸し
・クエの中華サラダ
・クエの四川煮
――どれも大皿三枚ずつを使って盛り付けられていた。
・クエの火鍋
――土鍋が三つ用意されていた。

もちろん「ガンペイ」は『紅星二鍋頭酒』だった。ぼくは後で、権座を浜に送り届けなければならないことを口実に、最初の一杯だけで遠慮した。

元日から宴会続きだった。しかしそれまでとは盛り上がりがまるで違った。死体を処理したという高揚感もあっただろう。『大鴉』の三人には、その夜から、『雑賀寮』の住人になるという解放感もあったに違いない。

食堂に入る前にアンジに念押しをされた。

「今夜のうちにやるんだよ」

「判っている。船頭の務めだ」

加羅門寅吉。鴉森留蔵。狗巻南風次。

新名貞行。久保孝明。阿部蔵修馬。

メイヨウ。リンリイ。メイファン。ホンファ。チュンイエイ。

そしてアンジ。

十二人の運命が、ぼくに委ねられているのだと思った。

権座を殺す――。

毛ほどの迷いもなかった。

「シナリオはできているのか」

「遭難したことにする。恵子の誘いを受けた権座は、ぼくが送るのを待ちきれずに、浜に向けて船を出した。しかしオンボロ船には、GPSなど装備されていない。海上で方向を見失い、迷走の挙句、過って海に転落した。そのまま溺死や」

死体処理を監督しながら考えていたストーリーを喋った。

「いいじゃないか」

アンジが頼もしそうに反応して、ぼくの胸を拳で突いた。

宴が始まった――。

「おい、リーダーよ」

顔を赤くした寅吉が新名に声をかけた。

「な、なんでしょ」

「俺ら老いぼれチームもな、明日から『雑賀丸』に乗るぞ。構わんやろ」

新名がぼくに助けを求める目線を向けた。

「ええやないか。『雑賀丸』は十分に大きい船なんや。二手に分かれるより、団体行動したほうが合理的やろ」

「でも、ぼく魚群を追ったり、ポイントに船を立てたりすることはできますけど……」

「おまえがやっとん違うやろ。『雑賀丸』がやっとんやろ。カバチ言うたらいかんけんな」

阿部蔵が新名を睨んだ。

「そうだよ、船が優秀なんだ」

素直に認めた。

「でもね、いくら船が優秀でも、入り江を出て、東に行くか西に向かうか、それを船が決めるわけじゃない。今は寒鯖という、比較的魚群が鮮明な魚を対象にしているけど、これがほかの魚種となると、ぼくはどこに船を向けたらいいのか判らなくなる」

「なんや、そんなことかいな」

寅吉が笑い飛ばした。

「心配せんでええ。船をどっちに向けるか、それは俺が教えたる。これでもトモで、長い間、魚探を覗いてきたんや。どこに向こうたらどの魚に会えるか、この島の海底のことはあらかた頭に入っとる」

　そりゃそうだろう。この島に居ついてずっと、操舵席の後ろでスパンカーを担当してきた寅吉だ。それくらいのことは身についているに違いない。

「ほな、とりあえず、『割烹恵』に魚を卸す日は、漁の前半はヘシコ鯖に的を絞って、後半に、『割烹恵』のぶんを釣るということにしようか」

　全員に提案した。大枠としては、今までと変わらないシフトだ。今までも『小鴉』チームは、終日ヘシコ鯖に専念し、『大鴉』チームは、前半へシコ鯖を釣って、それを海上で『小鴉』チームに荷渡してから、『割烹恵』の魚を釣るというシフトだった。

　しかしこれからは、海上で僚船を探す荷渡しの手間が省けるし、漁後の浜までの道中での魚の前処理は、久保が担当できる。スパンカーくらいは、阿部蔵でも張れるだろう。そのぶん『大鴉』の三人は、釣りに専念できるというものだ。しかも『雑賀丸』とオンボロ船とは船足が違う。浜までの移動時間の短縮も、釣りに充てられる。さらに『大鴉』の釣りを見学するだけでも、『小鴉』たちの釣技は向上するだろう。

　ほかにもぼくは改善案を思い付いた。『大鴉』の三人に提案してみた。

「今までは釣行の夜、浜のサウナで仮眠していました。そやけど『雑賀丸』なら、GPSで、日が暮れても島に戻ることができます。食料とかの調達は必要なので、ぼくが『割烹恵』に魚を卸している間に、ほかのメンバーは、浜のスーパーで買い物を済ませておいて、そのままその日のうちに、島に戻るということでどないでしょ」

そうすれば、釣行の翌日も『大鴉』らが朝から漁に出られる。一見休みを無視するローテーションのようにも思えるが、海が荒れれば休みになるのだ。特に冬場は、月のうちの半分近くが休漁になる。船を出せるときには休みなく船を出したい。

「風呂があるから銭湯は必要ないとして、問題なんは居酒屋でしょうか」

先手を打って懸念を口にしてみた。

「どうしてそれが問題になるんだ？」

アンジが不思議そうに口を挟んだ。

「いや、焼き鳥とかメンチカツとか、島ではあんまり食べられへんもんを、『大鴉』さんらも食べたいやろうし」

「そんなもの、言ってくれたら、この娘らが作るじゃないか。別に漁の日だけじゃなくていい。食材さえ補給してくれたら毎日でも作るよ。夕食だけじゃない。朝も、海の上で食べる弁当も喜んで作ってくれるよ」

アンジが娘たちに中国語で語りかけた。娘たちが口々に一言二言言って、笑顔で頷いた。訳してもらう必要はなかった。

「決まりだな」

寅吉が締めた。確かにそれで決まりだった。五人の娘たちが飯を、それも三度三度の飯を作ってくれる。夢のような話だった。

「ひとつだけいいですか」

　久保が手を挙げた。

「釣った魚を『割烹恵』に卸しに行くときですけど、同行させてもらえませんか」

「どうして？　そりゃ荷が多いときには、お願いするかもしれないけど」

「今は、全部、あちらの言い値で卸しているわけですよね」

「まあ、そやな」

「自分、魚の値が判ります。値段交渉を任せてほしいんです」

「そらええことやけど、ただ今のところ、うちらの漁獲を買うてくれるんは、『割烹恵』さんだけやねん。値段交渉言うてもなあ」

「逆に『割烹恵』しか買い取り先がないから、相手の言い値になるんですよね。そのうえ今回みたいな、トラブルも起こるわけです」

「なんか、案があるんかいな」

「魚の小売りをやっている小さなスーパーですよ。自分が前に勤めていたスーパーも、瀬戸内の小魚を中心に、小売りをしていました。ほとんどのスーパーでは、特に大手は、アトランティックサーモンや大西洋鯖――日本ではノルウェー鯖で定着していますけど、カナダ産やデンマーク産もかなりの量が入っています――それら冷凍鯖は、自分が働いていたスーパーでは扱っていませんでした。あくまで瀬戸内産に拘って、魚種を揃えていました」

　全員が、特に『大鴉』らが、身を乗り出さんばかりに久保の話に聞き入っている。

「そういう地元ものを中心に扱う零細スーパーは、全国各地にあります。ただ大手の流通の陰に隠れて、目立たないだけです。そんなスーパーに声をかけて、うちの魚を見てもらうんです。雑賀の魚やったら、間違いのう売れますけん」

「おい、少年」

　南風次が銅間声を張り上げた。久保がビクッとした。

「俺は、なんか感激したぞ。そんなスーパーが全国にあるんか」

「ありますよ。海外のサーモンや鯖に頼ってばっかしやと、日本の漁業があかんようになると、まぁそれは半分きれいごとで、半分は、地元の生魚を扱ってこその鮮魚売り場やと思う人が多いんでしょうけど」

「その通りや。それでこそ日本の魚屋や」

　留蔵が興奮に目を潤ましていた。

「そんなスーパーに声をかけるんです。雑賀の魚を扱うてもらうんです。前の職場に頼んだら、この近くの同じようなスーパー紹介してくれますけん」

「よし、それで行こう」

また寅吉が締めようとした。しかしそれには問題もある。「ちょっと待ってや」と、ぼくは話の流れに竿を差した。『大鴉』らの厳しい目線に晒された。

「仮に地元スーパーに販路が開けても、流通はどないしたらええねん。ぼくら移動手段は海の上しか持ってへんで」

「そんなん心配要りませんけん」

久保があっさりと言った。

「物さえ、ええもんやと信用されたら、あっちから買い取りに来ます」

「そんな簡単なことなのか？」

「なにを言うてるんですか」

呆れたように笑った。

「一番難しいんは、一本釣りで、安定した漁獲を揚げることやないですか。それを皆さんは、ずっとされてきたんですよ。それから思えば、三十キロや五十キロの道のり、保冷庫走らすくらい、誰も手間とは思いませんけん」

ジンワリと『大鴉』らに感動が広がっていた。ぼくも気持ちが熱くなっていた。

それを、さらに煽るようなことを久保が口にした。

「スーパーを相手にするのでしたら、今までの値段の見直しも必要かと思います。前に大鋸さんに、大体の値段の見当をお聞きしましたが、かなり安めの設定だと感じました。もちろん『割烹恵』さんは個人経営のお店ですので、あまり強気な値段も出せませんが、スーパーを相手にするのでしたら、自ずと市場の原理が働きます。もっと高く買い取ってくれる可能性が大です」

ヘシコ鯖の漁が終われば、また週に二度、『割烹恵』に漁獲を卸す日々があるのだと、漠然と考えていた。久保の言う通りなら、天候さえ良ければ毎日でも漁ができるのだ。一日二十万円の売り上げを維持すれば、年間で七千万円を超える商いになる。船団の誰もが、一度や二度は夢想したはずだ。夢が現実のものとなるのだ。

久保は、明日、いつものスーパーに行ったら、パックされた魚の産地を確認してほしいと言った。煮付、焼物、刺身など、パックの表面に『国内加工』と強調している魚のパック裏面を確認すれば、原産国が書いてあるらしい。十中八九、国外産だと言う。ノルウェー、カナダ、ロシア、アメリカ、そして韓国産だと断言した。

『大鴉』らの興奮のボルテージが上がった。

久保が言う地元スーパーとタッグを組んで、日本の漁業を盛り返そう。漁業のことを政府や官僚に任せられるか。酔って皆が義憤を口にした。

「明日の漁は気合いれるで」

加羅門寅吉の檄《げき》に全員が鼻息を荒くした。

第四章　白光

1

正月四日。午後九時半――。

皆が寝静まった気配を確認して、ぼくは小屋に足を向けた。目指す相手はカップ焼きそばを喰っていた。薄暗い小屋の真ん中で、万年床の上に胡坐を組んで、背を丸めて喰っていた。

「おお、船頭。ちょっと待ってくれ。すぐに飯、終わらせるから」

胡坐を組んだ姿勢でぼくを仰ぎ見た相手は、麺《めん》が隠れるほど大量に絞り出したマヨネーズで口の周りを汚していた。マヨネーズに咽《むせ》ながら、焼きそばを貪り喰って、作業着の腕で口を拭い、口に残った焼きそばを咀嚼《そしゃく》しながら、そそくさと靴に足を入れた。

「すまん、すまん。待たせてもうたな」

息に混じるソースとマヨネーズの臭いに顔を顰めたぼくは、ぺこぺこと頭を下げて謝る相手の言葉を無視して、入り江に向かった。小走りに相手が従ってきた。

五人の娘たちの心尽くしの中華風のクエ料理も食べられず、話に胸を熱くする久保の話も聞かず、背中に聞こえる浮わついた足音に、ぼくは、年老いた漁師への憐憫を覚えた。しかしそれ以上に、ぼくの気持ちを支配していたのは、嫌悪だ。

なんで死体処理に手を貸さなかったんや——。

確かに死体処理は犯罪だ。しかしそれに反対する気持ちがあったのなら、どうして、はっきりとそれを口にしなかったのだ。臆する気持ちは全員の中にあったに違いない。死体を持ち帰る前に、アンジが、全員の気持ちをまとめてくれていたのだろうが、それでもあの時点で、頭領として、はっきりと反対していれば、皆も考え直したかもしれない。いやそれ以前に、どうして、恵子から押し付けられた死体を、唯々諾々と島に持ち帰ったのだ。恵子は懇願さえしなかった。強制する権利は、あの女にはなかった。拒否しようと思えば、拒否できたはずだ。

日々の稼ぎか。

『割烹恵』の買い取りがなくなれば、日々の稼ぎを失ってしまう。それを恐れたのか。しかし久保は、まだ二十歳にも満たない若輩の久保孝明は、いとも簡単に、新しい販路をぼくたちに示してくれた。今まであんたは、なにをやってたんや。そんなことさえ知らなかったのか。ぼくに国道沿いの出店の店番を押し付けて、漁港に係留したオンボロ船で、暇を持て余していただけやないか。

そして今、夜の海を渡って、恵子に会いに行けると浮わついている。恵子に死体処理の武勇伝でも語る気か。恩着せがましく語って、その対価、恵子の肢体だ、それが今夜自分の物になるかもしれないと、あらぬ妄想をしているのか。

不憫な年寄りだと思わなくはない。だがそれ以上に、湧き起こる嫌悪を、ぼくは抑えられなかった。

憐憫と嫌悪の天秤《てんびん》――。

ぼくがいつも女の目に感じているものだ。同じ感情を、ぼくは今、背後の老いた漁師に感じている。それに気付いて可笑《おか》しくなった。

「どうした船頭。思い出し笑いか」

探るような声が背中から聞こえた。声に振り向いた。

「判るでえ」

ぼくに諂《へつら》うように、相手が目尻を下げた。

「船頭も、これでアンジさんと、親密になれるわな」

下衆《げす》野郎――。

やっぱり、恵子との今夜のことを妄想しているのだ。

ぼくの脳内の天秤が、ガチャンと乱暴な音を立てて、嫌悪に傾き切った。憐憫と嫌悪の天秤を水平に保つもの。それが理性であれば、ぼくは完全に、その理性とやらを失くしていた。相手の程度を超えた卑屈さが、ぼくの理性を吹き飛ばした。

そうか――。

突然閃《ひらめ》いた。

ぼくを見る女たちの天秤を揺らしていたのは、ぼくの卑屈さだったのか。

そんなことを考えた。ぼくは、船団を率いる船頭なのだ。容姿に難があろうが、ちんちくりんの猫背であろうが、卑屈になることなどひとつもない。卑屈にならず、毅然《きぜん》としとったらいいのだ。そうすれば、相手の中に芽生える嫌悪を捻じ伏せることができる。

ぼくは自分が、相手の憐憫の情に傷付いていると思っていた。しかし果たしてそうか。ぼくが恐れていたのは、憐憫の裏側に貼り付いた、嫌悪ではなかったのか。それに卑屈になり、その卑屈さが、ますます相手の嫌悪を、増長していたのではないか。

毅然とする――。

それだ。そしてぼくが毅然とできるためには、これからやることを、平然とやって退《の》けなければならない。権座を葬る。殺すのだ。悪の覚悟はなによりも強い。

ぼくの迷いは完全に吹っ切れた。

無言のぼくに対して相手はますます能弁になった。

舫綱を解きながら、腹が減ったので、つい焼きそばを喰ってしまった。恵子にばれたら叱られるだろうか。歯を磨いてきたほうが良かったかな。せめてうがいをするべきだったか。そんなことを、繰り返し、繰り返し喋っていた。そして船に上がると、布バケツで海水を汲んで、ほんとうにうがいを始めた。

どこまで卑屈な男だ――。

入り江を後にして沖に出た。

GPSで確認して『雑賀丸』を、浜から逆の方角へ向けた。水平線を目指した。その遥か向こうにあるのは、大陸だ。

風が冷たかった。操舵席のパネルで海水温を確認した。八度だった。この水温で夜の海の真っただ中に突き落とされたら、どれだけ海に馴染んだ者でも、まず助からないだろう。

溺死させてやる――。

しばらく走りGPS画面で船の位置を確認してプロペラの回転数を絞った。

「どないしたん？　まさか故障か」

不安げに言う声に構わず、レーダー画面で周辺海域を確認した。クラッター除去機能で海面反射を除去した。十五キロ圏内に二隻の船影を確認した。一隻ずつにターゲットを定め、その進行方向を確認した。どの船も浜と並行して航行していた。操業中と思われる船はなかった。後方から接近する船もなかった。

「前方見張《ワッチ》り頼みます」

ミヨシに立ち上がった影が、前方を眺めた。陽も出ていないのに、右手を額に当てて庇《ひさし》を作った。影の背後に、足音を忍ばせて迫った。背中に手が届く距離まで歩み寄った。気配を察して、相手が振り返った。目があった。相手の顔に驚愕の色が浮かんだ。

「なんや、怖い顔してからに。びっくりさせんなや。どない――」

相手の胸を無造作に両手で突いた。バランスを崩して、相手がたたらを踏んだ。両腕を無様に回転させて、平衡を取ろうとした。低い姿勢で肩からぶつかった。上に突き上げるようにぶつかった。相手の体が宙に浮いた。舳先《へさき》から消えた。すぐに鈍い水音がした。飛沫が上がった。

素早く操舵席に戻り、微速で船を後退させた。操舵席の横にあるLEDサーチライトを点灯した。白い光が海面でもがく黒い影を捉えた。水飛沫を上げてもがく影に向けて、最大出力にしたエンジンの咆哮《ほうこう》を放った。真っ直ぐに船を前進させた。

驚かすことが目的の咆哮だった。クラッチを滑らせているので咆哮ほどの船速ではない。船首が、海面でもがく影を呑み込んだ。衝撃はなかった。

通り過ぎてサーチライトを船尾に向けた。海面から飛び出すように、影が姿を現した。磯笛を連想させる呼吸音が響いた。

回頭して、再び影に狙いを定めた。さっきと同様に、エンジンの回転数を最大に上げた。

船を前進させた。やはり衝撃はなかった。

相手が海中に逃れることは織り込み済みだった。逃れられるよう船速も加減している。船体に無用の傷を着けたくなかった。血痕などは以ての外だ。相手の身体にも傷を付けたくなかった。足を踏み外し、過って船から転落。その挙句の、溺死。それ以上の情報を、死体に残したくはなかった。

体力を消耗させることだけを目的に、再三再四、船を回頭した。そのたびにエンジンを咆哮させた。レーダーで他船が接近していないことを確認した。

五度目に回頭をしたとき、サーチライトが影をロストした。影が沈んだと思われる場所に船を進めた。魚探のスイッチを入れた。海面下十メートルを、ゆっくりと沈降していく影を捉えた。

大鋸権座――。

モニター上の緑の影は、沈降しながら潮に流されていた。

海面下、魚探が示したその海域の水深は、千二十五メートルだった。

2

入り江を出た『雑賀丸』が迷走した。

「あっちに走ってみてくれや」

寅吉の指示に新名が従った。二十分ほど走った後で、寅吉が停船の合図をした。この方角にゆっくり進めと、団扇《うちわ》のような手で指示した。

「根があるやろ」

「いえ、この辺りにはないですね」

「おかしいな、ちょっとズレとんかな」

「探索範囲を広げても根が映りません。この辺りに根がないのは間違いないです」

なおも首を傾げたまま、寅吉が目線を海上に巡らせた。無意識に山立ての仕草をした。

山立てとは、陸上の目標物の二点を結んで直線をイメージし、さらに別の二点を結んで別の直線をイメージし、その二つの直線の交差で、海上の船の位置を把握する初歩的な手法だ。しかしぼくたちが浮かぶ海上から、あえて陸地と言えるのは、ぼくたちの島だけで、二本の交差する直線をイメージすることはできない。

寅吉が無駄な動きをしている——。

少なくとも、もともとの船団員は、ぼくを含めて、寅吉が迷子になっていることを悟った。

「ちょっと、場所、変えようか」

また指示を出した。声に微かな焦りがあった。

別の海域に移った。そこでもあるはずの根を、魚探は捉えられなかった。また場替えを指示した。やはり根は見つからなかった。

三度目の指示が下されたとき南風次の苛立ちの声が飛んだ。

「おっさん、覚えとらんのやろ」

「いや、確かこの辺りやったと――」

「阿呆か。この広い海で、この辺りやなんて、不確かな言い様があるかいな。根が見つからんかったら、釣りにならんやんけ。おどれ、どないするつもりやねん」

巻き舌で怒鳴った。

「入り江を出てから二時間以上が経っとるで。このまま船を走らして、今日は終わりか。俺らが飢えんのも、時間の問題やな。明日明後日は大丈夫としても、一月を越せるかのう」

留蔵。他人事のように言った。気鬱が始まりかけていた。

「おのれら偉そに言うな」

寅吉も熱くなった。

「ほな、おのれらが、根の場所まで案内してみい。こらイヌよ。大物釣りが、おのれの自慢やろ。クエが巣食う根えまで、おのれが誘導してみんか」

「なにぬかすねん、このションベン垂れの木偶《でく》の坊《ぼう》が。俺は釣る人間や。魚が居る根に連れて行くんは、おのれらの仕事やんけ。行ったら、なんぼでも釣ったるわ」

寅吉がトモから、南風次がミヨシから、一言言う度に足を前に踏み出した。終いには、胸が触れ合うまで接近した二人は、『雑賀丸』のドウで足を踏ん張って睨み合った。

「ホイ、ホイ、ホイ」

調子を取って留蔵がドウからトモに逃れた。その顔に笑いが浮かんでいた。

このままでは収まらない――。

ぼくは覚悟した。摑み合いが始まるのは避けられない。狭い船上で摑み合えば、どちらか一人が、たぶん二人とも、冬の海に落水するだろう。冷たい海水に濡れたまま、放置というわけにもいかない。『雑賀丸』を島に戻すことになる。合同の初釣りが、思わぬ不漁、どころか坊主で終わるのか――。

明日、釣れるという保証もない。なにしろ『雑賀丸』は、釣り場である根にも辿り着けないのだ。これではただの漂流船だ。

アンジの怒る顔が浮かんだ。失望ではなく怒る顔だ。島では五人の娘たちが、作業の準備をして待っている。ヘシコ鯖さえ、まだ一尾も釣れていない。

「頭領が居ったらなあ」

トモで留蔵が間延びした声をあげた。ぼくがもっとも触れてほしくないことに、触れた。

いや、もっと触れてほしくないことがあった。

前金の七百万円――。

ぼくがかなり使い込んでいる。漁がなければ、それを流用しようと、寅吉あたりが言い出さないとも限らない。

「頭領が居ったら、根の上までいけんのになあ」

留蔵が繰り返した。

この気鬱おやじ、海に放り込んでやろうか――。

寅吉と南風次の視線が留蔵に向けられた。二人も留蔵と同じことを考えている。しかし頭領は居ないのだ。島に居ないのではない。この世に居ないのだ。ぼくが殺したのだ。動悸がした。留蔵だけでなく、寅吉と南風次が、その話題に触れることを恐れた。

睨み合った二人の体軀から強張りが解けていく。二人とも、権座のことに気持ちが向いている。探そうと言われたらどうすればいい。まずは権座を誘った恵子を訪ねようということになるだろう。誘ってないと恵子は言う。アンジの一人芝居が発覚してしまう。手に汗が滲んだ。大量の汗だった。

拙い――。

なんとか南風次をけしかけて、騒動を起こさなくては。そう思うのだが、どうけしかけていいのか、考えがまとまらない。言葉が浮かばない。

ぼくが殴りかかるか。南風次でも寅吉でもどちらでもいい。ぼくが殴りかかって騒動を大きくするか。それしかないのか。汗まみれの拳を握り締めた。腰を、浮かせた。

ピイ、ピイ、ピイ――。

操舵席で、けたたましいアラートが鳴った。

「なんや。どないした」

新名に寅吉が詰問した。

このうえ、船舶トラブルか――。

ぼくは最悪の事態を想定した。おそらく寅吉も、同じ思いだったのだろう。南風次に背中を向けて、操舵席に一歩足を進めた。

「えっ、えっ、えっ」

新名が激しく動揺していた。目を泳がせて、モニターを右から左に眺めた。新名の目が留まった。見開いた。

「どないしたんじゃ」

今度は南風次が怒鳴りつけた。

「――魚群です」

か細い声で言った。

「ぼく、今日初めてなんですけど、魚群アラートという機能があったので、それを設定してみたんです」

言い訳がましく言った。

「魚探が魚群を捉えました。水深二十メートルにかなり大きい魚群があります」

「鰤《ぶり》や」

寅吉が呟いた。時期、水深、そして大きな魚群。考えられるのは鰤だけだ。ベテラン三人が、素早く釣座に戻って仕掛けを用意し始めた。

「ええな、逃すなよ。魚群にぴったりつけるんやぞ」

南風次が新名に怒鳴り声で指示した。新名が壊れたようにガクガクと頷いた。ぼくも仕掛けの用意をした。

魚群の活性は高くなかった。それでも何尾かは確保した。

鰤の後に、鯖の魚群とも出会った。それだけだ。出会い頭の漁だった。

鯖は五百尾近く確保した。鰤も鯖も、釣ったのは『大鴉』の三人とぼくだ。久保と阿部蔵は魚を走らせて釣りの邪魔になるので、絞めと血抜きに専念させた。不満そうだったが、そんなことに構っていられなかった。

鯖の大半を島に下ろして、沈鬱な空気のまま、ぼくたちは浜を目指した。

3

浜の漁港に『雑賀丸』を係留した——。

『割烹恵』を目指した。

超大型クーラーボックスひとつで間に合う漁獲だった。それを久保に曳かせた。ほかの船団員たちは、買出しに船を離れた。買出しの金は、アンジが立て替えてくれていた。浜から帰ったら、返す約束の金だった。

その日のメインの漁獲は、寒鰤だった。浜値を久保が調べていた。携帯ひとつで、久保は簡単に浜値を割り出した。一メートルを超える良型の寒鰤だった。一尾を五万八千円、十五尾あったので八十七万円。久保の積算だ。

とんでもない金額だ。間違っていないかと訝るぼくに、久保がさらりと言った。

「こんなもんですよ。今が旬の寒鰤ですからね。しかもメーター級です。うちの魚は釣り物ですけに、もう少しイロを付けてもらわんといけんくらいです」

強気なことを言った。

「とはいえ、この匹数、全部引き取ってもらうとなると、どうですかねえ」

強気の後で弱気を口にした。

その朝『大鴉』の船団員も、小屋には寄らず、直接『雑賀丸』に乗り込んだ。

「今日から新しい家で生活を始めるのですから、着替えなど、小屋に取りに戻る必要はないでしょう。買出しのついでに、着替えとか、入浴に必要なものとか、皆さんが必要なものを新しく揃えて下さい」

アンジが買出しの金とは別に、まとまった金額を寅吉に渡していた。

「なんや、オンボロ船がないやんけ」

船着場で『雑賀丸』の隣に、オンボロ船が浮かんでないことに目を留めた南風次が不審げに言った。

「ぼくが送ると言うとったんですけどね。待ちきれんで、船を出したみたいです」

用意していた言葉を吐いた。船団員らから、特に疑問の声は聞こえなかった。

前の夜、権座を始末して島に戻ったぼくを、アンジが出迎えた。寒い中、アンジは船着場で身を凍らせてぼくを待っていた。ぼくはアンジに一部始終を報告した。

オンボロ船を始末しろと言われた。もとよりぼくも、そのつもりだった。

権座は、過ってオンボロ船から転落して溺死した――。

そういうことだ。

『雑賀丸』でオンボロ船を曳航《えいこう》して沖に出た。アンジを伴った。ＧＰＳで権座が沈んだ辺り、だいたいの見当を付けて、オンボロ船を漂流させた。

久保を従えて浜の通りを歩きながら、ぼくは自分の心に、ある種の痞《つか》えに似た感情を覚えていた。権座を葬ったこと、オンボロ船を漂流させたこと、それを根にする痞えではなかった。ましてや加藤の死体を、ミンチにして鷗に喰わしたことなど、欠片《かけら》も心に痞えてはいなかった。心の痞えの正体はアンジに対する思いだった。

オンボロ船を始末した帰り、ぼくは『雑賀丸』を入り江の中ほどに停船させて、アンジに迫った。最後まで思いを遂げられるとは考えていなかった。せめて抱擁と、熱いキスがしたかった。しかしそれをアンジに拒否された。

「ここじゃ、イヤ」

ぼくはその言葉に、例の天秤を察知した。アンジの心の奥底で天秤が揺れていた。憐憫と嫌悪。いや違う。嫌悪と打算だ。今までより、ずっと重たく天秤が揺れていた。

久保を従えて歩く浜の通りにコンビニがあった。コンビニ入口横のゴミ箱に、長年愛用してきたキャップを棄てた。それを目深に被らないと、人通りを歩けないぼくだった。そんな自分を、キャップもろともコンビニのゴミ箱に投げ棄てた。

卑屈にはなるまい。動揺もすまい。卑屈になるから動揺するのだ。権座と同じになる。堂々とするのだ。毅然とだ。嫌悪など、捩じり潰すのだ。

キャップを投げ棄てて、視線を上げて、すれ違う女たちの顔を睨み付けた。女たちの身体を目線で嬲《なぶ》り倒した。ジロジロと遠慮なく、目線を這《は》わしてやった。戸惑い、そして恐怖が、女たちの顔に浮かんだ。大いに満足した。嫌悪でもない。ましてや憐憫など欠片もない。すれ違う女たちがぼくに怯えていた。女たちの怯えにぼくは満足した。凌辱《りょうじょく》してやる。辱めてやる。慰みものにしてやる――。

目線に念を込めて女たちにぶつけた。浴びせかけた。

到着が早過ぎたのか恵子は不在だった。中貝がぼくたちを迎えた。

「あれ、頭領は？」

不思議そうに言う中貝に「さあ」とだけで惚《とぼ》けた。

「鰤ですか。正月やから鯛《たい》も要ったんやけど――」

不遠慮に中貝が言った。触れてほしくない話題だった。鰤でさえ、出合い頭の幸運で揚がった獲物なのだ。根が見つからないぼくたちに、鯛など揃えられるはずがなかった。

中貝が値決めをした。

「十万ですね」

あっさり値を口にした。耳を疑った。

「鰤をこんなには引き取れませんわ。言いにくいけど、持って帰ってもらえますか」

久保の懸念が当たった。船団の漁獲を買い取る店は一軒だけ。その不自由さが身に染みた。久保の試算は、スーパーの仕入れ担当が、市場で買えば、いくらするかという試算だ。売り手の計算通り買い手が応じるわけではない。買い手にも買い手の都合がある。権座はそれも踏まえて漁獲を調整していたのだろう。魚種と匹数だ。ぼくにはそれができない。新名と『雑賀丸』の組み合わせでは、その調整ができない。

なにかを言いかけた久保をぼくは制した。表で待つよう指示した。

「中貝さん――」

相手の目を睨み付けて言った。

「あれは絞殺やなかった。扼殺やった。手で絞め殺したんや」

中貝の顔色がみるみる変わった。眼窩《がんか》に目玉が沈んだ。

「いくら相手が老いぼれとはいえ、女の力で扼殺できるもんやない」

ダメ押しをした。

蒼白になった中貝が、蚊の鳴くような声で言い訳を並べ始めた。

自分は雑賀の魚を扱いたかった。それを、あの老人に直談判《じかだんぱん》しに行った。老人はけんもほろろに、自分の意見を退けた。それにカッとして自分は――。

まるでぼくたちのために、加藤を殺したと言わんばかりの言いぐさだった。

恩着せがましい――。

「それだけやないやろ。女将とあんたの仲を、ぼくが気付いとらんとでも思てたんか」

中貝が覚悟したように話し始めた。

雑賀の魚を止めることは、店の浮沈にかかわると訴えた恵子に加藤は言った。店が潰れ

前に気付かれていた。

恵子が加藤の殺害を中貝に持ちかけた。自分の身の回りの世話をしろ、と。中貝との仲はとうの昔に気付かれていた。

て店を盛り立てていきたいと、掻き口説いた。加藤を亡き者にして、中貝と晴れて一緒になって店を盛り立てていきたいと、掻き口説いた。最初から殺害が目的で中貝は加藤を訪れた。

中貝が閊《つか》え閊え語ったことだ。

「けど、それだけやないです。恵子がアンジさんに言われたと――」

「アンジに？」

「はい、加藤を始末せい、と。アンジさんは、俺と恵子の仲にも気付いていました。加藤が生きていたんでは、あんたらの将来は暗いと、恵子に言うたんです」

殺した後の始末は任せておけ。アンジは恵子に言ったらしい。それを中貝は恵子から聞かされた。あとの始末の保障があったからこそ凶行に及んだ。

加藤の殺人を唆《そそのか》したのがアンジだという告白に、ぼくは動揺した。

「その話、ほんまやな」

中貝に念押しした。

「ほんまです。俺はほんまに、雑賀さんの魚を扱いたかった。それに嘘はありません。料理人として……、板前として……、雑賀さんの魚を扱えることは、この上もない、喜びなんです。その気持ちに、嘘偽りはありません」

ぼくがなにを指して「ほんまやな」と確認したのか、勘違いしていた。しかし中貝の必死の訴えを聞くうちに、アンジが、殺人を教唆《きょうさ》したとしても、それがどれほどのものか、という気になっていた。

「あんたの気持ちはよう判った」

ぼくは両膝をついて嗚咽する中貝の肩に手を置いた。

「けど、その気持ちがあるんやったら、値決めも考えてくれてええと違うか」

腰を屈めて、中貝の耳に吹き込むように言った。

「さ、さ……」

中貝が声を詰まらせた。

「えっ？　判らんがな。はっきり言いなや」

中貝が、ガックリと首を落とした。

4

空になったクーラーボックスを曳いて『割烹恵』を後にした。鰤は全部押し付けた。処理できないと、中貝達也は泣き言を言ったが、それはおたがいさまだ。持ち帰ったところで処理のしようがなかった。生ゴミで出せばええやんかと押し付けた。三十万円の生ゴミかと自嘲した。

路地の入口で待っていた久保が駆け寄ってきた。クーラーボックスを預けた。

「どうでした？」

訊いた。

「三十万で買い取ってくれたわ」

感情を抑えて答えた。

「すげえ」

大袈裟に驚いた。

「さすが船頭やわ。交渉力の勝利ですね」

交渉力？

いや脅迫や。

「これからも、その値で買い取って貰えるからな」

あいつらは痴情のうえでの殺人。こっちは殺人教唆と死体処理。死体損壊とやらも加わるか。知ったことか。どちらの罪状が重たいかは明白だろう。

「そやけどな、久保くんが言うように、いつまでも『割烹恵』だけに頼っとるわけにいかん。ヘシコ鯖の漁が終わったら、毎日が、本来の漁になる。『割烹恵』が買い入れできるのは、せいぜい週に二日が限度や。きみが言うてた地元スーパーへの卸しを、直ぐにでも検討して欲しいんや。でけるな」

「任せてください」

元気よく答えた。

「問題は操船やな。根が見つからんでは話にならん」

「それ、漁港に着く前の船の上で、新名くんとも話し合ったんですが、こまめにマッピングしていくしかないですね」

「マッピング？」

「ええ。『雑賀丸』はＧＰＳを搭載しています。そのうえ最大で、千箇所の位置を記憶できます。根を見つけたら記憶させて、その根の釣果も、記録しておけばいいらしいです。このあたりは、さすが学士さんの新名くんです。よう考えています」

「そうか、先が暗いわけやないんやな」

光明が差しこんだ気がした。マッピングとやらに、どれだけ手間がかかって、どれだけ成果が上がるのか不明だったが、まるでお手上げというのではないようだ。成果が見えるまで中貝と恵子を脅せばなんとかなるだろう。

細かいことを考える元気がなかった。

アンジがその日立て替えてくれた金は二十万円だ。それを返しても十万円、まだ手元に残る。五万円を久保に渡した。

「皆の小遣いや。今夜は浜で羽を伸ばすよう言うてくれ。泊りはサウナでええやろ」

「船頭はどうするんですか？」

「ちょっと片づけておきたいことがあるんや。明日の正午、『雑賀丸』に集合やと皆に伝えてくれ」

　呑み込めないでいる久保を残して、青に変わった歩行者信号に足を向けた。三歩歩いて足を止めた。気が変わった。アンジに金を返す必要があるのか。

「久保くん」

「はい、船頭」

「今日の売り上げが三十万あったことは、ほかの連中には内緒や。これはぼくが管理する金や。いちいち干渉はされとうないからな」

　言い残して、点滅の始まった気の早い歩行者信号に走り出した。

　手元には二十万以上の金がある。アンジに全部渡すことはない。キスもさせてもらえない相手に、従順に従うこともないだろう。バカバカしい。

　アンジにはヘシコで稼いで貰う。その稼ぎに分け前を求めない。『雑賀寮』に移り住んだ寅吉らの下着など、身の回りを整える費用を捻出するのは、むしろアンジの役割だろう。ぼくがその費用を負担する必要はない。やつらが浜のスーパーで買い出しする金もだ。アンジはぼくたちに、ヘシコ鯖の漁獲代金として千四百万円を負担する。ヘシコの売り上げは一億を超すのだ。アンジが負担するのは当然ではないか。

もちろん教唆のことはアンジには言わない。頭のいいアンジのことだから、中貝と会ったぼくの耳に、その経緯が届くことなど織り込み済みだろう。黙っているほうが脅しになる。沈黙は金だ。

ヘシコ鯖の漁が終われば、久保が開拓してくれるルートで、漁獲をもっと売り捌けるのだ。毎日漁をしても売り先がある。二千円などといわず、稼いだ金は船団員に等しく分配しよう。それなりに等しく、だ。船頭のぼくに余禄があるのは当たり前だ。もちろん先々のためにプールもする。寅吉など、あと数年で引退だろうが、その先の心配をなくさなければならない。それくらいはやってやる。ぼくは『海の雑賀衆』を統べる船頭なのだ。

そんなぼくにも、いや、そんなぼくだからこそ、休養も必要だ。明日は休漁にする。明後日からは毎日海に出る。それでいいだろう。

ふと、道端に蹲る男が目に留まった。幼児体型で小太りの男。

ドラゴン村越——。

間違いない。ITバブルの申し子が浜の通りでうらぶれていた。

全財産を失った村越がなぜここに——。

考えられるのはひとつ。アンジに縋ろうと、その行方を求めてここまで来たのか。島のことを知らないはずはない。しかし島への定期航路はない。いつかアンジがしたように、ボートをチャーターすれば辿り着けるのだが、その金さえ、今の村越にはないのだろう。

村越はスーツにフロックコート姿だった。とても浜の一月の寒さを凌げる格好ではない。この時間に通りでうらぶれているということは、ボートのチャーター代どころか、サウナの仮眠室を訪れる金にも窮しているということか。あと二時間もすれば日が傾く。極寒の夜。そう思ってよくよく注意して視ると、村越の傍らに段ボールが何枚か積まれていた。

ドラゴン村越――。

思わず笑いがこみ上げた。そんなもので今夜を越すつもりなのか。

凍え死ね。

腹を空かせて極寒に震えろ。

手を挙げて空車を止めた。

「お客さん、どちらに？」

年老いた運転手に訊ねられた。少し離れた温泉街の名を口にした。

「遠方ですから料金がかさみますよ」

バックミラーでぼくの顔を覗いた。

「金ならある。心配しんとき」

座席に深く腰掛けた。

「ちなみに運ちゃん」

「はいなんでしょ」

「前にスポーツ新聞で読んだんやけど、あの温泉地の旅館は、やらせてくれる女、呼べるらしいな」

「ええ。宿にもよりますけど」

「呼べる宿に行ってくれや」

「けど兄さん。あの温泉で働いとる女、おばはんばっかりでっせ」

「結構やないか。ぼくの好みや」

「人三化七《にんさんばけしち》でっせ」

「かまへんから行ってくれや」

小うるさい運転手だ。不機嫌を隠さずに言った。

「病気に気をつけなはれや」

走り出したタクシーの窓からドラゴン村越に視線を向けた。怯える目で辺りを窺っていた。あまりの惨めな格好に声をあげて高笑いした。運転手が気味悪そうにバックミラーに目をやった。タクシーが角を曲がり、村越が視界から消えた。

宿に入って日暮まで待って、女を呼んだ。

人三化七――。

そんなもんじゃなかった。それでもぼくはその女を部屋に招き入れた。

「すんません。こんな年増で」

女は俯いたまま卑屈に言った。

「年増て、いくつやねん」

「今年で三十九です」

「嘘ぬかせ」

女の顎に手をかけて顔を上に向かせた。女が固く目を閉じた。

「どう見ても、五十は越えとるな」

女は応えなかった。目を固く閉じたままだった。

「こら、目え開けんか」

怒鳴った。女がうっすらと目を開いた。

「どや、俺、不細工やろ」

顔を近づけて言ってやった。女が怯えたように首を横に振った。その目には嫌悪も憐憫もなかった。卑屈さだけを湛《たた》えた目だった。

女の唇を乱暴に吸った。舌を入れて、相手の舌を掻き出して、ズルズルと音を立てて、唾液ごと執拗に吸った。

女が吐息を漏らした。生臭い吐息だった。胃が荒れている。

口を吸ったまま、言い訳程度に女が羽織っていた浴衣を剝がした。乳を掴んで揉んだ。

「優しくしてください」

消え入りそうな声で女が生意気なことを言った。

不細工のくせに――。

「人並みのことを言うな。大人しいにしとったら、延長してやる」

「延長は高くなります」

「金ならある。泊りでなんぼや」

おずおずと女が泊り料金を口にした。前払いと言うので、裸に剝いた女に、言われた金額を払ってやった。女が帳場に延長を伝えた。

「すんません。こんな不細工やのに……」

女がまた、震える声で恐縮した。

「おお、ほんま不細工やのう」

女のパンティーも剝ぎ取った。腹と尻がでっぷりとした女だった。生意気にその体型で、レースの黒いパンティーを身に着けていた。腰の肉に埋没したパンティーだった。それを剝ぎ取って挿入した。キシキシと女の膣《ちつ》が軋んだ。

ピストン運動をすると、今度は、女の股間から腐臭が溢れた。ドブの臭いだった。気にせず俺は、絶頂を迎えるまで腰を振った。

童貞を喪失した。

達成感とも言えない感情を持て余しながら、冷えた酒を、銚子から直接喉に流し込んだ。

「私にも」

女が言ったので、口移しで飲ませてやった。溢れた酒が女の胸元に垂れた。大きいだけの、だらしない乳だった。左右の乳が横に張り出して谷間を埋めていた。でかすぎる乳輪は真っ黒だった。乳牛を思わせる乳首だった。皺《しわ》で捩《よじ》れていた。

女に口移ししながら銚子を五本空にして、再び女に挑んだ。今度は軋まずにヌルヌルと抵抗のない膣だった。さらにきつくなったドブ臭に、顔を顰めた。吐き気に耐えながら、それでもなんとか果てた。

帳場を呼び出して酒を注文した。

「なんか食うもんはないんけ？」

「寒鰤が入っております」

電話の相手が言った。

「養殖もんやろ。俺は漁師や。誤魔化されへんで」

「けど今の養殖も、なかなか馬鹿にしたもんやないですよ。まだ生きています」

相手が勧めるままに活造りを注文した。ハマチサイズの鰤が船盛りで運ばれた。確かにまだ口がパクパクしていた。尾鰭《おひれ》も、思い出したように痙攣《けいれん》した。

グズグズの身だった。真面目に味わうのがあほらしくなって、女を裸のまま蒲団に寝かせ、女体盛りの真似事をして遊んだ。それからまた女を貫いた。十本まとめて注文した銚子も空にした。

5

夢にうなされた。夜中に何度か、心配顔の女に起こされた。

悪夢が俺を眠らせてくれなかった。うとうとしかけると、暗い波間に浮き沈みする権座の姿が浮かんだ。人を殺すということが、これほどキツイことなのかと呆れた。

無我夢中だった、というわけでもない。冷静に、事前に思い描いたように、淡々と段取りを踏んだつもりだった。それがどうしたことだ。

真っ暗な波間に浮き沈みする権座の形相すら、完璧に思い浮かべることができた。そんなはずはない。俺は権座に目の焦点を合わさなかった。サーチライトにぼんやりと浮かぶ影に船を前進させた。権座の顔に焦点を合わさなかったはずなのに、皺の一本一本まで、大写しにされた写真のように思い出される。

パニックになって溺れる権座が声を上げることはなかった。必死に海水を吐いて、息を吸っていただけだ。しかし俺の耳の奥で、権座が、助けを求める声が再生される。俺を呪う声まで混じる。

肩から権座にぶつかったときの肉の感覚が蘇る。肩がはっきりと覚えていた。肉の感覚だけではない。それに包まれた骨の感覚まで、肩が覚えていた。目を閉じて思いきりぶつかった。不意打ちに権座が浮かべた驚愕の表情が、俺の瞼《まぶた》の裏に、貼り付いていた。見ていない。しっかり目をつぶって、頭を下げて、肩から俺は突進したのだ。見ているわけがない。見ていないはずの驚愕の表情が記憶にあった。

飛び起きて、蒲団に胡坐を掻いて、薄闇で酒を呷っていると、権座の思い出が次々に浮かんできた。

島に移り住んでからというもの、権座は、船団員の暮らしに追われる毎日だった。不平不満を口にする船団員らを宥めながら、漁に出た。魚はいくらでも獲れたが、それが金にならなかった。煙草銭にも不自由すると不満を吐き棄てた船団員が長靴で踏み消した吸殻を、隠れて拾い、口を窄《すぼ》めてぎりぎりまで吸う権座だった。

出漁前のオンボロ船の操舵席で口をもぐもぐさせていた。沖に出て、それをペッと海に吐き捨てた。権座の口の中で丸まっていたそれが、海水に浸って解けた。沈まずに波間に浮かんだのは、新聞紙の切れ端だった。権座はそれで空腹を紛らわせていた。

風呂がない。風呂に入る金もない。盛夏の島で痒《かゆ》い痒いと喚き立てる船団員のために、権座は海水で風呂を立てた。ドラム缶を浴槽代わりにした。次々船団員が湯を使い、垢《あか》でどろどろになった海水風呂に、最後に浸かったのは権座だった。入ってすぐは痒みが和らいだが、その夜から、さらに酷い痒みに船団員らは悩まされた。

岩場に呼ばれて話し込んだのは俺だけではない。船団員の誰かが昏い顔になると、権座は敏感にそれを察知して、皆の目の届かない岩場に伴った。

今でも権座が、あの小屋にいるような気がする。訪ねれば、背中を丸めて焼きそばを食いながら「よう、シンイチどないしたんや」と、笑って迎えてくれる気がする。麺が隠れるほどマヨネーズを絞り出した、あのカップ焼きそばを食いながら、だ。

闇夜の海を泳ぎ切って、権座が入り江に泳ぎ着いている気がする。「シンイチ、冗談が過ぎるでぇ」苦笑いしながら、海から上がってくる姿が浮かぶ。

「大丈夫？　すごくうなされていたけど」

不安顔で心配する女を無視して酒を呷った。飲んでも飲んでも酔えなかった。意識が朦《もう》朧《ろう》として、部屋の暗がりに正座する権座の影を見た。ずぶ濡れだった。

翌朝――。

ひどい頭痛で目が覚めた。ハマチが枕もとで死んでいた。暖房をきつくした部屋に魚の腐臭が充満していた。隣では、全裸のままの女が、口を開いて鼾《いびき》を掻いていた。ゴウゴウと殺意を起こさせるような鼾だった。股を大開きにしてドブ臭を撒き散らしていた。

精算して宿を出た。

手元に残ったのは千円札一枚と小銭だけだった。

またた。

俺はどうも、金を使うのに慣れていない。あったらあっただけ散財してしまう。

昨夜もそうだ。

正規の料金は、持ち金を叩《たた》いてしまうほどのものではなかったはずだ。チップだなんだと、使い切ってしまった。悪い癖だ。今後は少し考えなくてはいけない。

ふと、ドラゴン村越のことが頭に浮かんだ。俺なんかが、想像もできないような金を手にしながら、あいつは破綻した。今なら、破綻の道筋が判るような気がする。金額の大小ではなく、金を使うことに中毒した人間の道筋だ。そうはなるまいと、俺は自分を戒めた。

まだ朝の八時過ぎだった。タクシーを止めて、浜の漁港を告げた。料金がかなりかかると運転手が心配した。あっちに仲間がいるから払ってくれると言いかけて思い直した。『割烹恵』を告げた。運転手が盛り場に車を向けた。中貝が住み込みで働いている。あいつなら金を持っているだろう。タクシー代を工面してもらおう。してくれるはずだ。

あの殺人犯なら——。

中貝がいることを確かめておこうと、携帯の電源を入れた。不在着信が五十件もあった。ほとんどがアンジからだった。寅吉からの不在着信もあった。

着信履歴を消去していると携帯が振動した。寅吉からだった。

――はい。
不機嫌を隠さずに応答した。相手の声も不機嫌だった。
――探したで。
――いろいろ整理せなことがありましてん。
――今日は、休漁やって？
――今後のことで、考えたいことがあるんですわ。
――昨日の晩『割烹恵』に行ったんやけどな。恵子さんとも会《お》うた。
――なにしに行きましたん？
――船頭探しに行ったんに決まっとるやないですか。
電話の向こうで含み笑いをする気配があった。
――そら無駄足でしたな。
――いや、そうでもない。恵子さん、言うてはったで。
――なにをですのん。
――もう卸値の上乗せは勘弁してほしいて。十万を三十万にしたらしいですな。
――あれは加藤の処理代込みの値段ですわ。
――他のこともいろいろ聞きましたで。
――なにをですねん。持って回った言い方せんといてください。

――七百万のこととか。

！

――まあ、よろしいわ。船頭には船頭の言い分があるんでしょ。

寅吉が鷹揚に言った。

――電話ではなんやから、今晩にでも、船頭の言い分を、聞かせてもらえませんやろか。

――。

――洗いざらい聞かせてもらえますわな。ほな、切りまっせ。

通話が切れた。

なんとか頭を整理しようとした。どこから手を付けていいのか判らなかった。

七百万の使い込みがばれた。中貝を脅迫して金を脅し取ったことも寅吉に知られてしまった。南風次や留蔵ならまだしも、寅吉は誤魔化せる相手ではない。

考えがまるでまとまらないままタクシーが浜の町に着いた。リアシートから『割烹恵』を道案内した。店前で待たせて扉を叩いた。中貝が顔を出した。寝起きの顔だった。

「寝てるとこ、すまんの」

とりあえず謝った。

「市場から帰って仮眠してたんです」

迷惑そうに眉間に皺を寄せた。

「タクシー代が足りんよなってな」

運転手がこっちを窺っている。

「立て替えてくれへんか」

「いくらですの？」

不愛想に言った。

殺人犯のくせに――。

「二万五千円や」

「はあ？」馬鹿面をした。「いったいどこから乗りましたん？」

「そんなんええやないか。立て替えてくれるんかくれんのか、どっちやねん」

携帯を取り出した。中貝の鼻先に押し付けた。

「立て替えてもらえんかったら無賃乗車で警察や。どうせ捕まるんやったら自首するわ。おまえんとこの糞女将が、うちのもんに、あることないこと吹き込んだみたいやないか。あいつらの頭が冷めるまで留置場暮らしも悪うない」

半ば本気だった。今の俺に、逃げる場所はそこしかないように思えた。

「あいつら漁港で待ってくさる。手ぐすね引いてや。戻ったらフクロにされるわ。それくらいやったら、俺は警察に逃げる。あいつらかて、きれいな身やないねん。まさか俺を訴えたりはできんやろ」

本気でそれがいいと思えてきた。俺には考える時間が必要だ。一人になりたかった。留置場でもなんでもいい。今の状況から逃げたかった。

携帯を操作した。「1」「1」「0」と入力した。自首だ。

「ちょっと待ってください」

中貝が俺の手首を押さえた。

「冷静になってください。お金は立て替えます」

目に怯えが浮かんでいた。ひっこんで財布を持って出てきた。金を差し出した。万札が三枚あった。

「なんやねん、これ」

「ですから、タクシー代……」

「五万円て言わんかったか」

「えっ」

一瞬の躊躇があった。大きく息を吸い込んで、財布から追加の札を取り出した。

「ほな、借りとくで」

中貝に背を向けた。ぞくぞくとした。笑いが込み上げてきた。中貝の怯えた目を思い出して、声に出して嗤《わら》ってしまった。

強気に出るんや――。

道連れにする覚悟があったらなんも怖くない。関係者全員が脛《すね》に傷持つ身なのだ。

七百万の使い込み——。

けっ、馬鹿馬鹿しい。笑うわ。そんなことより、もっと大きな後ろめたさを全員が抱えているのだ。びびる必要などなにもない。微塵《みじん》もだ。

漁港に着いた。

「釣りは要らん」

三万円を料金皿に放り出してタクシーを降りた。

全員が揃っていた。

誰も俺と目を合わそうとしない。挨拶もしない。固く口を閉じている。寅吉もトモに凭れかかって、わざとらしく遠くを見ている。

怖かったのか——。

不安やったんやな。

連中の心理を推し量った。こいつらは一晩中、俺の行方を案じて怯えていたのだ。もし俺が警察に捕まったりしたら、どうしよう。そんなことを心配していたに違いない。警察が自分らを探しているのではないかと怯えていたに違いない。

まんじりともせず夜を明かしたのだろう。俺の使い込みが、恵子から寅吉にどう伝わったのかは知りようもないが、そんなこと、今のこいつらにとっては、どうでもいいことなのだ。些事《さじ》なのだ。

あるいは寅吉から、俺の使い込みを知らされたのかもしれない。しかし誰も、それに文句を言えない。その鬱屈が皆の口を塞いでいるのか。それならそれで構わない。俺は船頭なのだ。文句は言わさない。これからも好き勝手にやらせてもらう。

新名を押し退けて操船席に着いた。舵輪を握るのは船頭の役割だ。魚探の使い方も、すぐに覚えてやる。メーカーの営業マンを呼べばいい。マニュアルを持ってこさせて、一日講習を受ければ、新名なんぞに頼る必要もなくなるだろう。

南風次と留蔵が舫綱を解いている。二人とも相変わらず無言だ。憮然として手を動かしている。目で合図しながら作業をしている。

舫いが解けた——。

エンジンをスタートさせて漁港を離れた。外洋に出た。全速前進だ。

波を蹴立てて『雑賀丸』は今朝も快調に海を奔《はし》る。遮るものなどなにもない。まっすぐに水平線の向こう、島を目指す。俺たちの島。いや俺の島だ。

6

リンリイが入り江で船を待っていた。

「なんやリンちゃん。久保のお出迎えかいな」

声をかけるとはにかんだ。大きな黒目をクリクリとさせた。

「違うよ。センドウさん待ってたよ」

唇を尖らした。その仕草が堪らなく可愛い。

久保にやるのが勿体《もったい》ない――。

「俺に用か？」

「うん、お姉さんが食堂で待ってるよ」

彼女らはアンジのことをお姉さんと呼んでいる。お母さんくらいの歳だが。

アンジか――。

名前を聞いてもときめかなかった。やっぱり女は若いほうがいい。アンジは俺より五つばかり上か。十年後、俺が四十五になったら五十のババアだ。

リンリイは久保に譲るとして――。

残りの四人を思い浮かべた。

チュンイエイ――。

ダメだ。とびぬけた美人だが新名が手を付けている。船団に波風は立てたくない。

メイヨウ――。

長い黒髪が印象的だ。悪くない。

メイファン――。

スレンダーで悪くはないのだが、俺より頭二つ分背が高い。却下。

ホンファ――。

ぽっちゃりさんだ。肥満というのではない。抱き心地がよさそうだ。

「アンジが呼んどるらしいから、ちょっと顔出してくるわ」

寅吉に声をかけて『雑賀丸』を降りた。寅吉は目も合わさず、相変わらず無言のままだ。頷きもしなかった。愛想の欠片もなかった。

「後でね」

リンリイが久保に笑顔で手を振った。久保も寅吉と同じだ。無言でリンリイに頷いただけ。勿体ない。やっぱりリンリイもリストに入れてやるか。だとしたらチュンイエイもか。新名とできているというのは、南風次の一方的な情報だ。そんなものを信じて除外するには勿体ない美人だ。メイファンも。どっちにしろ俺は、どの娘らよりも背が低いのだ。頭の二つや三つの差を気にすることはない。

アンジが食堂で待っていた。今日も白いジャージの上下だ。色気を意識しなくなったら女も終わりだ。そういえば、リンリイも同じ白いジャージの上下だった。しかし気にならなかった。若いから。それだけの理由だ。年月は残酷だ。

「どうした」

アンジに微笑みかけた。

「今朝、加羅門寅吉から電話があった」

無表情のまま応えた。

「寅吉はおまえのことで心を痛めていた」

使い込みのことか——。

大きなお世話だ。あれは船団がアンジから正当に受け取った報酬だ。そして俺は船団を統べる船頭なのだ。寅吉が心を痛める謂《いわ》れなどない。ましてやアンジに、それをとやかく言われるなど筋合いなどあろうはずがない。心外だ。

俺は、おまえの指示で権座を沈めたんや——。

喉まで出かかった言葉を飲み込んだ。言わずもがなだ。言えば軽くなる。自分であれこれ考えるより、相手に考えさせたほうがいい。それを今朝学んだ。

「寅吉が自首すると言っている」

アンジが冷たい目で言った。いきなりで意味が飲み込めなかった。

「おまえの使い込みに寅吉は責任を感じている。おまえを船頭にしたことにも」

アンジが話を進めた。

「金の管理を任せたのは早すぎた。責任のある仕事を与えて、自覚を喚起しようとしたが、早計だった。加藤の死体処理は拒むべきだった。あれでシンイチは壊れてしまった。前はあんな人間じゃなかった。対人恐怖症なところはあったが、ちゃんとすべきところは、ちゃんとしていた。それを皆に説明した。皆も判ってくれた。だからこれからは、心を入れ替えて早く元のシンイチに戻ってほしい」

なにを言っている。どこまでひとを見下している。

寅吉から憐れみを受ける所以《ゆえん》などこれぽっちもない。しかも皆に、俺の使い込みまでばらしたのか。俺の威厳はどうなる。なにが心を入れ替えてだ。元のシンイチて、おまえは俺のなにを知っているのだ。

偉そうに言いやがって。

失禁ジジイ――。

「このままでは船団が崩壊してしまう」

まだ続くのか。

「だからすべての罪を被って自分が自首する。シンイチに伝えてほしい。過去のことは忘れろ。どうか自分を見つめ直して、船団員のため、そして娘たちのためにも、船頭としての自覚を持って、その職務を全うしてほしい。それが加羅門寅吉からのメッセージだ」

バカらしくて聞いていられなかった。

そんなことより寅吉は自首するのか。一人で罪を被るのか。それならそれで構わないのだが、どうしてそれを直接俺に言わない。それだけ俺を軽く見ているということか。

「好きにさせたらええやないか」

冷淡を装って言った。だが内心では、かなり動揺していた。急に状況が変わってしまった。どう対応すればいいのだ。

先ずは泣いて謝るか――。

寅吉に、だ。俺が悪うございましたと、ぼろぼろに泣いて謝るか。安いものだ。俺が今まで使い込んだ金と、これから自由にできる金を思えば、泣いて謝るくらいなんでもない。罪を被って自首してくれると言っているのだ。気持ち良く送り出してやろうじゃないか。

餞《はなむけ》代わりに号泣してやる。

ほかの船団員には――。

泣いて謝るのは拙くはないか？　軽く見られる。今後のことを考えれば高圧的に対するべきだろう。使い込み。せいぜい言葉を尽くして正当化してやる。いや、それは逆効果か。あいつらに説明する必要などない。俺は船頭なのだ。嫌なら船団から追い出すだけだ。留蔵、南風次。少しくらい、いい思いをさせてやるか。旨いものを食わせて、女を抱かせればいい。久保、新名。大丈夫だ。リンリイとチュンイエイにのぼせているガキだ。女を抱かせれちょっと厄介か。いや前にアンジが言っていた。「あの子は帰るところがないの」と。なら大丈夫だ。船団で活かせる特技も持っていない。なんなら俺の用心棒でもやらせるか。女を抱かせてやろう。それで十分だろう。

「ほんとうにそれでいいのか？」

アンジが目に怒りを浮かばせている。

「そやかて、本人が自首したい言うてるんやから仕方ないやんか。それともなにか、鯖の漁獲が減るのが心配か？」

「つくづくおまえは考えが足りんな」

呆れたように溜息を吐いた。

「自首したらどうなる。この島に警察が入るぞ」

「入ったらどうなると言うんや」

「どうやって死体を処理したのか調べられる。バラバラにしてミンチにして、鷗に食わしました。それを寅吉が一人でやったと警察が信じると思うか。そんなことがあったなんて知りませんでしたで済むと思うか。ミンチの機械も調べられるぞ。海水で流しただけだろう。警察が本気で調べたら、いろんなものが検出されるぞ」

目を吊り上げて捲《まく》し立てた。

「権座のことはどうなる。ただの行方不明だと、警察が思ってくれるか。絶対に殺人がばれないと、おまえは言い切れるのか」

ヒステリックに詰問された。

「だったら、どないせえと言うんじゃ。トラを説得するか。皆のために、自首は考え直してくれと止めるか」

言い返した。頭に血が昇っていた。アンジは寅吉の性格を知らない。皆のために自首するなど、詭弁《きべん》だ。もっともらしいことを言っているだけだ。失禁ジジイは、罪の意識に耐え切れないのだ。どうせ老い先短い人生、楽になりたいだけなんだ。

権座だ。権座がいたら違ったかもしれない。寅吉と権座は竹馬の友だ。慰め合うこともできただろう。その権座を島から追い出してしまった。寅吉はそう思い込んでいる。その罪悪感もあるのだろう。

「殺すしかないね」

アンジが呻いた。耳を疑った。

「殺す？」

「権座と同じ。始末するんだよ」

簡単に言うな。寅吉は、権座のように孤立しているのではないのだ。むしろ皆に慕われている。皆の目があるだろう。どうやって誤魔化すのだ。

寅吉を殺すことの善悪より、その方法にまで俺の頭は一足飛びに飛んだ。

そう殺すのが一番だ。面倒臭い失禁ジジイ。生かしておけば必ず禍《わざわい》になる。それは判る。アンジが正しい。しかし問題が山積みだ。

どうやって誘《おび》き出す。どこに？

どうやって殺す。手段は？

ジジイだが相手は大男なのだ。弱いわけじゃない。いや喧嘩をすれば俺なんか相手にもならないだろう。

不意打ちか？

失敗したらどうする。糞真面目なだけに、後が怖い。どんな言い訳も通じない。殺すなら一撃だ。必殺だ。失敗すればこっちがやられる。

「寅吉は小屋に行っている」

「小屋？　なにをしに？」

「あの小屋でおまえを待つらしい。最後におまえと二人きりで話したい。朝の電話でそう言っていた。あの小屋で初心を思い出してほしいらしい」

「話した後はどうすると言うているんや」

「浜まで新名に送ってもらうそうだ。そのまま自首すると言っている」

だったら殺せるチャンスは小屋にいるうちか。権座みたいに海に突き落とすこともできない。新名に代わって俺が送ると言うか。だめだ。真夜中ではないんだ。船が浜と逆の方向を目指したらばれてしまう。どれだけの船舶が付近を航行しているか知れたもんじゃない。船から突き落とすのは危険すぎる。小屋にいるうちに殺すしかない。

殺した後はどうする。海に棄てるにしても、あの巨軀を船まで運ばなくてはならない。

一人でできるか。誰にも見られずに、だ。

いや、その前にどうやって殺すかだ。刺し殺す。難しい。あの長身なのだ。懐が深い。あの懐に潜り込めるか。ならば殴り殺すか。頭をかち割るか。それも長身が邪魔になる。一撃で殺せる保証がない。

「なにを悩んでいる?」

「悩んでいるんじゃない。殺す方法を考えているんだ」

「いい考えが浮かんだか?」

「うるさい。考えているところだ」

「私に任せろ」

アンジが薄く笑った。目が据わっていた。テーブルに置いてあった布袋から黒い塊を取り出した。どこかで見たような気がしたが、名前を思い付かなかった。

「それは?」

「スタンガンだ」

「どうしてそんなものを?」

「驚くことはない。東京の電気街に行けば普通に売っているものだ。ずいぶん前に護身用に買った。使ったことはなかった。さっき試してみたら一発で動けなくなった」

「試してみた?」

「メイファンでな。心配するな。本人も了解済みだ」

「彼女とトラではガタイが違うだろ」

「メイファンには厚着をさせて試した。寅吉は直接肌に当てる。首筋だ。気絶はしないかもしれないが、瞬間的に無力化できればいい」

「首筋に当てる？　誰が？　そんなもの簡単に当てられると思っているのか」

「できるさ」

「瞬間的に無力化できたとしても、どうやって殺すんだ」

アンジが足元に目をやった。テーブルの下にオレンジ色の工具箱があった。

ネイルガン──。

圧縮ガスで釘を打ち込む工具。

「これで寅吉の額に釘を打ち込む。三十九ミリの釘が連射できる。頭蓋骨の厚みは五ミリから十ミリだ。十分届くだろう」

脳にか？

「もともとこれを買ったのは、この時のためだ。加藤を殺して死体を処理すれば、必ず誰かが、動揺して不規則な反応をするだろうと想定していた。おそらくその誰かは、権座か寅吉あたりだろうなとは思っていたが、二人とも不規則に反応するとは意外だったな」

想定していた？　脳が混乱した。ネイルガンは加藤らと事を構えるために入手したのではないのか。ネイルガンを向ける相手は船団員の誰かだったのか。

いや、待て。違う。順序が合わない。アンジがネイルガンを購入したのは、軟禁されていた加藤の家を出た後だ。あの時点で加藤は殺されていなかった。しかし今、アンジは加藤の死と、その死体処理に動揺して不規則な反応をする船団員を排除するために、ネイルガンを手に入れたと言わなかったか？　とすれば、あの時点で既にアンジは、加藤の死と、それに続く出来事を想定していた、いや、知っていたということにならないか。

「スタンガンで無力化できればネイルガンを打ち込むことも可能かもしれない。しかしそんな段取り通りに事が運ぶのか」

混乱したまま直面している懸念を口にした。

「付いて来い。来ればわかる」

アンジが立ち上がった。促されて『雑賀寮』を出た。辺りを気にしながら小屋に向かった。

「なにをきょろきょろしているんだ。怪しいぞ」

「ほかの船団員とか、娘たちが見ているかもしれないやろ」

「男たちは自分の部屋だ。それも寅吉の言い付けだ。寅吉との話が終わったら、おまえを交えて、食堂に集合することになっている。そこでおまえは皆と今後を話し合う。私はその立ち合いを頼まれた」

「それも寅吉から連絡があったのか」

「そうだ。シンイチとのことは自分が決着を着ける。その後でシンイチから、全員に今回のことと、今後のことについて説明がある。シンイチを赦《ゆる》すかどうかは、その説明を聞いたうえで、それぞれが判断してくれということになっていると聞いた」

漁港で俺を迎えた連中の気詰まりな空気――。

そういうことか。あいつらは、言いたいことを我慢して、俺のことを寅吉に預けたどいうことか。

小賢しい――。

なんて卑小な奴らだ。自分らの罪の意識を寅吉の自首で清算して、その後で、俺を全員で囲み、言葉責めにするつもりなのだ。

食堂の床に正座させられている自分の姿が浮かんだ。連中は酒を飲みながら、ねちねちと愉しむだろう。娘たちは？　おおかた久保あたりが告げ口するに違いない。腕組みして、俺を囲んだ連中の背中を遠巻きにして、侮蔑の視線を娘たちは俺に投げかけるのだ。そんな俺が、その後も、船頭を張れるわけがない。一番の下っ端で、あいつらの顔色を窺いながら暮らす日々になる。囚人扱いだ。

金だって自由にできない。食いたいものを食って女遊びすることもできなくなる。

なんとしても寅吉を殺さねば。

それを連中にぶちまけてやる。俺はそこまでやる人間なんだと。

俺の怖さを思い知るがいい。

アンジの言うとおりだ。やつらは甘い。甘い。甘すぎる。寅吉が自首しただけで、自分らが警察の追及を逃れられると思っているのが、甘い。捜査の手が島に伸びたら、どうなるのか判っているのか。捌いてミンチにしたんだぞ。

それを寅吉が一人でやったと、警察がそんなこと信じると思うか。そんなことがあったなんて知りませんでしたで済むと思うか。コマセ機も調べられる。海水で洗い流しただけじゃないか。警察が本気で調べたら、いろんなものが検出される。

寅吉の自首を歓迎しているあいつらに、冷や水を浴びせてやる。俺は後先を考え抜いて、断腸の思いで、寅吉を殺したんだと胸を張ってやる。

泣いてやるか――。

そうだ。ぼろぼろ泣きながら訴えてやろう。俺がどれほど苦悩したか。そしてあいつらのためを思って、苦悩の果てに、寅吉を手にかけたのだと知らせてやるんだ。それで俺の立場は安泰だ。金も自由に使える。女も酒も思いのままだ。

小屋が見えてきた。

「なんだ、あれは？」

意外なものが目に飛び込んできた。

五人の娘たち――。

しかもいつもの白ジャージの上下ではない。着飾っている。リンリイも着替えている。花柄のフリルのスカートだ。女子高生を思わせる膝上のスカート。上は一様にブラウスだ。薄いピンクや淡い水色のブラウスだ。

「なにしてんねん、あの子ら」

アンジは答えない。ただ黙って俺の前を歩く。

娘らがアンジを取り囲んだ。だがいつものような嬌声《きょうせい》はない。アンジが無言で一人ひとりと目を合わせて頷いた。娘らも頷き返した。

小屋の戸口で中に声をかけた。

「寅吉さん、よろしいですか？」

中から寅吉の声がした。

「おう、アンジさん。シンイチはどうやった？」

アンジが小屋に消えた。戸口の横に張り付いて耳を澄ませた。

「もうすぐこちらに来ます。皆さんに申し訳なかったと、泣いていました」

「そうか。判ってくれたらええんや。もともと悪い奴やないしな。これからもあいつのこと、アンジさんよろしく頼むわ」

偉そうに。失禁ジジイが。

おまえこれから殺されるんやぞ。

しかし段取りが判らない。めかし込んだ娘たちはなんなんだ。

「寅吉さん、シンイチが来る前にお願いがあります」

「お願い？」

「ええ。娘たちに、今日これから、寅吉さんが島を出ると伝えました。もう帰らないと。そうしたら全員でご挨拶したいと言いました」

寅吉の返事を待たず、アンジが小屋の中から娘たちに声をかけた。中国語だった。たぶん中に入れと言ったのだろう。娘たちが一列になって、小屋に踏み入れた。皆後ろ手を組み俯いて畏まっている。そしてその最後尾、長身のメイファンの手に、あれが握り込まれていた。

スタンガン――。

「お礼に歌を唄います」

リンリイの拙い日本語が聞こえてきた。そして娘たちのいつもの歌声――。

寅吉を涙ぐませた歌声だ。いっそう情感が籠っているように聞こえた。状況が判っている俺でさえ、思わずほろりとするような歌声だった。

歌が終わった――。

寅吉の拍手が響いた。「ありがとう。ありがとう」と娘たちに礼を言っている。その声に重なるように娘たちのすすり泣く声が聞こえた。泣き声は次第に大きくなり、娘のうちの何人かが号泣する声がした。

開けたままの戸からそっと中を覗き見た。蒲団に胡坐を掻いた寅吉に、娘たちが縋り付いて泣いている。

四人――。

一人だけ、長身のメイファンが寅吉の後ろで膝立ちになって、愁嘆場を見下ろしている。泣いてはいない。冷徹な目を注いでいる。

メイファンの右手が寅吉の首に伸びた。

閃光《せんこう》が弾けた。白い光だ。

寅吉に縋り付いていた娘たちは、しがみ付いたまま離れない。顔を歪ませ、必死にしがみ付いて、寅吉から伝わる電流に耐えている。メイファンは、スタンガンを寅吉の首筋に当てたまま放電を止めない。

嗅ぎ慣れた臭いがした。寅吉が失禁している。はち切れんばかりに作業ズボンの前を膨らませ、膨らみの周囲をドボドボにしている。

「グオウ」

獣のように叫んだ。身を捩じらせた。腕を振り回した。寅吉にしがみ付いていた四人の娘たちが四方に弾き飛ばされた。メイファンがバックステップを踏んで、振り回す寅吉の腕から逃れた。

寅吉が背中から蒲団に倒れこんだ。大の字になった手足に、素早く四人の娘たちが取りついた。メイファンが寅吉の首を踏み付けた。蛇を思わせるしなやかさでアンジが擦り寄った。額にネイルガンの発射口を押し付けた。

シュキイン。

ずいぶん垢抜けた音がした。寅吉が身体を激しくエビ反らせて痙攣した。ブクブクと蟹《かに》みたいに大量の泡を吹いた。

シュキイン。

二発目。寅吉が硬直したまま固まった。

アンジが真っ直ぐ伸ばした脚を広げて、寅吉を見下ろしている。

やがて――。

アンジが広げた両足を真っ直ぐにしたまま、上体を折って、自分の唇を寅吉に近付けた。尻を突き出した姿勢が卑猥《ひわい》だった。寅吉はまだ泡を吹いている。泡が溢れ出している。唇が触れ合う寸前の距離でアンジが静止した。

三十秒ほどか。そのままの姿勢をキープした。

「死んだみたいね」

確認するように言って上体を起こした。娘たちに中国語でなにかを言った。娘たちが無言のまま小屋を去った。まだ痺れがあるのか、足取りが重たそうだった。

アンジと二人きりになって、暫くかかって、俺はようやく事態を理解した。

寅吉が殺された――。

小屋に足を踏み入れてアンジに質した。

「これをどう始末するんだ」

始める前から気になっていたことを質問した。なにか言わないと自分を見失いそうだった。考えを今現在のことに集中させたかった。

死体の始末――。

前のときみたいに捌いてミンチにして鷗に喰わせるのか。そのためには『雑賀寮』で待っている五人の協力が必要だ。とても俺一人ではやりきれない。

しかし寅吉の変わり果てた姿を見て、あいつらがどんな反応をするだろう。額にはしっかりと釘が撃ち込まれている。南風次あたりが錯乱して暴れだすかもしれない。あいつが暴れだしたら手に負えない。

「その前に」

アンジが言った。

「これからのことを話しておかなくちゃね」

「だから言ってるやないか。この死体をどう始末するんや」

「小屋ごと燃やせばいい。ガソリンを掛けて」

そういえば前回もその案はあった。娘たちに見せたくない。臭いも嗅がせたくない。そう反対したのは寅吉だった。その寅吉が死んだのだから、そしてそれに娘たちも加担したのだから、問題はないか。

「私が言うこれからのことというのは、この島のこれからだ」

アンジが寅吉の失禁でびしょ濡れになった蒲団から離れて、奥の壁に凭れた。俺を手招きした。アンジの隣に尻を着いた。

「娘たちは五人」

呟いた。

「リンリイに久保を、チュンイエイを新名に宛がう」

それぞれにカップルなのはやはり事実なのか。それにしても宛がうという言い回しに違和感を覚えた。それに、そんなことが、これからのことなのか。

「加藤の死体を処理する前、そのことをあの二人に話してやった。リンリイとチュンイエイ同席で、寮の食堂で、な。それが叶うなら、なんでもやりますと現金なことを言った」

アンジが思い出し笑いをした。

「阿部蔵にはメイヨウを、狗巻にはメイファンを、鴉森にはホンファを宛がう」

また宛がうと言った。それにしてもこの組み合わせはなんだ。南風次や留蔵まで、あの娘らとカップルになるのか。

「意味が判らないんやが」

「国籍だ」

「国籍？」

「あの娘らに日本国籍を取得させる」

「そんな簡単なもんなのか。国籍取得を目論んだ偽装結婚が、問題になっているらしいやないか」

「そのあたりは、中国側の協力者がうまくやってくれる」

事も無げに言った。

「やつらの同意が必要だろう？」

「拒否すると思うか？」

しないだろうな。俺だってしない。あの五人のうちの誰かなら、喜んで籍を入れる。その代り毎晩でもやり倒す。そう考えただけで、五人の娘を宛がわれるあいつらが、無性に羨ましく思えてきた。羨ましいというより腹が立った。

なんであいつらだけ――。

俺は？　船頭の俺は？

アンジか――。

今までの流れでいえば、そういうことになる。

寅吉にネイルガンを打ち込んだ後、伸ばした脚を広げて上体を折って、尻を突き出したアンジの姿態が目に浮かんだ。すらりと伸びた長い脚だった。突き出した尻が卑猥だった。

仕方がないか――。

年齢に多少の不満はあるが、俺が浜の町で相手にしたどんなブスより、アンジは間違いなく上玉だ。温泉宿の股間がドブ臭い女など、比べるだけでも失礼というものだ。

俺は船団を統べる船頭だ。アンジはビジネスの責任者だ。その二人が結びつくのは自然の流れだろう。若い女は金で買えばいい。どうせどの女も三回もやれば飽きる。

「俺に宛がわれるのはアンジか」

確認した。

「気が早いな」

アンジが苦笑した。

「来年になれば中国からまた娘たちを連れてくる」

まだ一月だというのに来年の話か。気が早いのはどっちだ。今度は俺が苦笑した。

「娘だけじゃない。青年も連れてくる」

青年？

「漁業研修生だ」

「そいつらに漁業を教えるのか」

肉体労働の網漁ならまだしも、一本釣りはそんな簡単じゃない。

「新名に確認した」

「なにを?」

「魚が居つく根を探し当てるのは難しいが、回遊魚の群れなら、船が探し当ててくれる」

ブリ、ヒラマサ、カンパチ、カツオ——。

大型魚だけでもいくつか思いつく。これに鯖を加えれば、一年中釣り物には困らない。

「販売ルートは久保が開拓する」

例の鮮魚を扱う地元スーパーというやつか。『割烹恵』の中貝は寒鰤の買い取りを使いきれないからといったんは拒否した。スーパーならば買い取ることも可能かもしれない。

「そのうち、魚がつく根も探し当てると新名は言っている」

マッピング機能だな。

「阿部蔵は仲間外れなんや」

操船もできない、販売ルートも開拓できない、そんな阿部蔵が哀れに思えた。

「能力がない者は淘汰される。仕方がないことやけどな」

俺の意見をアンジが鼻で笑った。首を横に振った。

「阿部蔵は私のボディーガードだ。この島の用心棒と言ってもいい」

追加の漁業研修生が来る。新名の操船で回遊魚を主に狙う。そのうち根魚のポイントも探り当てる。漁獲の販売ルートは久保が開拓する。そして阿部蔵は揉め事が起きた時用のボディーガード兼用心棒か。

「さっきの話だが」

アンジが話題を変えた。

「私をシンイチに宛がうとはどういう意味だ？」

「ほかに考えられないだろう。五人の娘を残った船団員に一人ずつ宛がう。俺とアンジがあぶれる。船団の責任者とビジネスの責任者がカップルになるのは不自然やないわな」

「シンイチは、私を受け入れてくれるのか？」

「もちろんやないか」

アンジが手をついて俺に体を傾けてきた。にじり寄った。

「目を閉じてくれ」

契《ちぎり》のキスか――。

そっと目蓋を閉じて顎を上に向けた。

「シンイチ」

アンジの甘い声。

「ん？」

「自惚れるな」

薄く閉じた目蓋の向こうで白い閃光が弾けた。こめかみに痛みが走った。身体が硬直した。

再び白い閃光。今度は額。凭れた壁から弾き飛ばされて床に転がった。

白い閃光に金色の筋が交った。

閃光が鯖の真っ白な腹に思えた。丸々と肥えた白い腹に、脂がのりきった鯖の証である金の筋模様が浮かんでいる。衝撃に身体を痙攣させながら、俺は、そんな詰まらないことを連想した。「鯖餓鬼があ。ジンマシンが出るわ」母親の声が脳裏に浮かんだ。

「能力のない者は、淘汰される」

俺が言った言葉をアンジが繰り返した。

「正解だ。おまえも恵子も淘汰される。私は、自制の利かない人間と組む気はない。村越もそうだった」

アンジが立ち上がった。俺の大腿部にネイルガンが当てられた。

シュキイン。

火箸を押し付けられたような激痛が右太腿に広がった。

シュキイン。

シュキイン。

シュキイン。

シュキイン。

次々に俺の身体に釘が打ち込まれた。脚だけじゃない。手首と踝にも。

「すぐには殺さない」

アンジが言った。

「せめてもの情けだ。自分の人生を反省する時間をやる」

娘たちが消えた小屋の入口にアンジが声を掛けた。

「入って来ていいぞ」

その声に応じて人影が小屋に入って来た。

阿部蔵修馬――。

手に赤い携行缶を持っていた。俺たちが発電機用に使っていたガソリン携行缶だ。

「さあ、やれ。おまえの初仕事だ」

アンジの指示に、携行缶のキャップを開けた阿部蔵が、俺の体にガソリンを掛け始めた。

「顔は避けろ。呼吸を確保するんだ。すぐには死なないように、な」

たっぷりと俺をガソリン漬けにして、阿部蔵の作業が寅吉に移った。懐かしい寅吉のアンモニア臭がガソリン臭に紛れていく。

なんや阿部蔵、首を折るんと違うんか。俺は鯖やぞ。いつかみたいに、首を折って、即締めて、血抜きをせんかい。まだまだ修業が足りんのう。

痛みと恐怖に頭が混乱していた。

「おまえの好きな言い逃れを聞かせてやろう」

アンジが言った。

「おまえを呼び出した加羅門寅吉はおまえと口論になった。その挙句おまえを殴り殺した。もう終わりだと自首を諦めて自殺を選んだ。焼身自殺だ」

「…………」

「こんなところでいいか？　おまえなら、もっと笑える言い逃れを考え付くかもしれないがな。心配するな。おまえらの死体は阿部蔵が始末する」

嘲笑《あざわら》った。

なにを言い出しているのだ――。

全身を襲う激痛にアンジの言葉を咀嚼できずにいた。

「おまえが……全部……」

全身に広がる激痛に耐えて、ようやくそれだけを口にした。アンジが応えずに、小屋の戸口に向かった。「私が十分に小屋を離れるまで、待て」三和土で阿部蔵に言い残して小屋を去った。去り際に俺にちらりと視線を送った。俺を蔑《さげす》む視線だった。

そうか、おまえが仕組んだのか――。

アンジの視線に俺はすべてを察した。

激痛に薄れる意識の中で、大鋸権座の顔が浮かんだ。船の行方、水平線を見つめる精悍な眼差しだった。その背中で、スパンカーの支柱に手をかけた加羅門寅吉の眼差しが穏やかだった。狗巻南風次が、ミヨシで「クエや」と吼えていた。無表情の鴉森留蔵が、ドウで中鯛を釣りあげた。懐かしい顔に、アンジの笑顔が重なった。俺が釣った鯖へシコを、口いっぱいに頰張って、幸せそうに微笑むアンジの笑顔。

——そして声が聞こえた。

「あんたは鯖や。見ただけでジンマシンが出るわ。鯖や、鯖。鯖餓鬼じゃあ」

母親の罵声が、耳の奥でウォンウォンと鳴り響いた。

糞っ——。

解　説

吉村萬壱

本書は、二〇一八年に短編「藻屑蟹」で第一回大藪春彦新人賞を受賞した赤松利市の単行本デビュー作『鯖』の文庫化である。

一本釣り船団の血の気の多い漁師達が、割烹恵の女将の枝垂恵子の色香や、ＩＴ会社社長のドラゴン村越のビジネスパートナーであるアンジェラ・リン（アンジ）の奸計に翻弄され、加速度的に破滅的な状況へと追い込まれていくというこのクライムノベルの傑作は、あたかも冷凍鯖で頭を殴られたような強烈な読後感を読者にもたらす。

この新人離れしたデビュー作品の背後には、当時住所不定・無職だった六十二歳の作者の波乱に富んだ人生があることは言うまでもない。若い書き手には望み得ない、しっかりと地に足の着いた筆がそれを裏付けている。

釣り好きの赤松利市氏には漁師への憧れもあったようだが、船酔い体質であり漁師の経験はない。しかし赤松作品のファンなら描写の随所に彼の人生を見出し、例えば主人公の水軒新一にも、次第に仲間から排除されていく権座にも作者自身を重ね合わせてしまうに違いない。興奮した南風次の本人の意思とは無関係に激しく振動する眼球や、麵が隠れるほどマヨネーズをかけたカップ焼きそばといった、作者が実際に目にしたに違いない描写が物語に確たるリアルさを与えている。

作者は西村寿行のファンで、『鯖』は自分なりの『風紋の街』を目指したそうだが、無人島という設定上の共通点は見出せるものの、結果的には全く違うテイストの作品に仕上がっている。ただ一点見逃せない共通点があるとすれば、それは両者共に、心の奥底に抑圧されていた読者の欲望を一気に攪拌し、燃え上がらせるという点であろう。性欲、金銭欲、食欲、プライド、嫉妬心、暴力性、破滅願望といったありとあらゆる欲望が刺激され、読者はざわざわとした落ち着かなさに囚われ、否応なく登場人物に感情移入させられる。資本主義社会とは、このような剝き出しの欲望を経済構造で包み込み、その裏で巧妙に欲望を煽り続けるシステムであり、例外なくその一員である我々は、だからこそアンジのように計算ずくの理詰めで欲望を刺激されると抵抗出来ない。社長から土木作業員、ホームレスまで経験した作者自身がそうであったように、この渦に巻き込まれていくのは読者も同じであろう。

私は赤松利市氏には二度お会いし、その内一度は徳島の書店での対談イベントだったが、その時に氏がした話で印象に残っているのは、ゴルフ場の芝生管理会社時代に、除草のために撒く農薬の被害に対する住民説明会の話だった。彼は住民に対して農薬に害はないという嘘の説明は一切せず、農薬に害はあるがそれは人体に影響はないレベルのものだ、と正直に話したそうだ。その話には彼の無駄のない喋りと良い声とも相俟って大変説得力があり、本屋に集まった聴衆は皆、あたかもゴルフ場の近所の住民ででもあるかのように大いに頷かされたものだった。我々は国会中継などで日々逆の光景を見せられているが、権力を持った人間ほど、たとえそれが良い情報でなくてもただ嘘を言っていないという一点だけで人々の信頼を勝ち得ることが出来るものなのだ。赤松利市氏が二十年間社長として会社を維持し得た理由を、私はこの時垣間見た気がした。この正直さは赤松利市氏の大きな武器であり、それは小説作品に於いても遺憾なく発揮されている。

赤松利市氏の小説作品は次の三つに分類出来ると思う。

クライムノベルもの　『鯖』『らんちう』『藻屑蟹』

ボダ子もの　『ボダ子』『女童《めのわらわ》』

ファンタジー・空想小説　『純子』『犬』『アウターライズ』

エッセイ『下級国民A』を含めたこれらの作品を貫いているのは、「能力のない者は淘汰される」という無慈悲な社会への怒りである、とひとまずは言えるであろう。「無能な者は死ね」というこの論理は、仕事の出来ない同僚への陰口やいじめに始まって、派遣切りやリストラなど我々の社会の隅々にまで浸透している。二〇一六年に相模原市の「津久井やまゆり園」の入所者十九人を殺害した植松聖という存在は、功利性と効率性を最優先にして人権を省みないこの社会の冷酷な論理が人の姿を取って現れたものかも知れない。司法はこの殺人犯を断罪して死刑判決を下した。被害者感情からすれば当然に思えるこの判決が、見方を変えれば国家権力による無用者の抹殺に過ぎず、その後社会そのものは何一つ顔色を変えず、植松聖と同じ論理によってどこまでも生き延びていくとすれば悲劇の上に悲劇を重ねることになる。そんな政治や社会への義憤が作者を執筆へと駆り立て、デビュー三年目にして既に九冊の著書を著しめた原動力となっていることは疑いなかろう。

そしてその怒りの裏には、『ボダ子』や『女童』に代表される、赤松利市氏の弱者への温かい眼差しがある。強い人間であればあるほど強い相手には存分に強さを発揮出来るが、実は弱い存在には勝てないものである。それは、水産加工研修生の中国人の娘達に対する作者の筆の優しさにも表れている。読者はこの小説の性質上、彼女達が、加藤老人や荒くれ漁師に食い物にされる展開を覚悟して読み進めるが、物語の中ではアンジの手で、即ち作者自身の手によって娘達は最後まで守られる。作者がこの娘達を「ボダ子」に重ね合わせて描いたことは想像に難くない。

しかし作者は又、社会や権力へと向けられた刃がやがて自分自身へと跳ね返って来ざるを得ないことに自覚的であるに違いない。船団の金を使い込み「人三化七」の女を相手に童貞を捨てる水軒新一や、恵子に腑抜けになる権座の弱さと、作者は決して無縁ではない。底が抜けたような破滅衝動や、踏ん張らなければならない局面で逃げを打ってしまう怯懦によって傷付けた少なくない人々の存在がある。即ち赤松利市氏自身が罪を抱えた苦悩者であり、彼が切実に文学を必要とする理由もここにあるだろう。してみれば赤松利市氏にとって文学は一種の贖罪なのだろうか。

彼が敬愛するという車谷長吉はこう書いている。

「書くというのは虚無の分泌であって、ある場合には冷酷に人を傷つけ、みずからも血を流す」「されば文士というのは、恰も蟣か蝨にでも咬みつかれているがような時間を生きて行く、ろくでなしである」（「名士あつかい」）

贖罪などという綺麗事の入る余地は、ここにはなさそうである。

年収二四〇〇万円の社長から土木・除染作業員へ、そしてホームレスへと転落した後に小説家となった赤松利市氏は、大学四年の一年間で千冊の本を読破するほどの無類の読書家であり、小説家になってからは一日十五時間執筆する猛者である。中庸に留まれないこの底なしの過剰さが、赤松利市氏を、そしてその人生をある意味特徴付けているような気がする。いかつい外見とは裏腹に話せば教養溢れる紳士だが、その本質には他人を巻き込まずにいられない爆発的なエネルギーの渦がある。

何かを熱烈に求め続ける狂的とも言える情熱。

『鯖』の中で、権座のいない船団員と研修生達が海の上から「根」を見付けられずに迷走する場面がある。彼ら同様に、赤松利市氏は猛然と自らの「根」を探し続けているのではなかろうか。だとするならば彼にとって「根」とは何か。

赤松利市氏は、ミヒャエル・エンデの『モモ』を最も素晴らしい作品として挙げている。するとそれはモモが見た、「時間のみなもと」のような世界なのであろうか。そうかも知れない。少なくともその世界は単に静的な美の世界ではなく、「おそろしさよりももっと大きななにか」がモモを圧倒するような動的な恐るべき世界であった。

『鯖』のラストで中国娘達が歌うシーンは限りなく美しい。しかし作者はただ美しいだけでは満足せず、その美に恐ろしさを付け加えることを忘れない。失禁する寅吉にしがみ付いて離れない娘達の姿には、美と狂気とが交ざり合っている。「本当に深い美は、常に唯単に美しいだけでなく恐ろしいものであり、光でありながら闇でもある」と昭和の知の巨人・井筒俊彦は述べた（「ロシア的人間」）。

ひょっとすると赤松利市氏を含め、全ての人間は嘗てどこかで「本当に深い美」を見たことがあるのかも知れない。井筒俊彦は「人はこの世に生まれくる以前に、素晴らしい音楽を聴いたことがあるのだ」というドイツの詩人ヘッベルの言葉を紹介している（前掲書）。もしそんな美の記憶が我々の内に朧気なりともあるならば、それがどんなに恐ろしいものであってもとことん追い求めざるを得ないのが人間という存在なのかも知れない。

ある者にとって、人生で最も価値のあるものは金であり鯖である。求め続けた果てに、自分が何を求めていたのか分からずに終わる人生もある。『鯖』はそんな俗物達の群像劇であり、我々の中の物欲や性欲を否応なく掻き立てる挑発的な作品であるが、しかしその一方でとても純粋で崇高な気配が、あたかも一陣の風のように吹いてくる感覚を私は何度か味わった。それは水軒新一を始めとした登場人物に、嘘がないからに違いない。人間を徹底して剝き出しの存在として描き切る時、底知れぬ深遠の中から必ず滲み出てくる一種の高貴さのようなもの、即ち醜悪さの中の美的なるものを、この小説は間違いなく獲得し得ていると思う。

尚、本作は受賞は逃したものの、二〇一九年に第三十二回山本周五郎賞候補になった。

この作品は2018年7月徳間書店より刊行されました。
なお、本作品はフィクションであり実在の個人・団体などとは一切関係がありません。

徳間文庫

鯖《さば》

2020年7月15日 初刷

著者 赤《あか》松《まつ》利《り》市《いち》

発行者 小宮英行

発行所 株式会社徳間書店

東京都品川区上大崎三−一−一
目黒セントラルスクエア 〒141−8202

電話 編集〇三（五四〇三）四三四九
販売〇四九（二九三）五五二一

振替 〇〇一四〇−〇−四四三九二

印刷
製本 大日本印刷株式会社

ISBN978-4-19-894571-8

（乱丁、落丁本はお取りかえいたします）

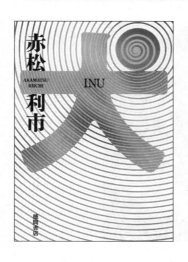